Markus Bötefür
Leichenschau

Markus Bötefür, geboren 1965 in Oberhausen, studierte Geschichte und Germanistik an der Universität Essen und promovierte dort 1999. Es folgten mehrjährige Lehrtätigkeiten an Schulen und Hochschulen im In- und Ausland. Neben seiner Lehrtätigkeit veröffentlichte er zahlreiche Beiträge zur Regionalgeschichte und Geschichte Südostasiens und zu Reisezielen in Asien. Außerdem arbeitet er als Angelguide am Niederrhein.
»Leichenschau« ist sein Krimidebüt bei KBV.

Markus Bötefür

Leichenschau

KBV
KRIMI

Originalausgabe

www.kbv-verlag.de
E-Mail: info@kbv-verlag.de
Telefon: 0 65 93 - 99 86 68
Fax: 0 65 93 - 99 87 01
Umschlagillustration: Ralf Kramp
Redaktion, Satz: Volker Maria Neumann, Köln
Druck: Grenz-Echo AG, Eupen
www.grenzecho.be
Printed in Belgium
ISBN 978-3-940077-03-5

Dieses Buch ist Walter Otto nachträglich
zum 50. Geburtstag gewidmet,
und es ist für LehrerInnen nicht geeignet.

»Dies sind die Tage, von denen wir sagen,
sie gefallen uns nicht.«

Prediger 12, Vers 1

1. Kapitel

Offen gestanden, ich habe den Keniawerner nie richtig kennengelernt. Ich machte zunächst mit seinem rechten Unterarm Bekanntschaft, den man, fein säuberlich auf Ellbogenhöhe abgetrennt, im Kaisergarten gefunden hatte. Der Täter hatte sich nicht einmal die Mühe gemacht, das Ding zu verstecken. Das Körperglied lag direkt auf einem Spazierweg, von wo aus es der dreijährige Schäferhundrüde Nero seinem Frauchen Doktor Rita Stutensee apportierte.

Bei unserem Eintreffen glich die ansonsten beschauliche Grünanlage unweit des CentrO einer Arena. Hunderte Neugierige umringten die Kollegen von der Spurensicherung, und alle Augen ruhten auf einem Zinksarg, in welchem die Extremität später ihren Weg in die Pathologie fand. Einzig Frau Doktor Stutensee saß auf einem zusammengerollten Trenchcoat, von einer Notärztin gestützt, wie angewurzelt an jener Stelle, an der sich die grausige Begebenheit vierzig Minuten zuvor ereignet hatte.

»Ich wollte doch nur mit Nero Gassi gehen«, stammelte sie gebetsmühlenartig, bis die Wirkung der verabreichten Valiumspritze sie verstummen ließ.

Wieder einer dieser Fälle, die unser Kommissariat schon seit einigen Monaten auf Trab hielten. Immer wieder wurden im Raum Oberhausen-Essen-Mülheim abgehackte obere Gliedmaßen männlicher Personen gefunden. Stets handelte es sich bei den Opfern um Leute, die niemand zu vermissen schien, oder um solche, die offenbar auch mit einem Arm ganz gut zurechtkamen; denn weder meine Kollegen noch ich fanden jemals mehr als nur einen Arm oder eine Hand. Hatten wir es überhaupt mit Morden zu tun oder waren es religiös motivierte Spinner, die sich auf bizarre Art kasteien wollten?

Dieses Mal jedoch durften wir auf eine Spur hoffen. Unter der beinahe affenartigen Behaarung des Fundstücks wurde eine Tätowierung sichtbar; ein etwa drei mal vier Zentimeter großes rotes Herz, in das von ungelenker Hand mit blauer Tusche die Worte *Ratry loves you Susi Bar* eingeschrieben waren.

Da standen wir nun vor dem rätselhaften Tattoo. Andi, mein lieber Kollege, und ich, die vietnamesische Ruhrpottlerin, die, im Oberhausener Friedensdorf aufgewachsen, ihr Ursprungsland nie wiedergesehen hatte und in deren deutschem Reisepass der Name Thi Fischer zu lesen stand. Fischer war auch das Einzige, was mich noch daran erinnerte, vier Jahre meines Lebens einem Blödmann geopfert zu haben.

»*Susi Bar*, kennst du die?«, fragte Andi.

Woher sollte ich irgendwelche Bars kennen? Wenn es unsere spärliche Freizeit überhaupt zuließ, gingen wir abends auf ein paar Bierchen ins *Haus Ostermann*.

Auf jeden Fall musste nun auch die Sitte in die Ermittlungen einbezogen werden. Viel Hilfe war, dass wussten wir im Voraus, von den Kollegen nicht zu erwarten. Zumindest aber mussten Andi und ich nicht alle möglichen Etablissements abklabastern und den Mädels Fotos von der Tätowierung zeigen.

Die Tatortanalyse brachte keinerlei Erkenntnisse.

»Kinder, der Arm ist nicht hier im Park abgehauen worden. Das steht mal fest. Fragt mich nicht wo, aber hier nicht. Schönen Tag noch.«

Paul Pfannkuche von der Spurensicherung, ein ständig schwitzender Dreizentnermann, schien irgendwie Spaß daran gefunden zu haben, die Ermittlungen nicht voranbringen zu können, und machte auch keinen Hehl daraus.

Egal, zurück zum Präsidium und dann am Abend mit Andi zu *Ostermann*.

* * *

»Ich hab schon für die Frau gesacht, das ist ja sagenhaft mit die Arme überall. Habt ihr der Rest schon gefunden?«

Nein, haben wir noch nicht, dachte ich; und was ich in diesem Moment am wenigsten gebrauchen konnte, war Otto aus der zweiten Etage, der trotz seiner Schwerhörigkeit die Kunst beherrschte, neben dem RTL-Frühstücksfernsehen auch im Polizeifunk alles mitzubekommen. Er hatte beobachtet, wie ich den Müll herunterbrachte, und war mir sofort gefolgt. In seinem blauen Arbeitskittel und der beigefarbenen Prinz-Heinrich-Mütze sah der gedrungene Endsechziger aus wie die Inkarnation eines Thyssenpensionärs.

»Nee, Otto. Wir tappen völlig im Dunkeln. Kennst du vielleicht eine *Susi Bar*?«, fragte ich, um nicht unhöflich zu wirken und meinem Nachbarn die Illusion zu geben, in unsere Ermittlungsarbeiten einbezogen zu sein.

Er stellte sein Hörgerät lauter, als ob er dann besser sprechen könnte. »Susi?«, brüllte er. »Dat ist doch die Kleine hier von dem ... sach mal schnell ... hier von dem ... Hans Wartmann die Tochter.«

Alles klar. »Nee, nee Otto, die wohnt doch bestimmt schon seit zehn Jahren im Westerwald.«

Ich warf den Müll in die gelbe Tonne und verabschiedete mich.

Vor der Türe wartete schon Andi. »War ein Scheißtag heute, fahr'n wir am besten gleich zu *Ostermann* und zischen ein paar Bierchen«, lautete der erste gute Vorschlag, den mein Lieblingskollege seit mindestens drei Tagen machte.

Obgleich er mit knapp einem Meter siebzig, body-gebildetem Körper und modisch rasierter Glatze nicht mein Typ war, mochte ich diesen Kerl unwahrscheinlich. Andi war der Einzige aus der Mordkommission, auf den immer Verlass war. Ich hatte das Glück, schon seit mehr als zehn Jahren mit ihm zu arbeiten. Mit Andi war ich damals als Schupobeamtin auf Streife gegangen, zusammen hatten wir unsere erste Leiche begutachtet und gemeinsam bei ihrem Anblick gekotzt. Andi hatte im Leben viel mitgemacht, er wuchs bei seiner alleinerziehenden und von Verarmungswahn befallenen Mutter als Einzelkind auf und hatte deren wechselnde Liebhaber Vati nennen müssen. Sein Verhältnis zu Frauen aber auch zu Männern war daher nicht vollkommen unbelastet. Bereits mit einundzwanzig hatte er geheiratet und war nun glücklicher Vater zweier süßer Töchter – Lena fünf und Vanessa drei Jahre alt.

»Mann, Kinder, erzählt jetzt mal was anderes als was von abgehackten Armen. Ich will heut Abend noch mein Bütterken essen können.«

Christa Ostermann hatte uns bereits kommen sehen und gleich zwei Köpi angezapft. Dass sich der neue Fund schon bis hier herumgesprochen hatte, verwunderte uns nicht, schließlich besaß die Wirtin auch ein Radio mit erweitertem Empfangsmodus, und zahlreiche Beamte des Präsidiums waren hier Stammgäste. Insgesamt fünf von ihnen hatten im Verlaufe der letzten Jahre als Folge gelungener Abende an Christas Theke ihre Lappen den Kollegen aushändigen müssen; darunter, so munkelte man, sogar einer mit drei Sternen.

»Ist schon gut, lass mal, Christa. Wir wollen auch mal was anderes als Extremitäten sehen«, sagte Andi.

Mit dieser Aussage läutete er nun endgültig den Feierabend ein.

Das *Haus Ostermann* war in den vergangenen Jahren zu einer behaglichen Zufluchtstätte für mich geworden, und die ungezwungene Atmosphäre der Traditionsgaststätte, in der ich Jan, Pitt und Claude kannte, machte sowohl echte Entspannung als auch ernsthafte dienstliche Unterredungen möglich.

Christa durfte mit Fug und Recht als Paradiesvogel bezeichnet werden. Die Frau ohne Alter betrieb das Lokal schon seit Menschengedenken und war frei geblieben von allen Anzeichen körperlichen Verfalls. Ihr dunkler Teint und ihr langes Haar ließen sie exotisch erscheinen, und böse Zungen nannten sie die Indianer-Squaw von Alt Oberhausen. Sie war Puppen- und Krimskramssammlerin, und ihre Kneipe, die gemütlicher als jede Wohnstube war, glich mehr einem Museum als einem Wirtshaus. Schon vor Jahrzehnten hatte die Wirtin es aufgegeben, ihre Sammlung zu inventarisieren, wusste aber trotzdem zu berichten, dass noch nie etwas weggekommen war. Ein Umstand, den sie ihrem vornehmen Publikum verdankte, und in der Tat konnte man ihr in diesem Punkte nur beipflichten, denn Pöbeleien oder gar Schlägereien hatte es im *Haus Ostermann* noch nie gegeben. Die fünfzehn Meter lange Theke war eine Enklave der Toleranz und der Begegnung. Hier verkehrte bis zu seiner mysteriösen Ermordung sogar der legendäre *Prinzipal vom Tackenberg,* dem ich nie etwas hatte beweisen können, mit dem ich aber so manches Bierchen getrunken hatte. Der Laden war in gewisser Hinsicht mehr als mein Zuhause. Im *Haus Ostermann* konnte ich wirklich abschalten, was daheim in Alstaden nur selten möglich war, denn die Mietergemeinschaft meines Mehrfamilienhauses glich eher einem Kollektiv denn einer Ansammlung individueller Haushaltungen.

* * *

Es war wieder einmal soweit. Ich war in diesem Monat an der Reihe, ein Essen für die Hausgemeinschaft auszurichten. Eigentlich war es eine schöne Tradition. Zwölfmal im Jahr, jeweils am zweiten Samstag im Monat, traf sich die Hausgemeinschaft im Partykeller, und einer kochte für alle. Beim letzten Mal hatte Ottos Frau Kohlrouladen und Schokoladenpudding gemacht, wie immer. Im Laufe der letzten Jahre hatte ich es aufgegeben, meinen Hausgenossen klarzumachen, dass ich nicht chinesisch kochen konnte. Gott sei Dank übernahm meinen Part immer Mali, die thailändische Ehefrau des Kollegen Pfannkuche, die im Ortsteil Sterkrade einen Asia-Shop betrieb. Wenn ihr Kerl auch im Job ein Sonderling war, privat waren er und seine Frau dufte Leute, auf die man immer zählen konnte. Auch dieses Mal würde mein chinesisches Essen, das aus drei unterschiedlichen Thaisuppen bestand, von allen gelobt werden, da war ich mir sicher. Mali gab sich immer extra viel Mühe. Irgendwie musste die südostasiatische Abstammung uns zusammengeschweißt haben. Sie war meine beste Freundin, und heute in zwei Wochen würde ich sie auf eine Urlaubsreise in ihre Heimat begleiten. Vier Wochen Sonne, Strand und Kultur. Ich brauchte nur noch ein paar Körperteilfunde aufzuklären, und dann würde nichts mehr meine Ferienfreuden trüben können. Um dreizehn Uhr sollte ich bei ihr sein und die mikrowellengerechten Speisen abholen.

Ich blicke auf die Armbanduhr. Schon zwanzig nach zwölf, und ich musste über die Mülheimer Straße von Alstaden nach Sterkrade.

Pünktlich um eins betrat ich Malis Shop. Ich kam immer wieder gern in den Laden. Irgendwie ließ er verschwommene Kindheitserinnerungen in mir erwachen. Obwohl ich als Vierjährige nach Oberhausen gekommen war, erinnerte mich ihr Geschäft immer an die kleinen Läden in Saigon. Hier roch es genauso, wie ich es in meiner Erinnerung roch. Mit geschlossenen Augen an den Gewürzregalen entlangzugehen, war für mich eine Reise in die Vergangenheit. Ich kann nicht sagen, ob es mich traurig oder fröhlich stimmte, an Saigon zu denken. Von meiner vietnamesischen Familie hatte niemand den Krieg überlebt, und ich war als Waisenkind 1974 nach Oberhausen gekommen. Das waren die Tatsachen, mit ihnen lebte ich. Und ich lebte gar nicht so schlecht. Zwar sprach ich noch ein paar Brocken vietnamesisch, konnte die Sprache meines Ursprungslandes, wie ich Vietnam nannte, aber nicht lesen, was mich jedoch nur in den Momenten störte, in denen ich im Asia-Shop Produkte aus Vietnam in die Hand nahm. Meine Heimat war Deutschland, nein nicht Deutschland – Oberhausen.

»Chepin komm glei, sie it Kücke Etten kocke.«

Ich wurde aus meinen Träumen gerissen. Nantana, Malis Kusine und Verkäuferin im Laden, stand lächelnd vor mir. Sie begrüßte mich mit einem Wai, dem traditionellen thailändischen Gruß, bei dem die Handflächen vor dem Gesicht zusammengedrückt werden und bei dem man sich leicht verneigt. Nantana lebte schon seit mehr als zehn Jahren in Oberhausen. Sie schien nur zum Arbeiten hier zu sein. Ihr Deutsch war entsetzlich, und sie hatte keinen einzigen deutschen Freund, doch sie wollte wohl auch keinen. Jeden Cent sparte sie für Thailand, wo sie später mal ein Hotel für Ausländer eröffnen wollte. Verheiratet war sie in Thailand. Ihrem Mann war Deutschland zu kalt, er hatte es versucht, konnte hier aber nicht leben, darum ließ er sich von Nantana monatlich Geld schicken. Ich hatte mich nie getraut, sie zu fragen, ob ihr Kerl auch Fischer hieß. Irgendwie schien es für manche Frauen nur zwei Typen von Ehemännern zu geben – schlechte und ganz schlechte.

Ich erwiderte den Wai unbeholfen und ging zu Mali in die Küche.

»Alles schon fertig, wie bestellt. Drei Suppen«, rief sie mir statt eines Grußes entgegen.

Mali hatte das Essen in drei große Töpfe gefüllt, die in einem Plastikwäschekorb verstaut waren.

Für herkömmliche Deutsche hätte Mali glatt als meine Schwester durchgehen können. Sie hatte lange schwarze Haare und einen bräunlich-gelben Teint. Bei genauerer Betrachtung sah sie mir aber alles andere als ähnlich. Sie trug den typischen Asiatinnenpony, der eigentlich schon seit den Achtzigern außer Mode war, was in Oberhausen aber wohl noch keiner bemerkt hatte. Und – dies war das Entscheidende – Mali war mit einem Meter zweiundsechzig deutlich größer als ich.

»Mali, du bist ein Engel, was würde ich ohne dich tun?«

Gemeinsam trugen wir den Korb zum Auto, und ich überreichte ihr die vereinbarte Summe.

»Ich ruf dich morgen an, um zu hören, wie es war«, sagte sie und verschwand wieder in ihrem Laden.

Ständig geschäftig, diese Asiaten, dachte ich.

* * *

»Mann, Mann, Mann. Wenn ich noch mal nach die Neue Mitte hin will, setzte ich mich im Bus rein. Die ganze Mülheimer ist zu.«

Otto betrat mit einer halben Stunde Verspätung den Partykeller, der eigentlich mehr einer Abstellkammer für ausgemusterte oder geklaute Bundesbahnartikel glich als einem

Fetenraum. Er nahm unter der roten Laterne, die einst das Schlusslicht eines Güterwagens gewesen war, Platz. Seine Pläte, die vor Wut über das halbstündige Staustehen bereits glühte, färbte sich im Schein der Lampe violett. Sein fußballrunder Kopf, hinter dessen linkem Ohr sich die Batterie für das Hörgerät verbarg, warf einen gespenstischen Schatten auf die von Zigarettenqualm ockerfarbene, ehemals wohl weiße Reibeputzwand. Otto öffnete schweigend eine Flasche Bier und goss den Inhalt in einen grauen Steinkrug, den eine Dampflokomotive zierte.

Lange vor meinem Einzug hatte Herman aus dem Erdgeschoss, zu dessen Wohnung der Raum eigentlich gehörte, ihn mit Devotionalien aus seiner aktiven Zeit im Rangierwerk Duisburg Katzenbruch eingerichtet. Herman war Mitte siebzig, verwitwet und hatte zwei Söhne. Der eine war Rechtsanwalt in Frankfurt, der andere war in die Fußstapfen des Vaters getreten und bekleidete »einen feinen Posten« im Kundenservicecenter des Essener Hauptbahnhofes, was Herman, nicht ohne Stolz, mindestens dreimal pro Woche berichtete.

»Aber die drei Enkel, da kann man machen, was man will, denen kann man die schönsten Fleischmann-Sachen schenken. Die wollen von der Bahn nix wissen. Die spielen nur mit ihren Computern.«

Herman hatte in den vergangenen Stunden drei oder vier Williams Christ zu den üblichen drei Flaschen Köpi genippt und wurde nun sentimental. Frau Neyenhuis, die Gattin von Otto, nahm sich seiner an und berichtete, dass es noch schlimmer kommen könnte, ihre Enkeltochter Jill, gerade vierzehn, würde schon mit Jungens anfangen. Da könnte Herr Bendel, so hieß Herman mit Nachnamen, mal froh sein. Sie täte gerne einen Computer kaufen, wenn dadurch die geschlechtliche Entwicklung der Enkelin verzögert werden könnte.

»Nach dem Essen sollst du rauchen oder ...«, setzte Otto an.

»Ja ja, Otto, ist schon gut. Dann gehen wir mal in die Ecke«, sagte ich.

Die Aschenbecher – ursprünglich zweite Klasse Regionalexpress – hingen an den Wänden. Wir saßen nun in einem ausgebauten Abteil. Otto bot mir eine Reval Ohne an. Nur Lehrer und Verbrecher rauchen Reval, dachte ich. Na ja, Otto stellte da wohl die große Ausnahme dar.

»Gott sei Dank, seit zwei Monaten suchtfrei, Otto«, sagte ich stolz.

»Ich kann mich die Scheiße nicht abgewöhnen«, meinte Otto resignierend, während er den Glimmstängel in Brand setzte.

So richtig entwöhnt war ich auch noch nicht. Ich hatte meinen Nachbarn ins Raucherabteil begleitet, weil ich zumindest noch passiv etwas von der Reval abhaben wollte.

Mein Essen kam bei allen gut an, etwas anderes hatte ich auch nicht erwartet. Insgesamt waren heute zwar nur sechs Personen erschienen, denn es waren Ferien, da fehlten die Niermanns mit ihren zwei ungezogenen Kindern und die alte Frau Berg, von der kein Mensch wusste, warum sie als Alleinstehende immer die Sommerferien für ihren Österreichurlaub wählte. Aber es war trotzdem nett oder vielleicht gerade deshalb besonders schön, weil die ständig zankenden Niermannblagen nicht dabei waren.

Außer Herman, Otto und Frau Neyenhuis waren noch Olaf und Petra aus der ersten Etage gekommen. Olaf war Airbrushkünstler, Petra arbeitete bei der Sparkasse und brachte die Knete rein. Beide waren verlobt, miteinander, wie sie immer betonten, und Ende zwanzig. Petra war eine Sparkassensachbearbeiterin par excellence. Selbst zu unseren lockeren Treffen erschien sie stets im Business-Kostümchen mit frisch gemachten und blondierten Haaren. Mit Olaf war sie schon seit der Schulzeit zusammen, er war auch der Grund für das gespaltene Verhältnis zu ihren Eltern, von dem sie bei jedem Treffen ausführlich berichtete. Olaf hatte keinen erlernten Beruf und lebte als freier Künstler von Petras Geld. Bis auf sein Gesicht war jeder Zentimeter seiner Haut mit Tätowierungen geschmückt. Keine Knasttattoos, sondern künstlerisch recht anspruchsvolle Abbildungen von vollbusigen Nixen, Drachen und Amazonen.

Zum Glück hatte Petra auch dieses Mal wieder richtig Stress mit ihren Eltern. Olaf sollte endlich in der Firma ihres Vaters einen Hilfsarbeiterposten annehmen, berichtete sie der versammelten Hausgemeinschaft. Darüber regten sich die Verlobten den ganzen Abend auf.

Niemand kam auf die Idee, mich nach dem Fortgang der Ermittlungen in der Kaisergartensache zu fragen – Petras Vater sei Dank.

* * *

In der Schule lernte ich Brom als chemisches Element kennen, auf dem Präsidium am Friedensplatz als Hauptverdächtigen in einem Mordfall mit Vornamen Dieter. Seit Jahren nervte uns Dieter Brom mit Selbstanschuldigungen. Er war von dem Wunsch beseelt, in die Fußstapfen von Jack the Ripper zu treten. Zu jedem unaufgeklärten Mord, über den die Lokalpresse berichtete, bekamen wir prompt ein Bromsches Geständnis frei Haus. Auch an diesem Montag saß er mir gegenüber.

»Sie können mir glauben, Frau Fischer. Ich hab die Schweine verstümmelt«, gab er an, während er mit dem Mittelfinger auf die Schlagzeile im Ortsteil der *WAZ* pochte, die in ihrer Samstagsausgabe unseren Ermittlungsstand bespöttelte.

»Und wie haben Sie es diesmal gemacht, Herr Brom? Mit einer Axt oder wieder mit der Motorsäge?«, entgegnete ich, derweil ich für Brom und mich Kaffee in die Steinguttassen goss. Für mich mit Milch, für Herrn Brom mit Milch und Zucker, das war immer so.

Dieter Brom war eigentlich ein umgänglicher Mensch. An der Theke im *Haus Ostermann* waren wir per Du, auf dem Revier siezten wir uns streng dienstlich. Dieter war neunundzwanzig, hatte noch nie in seinem Leben gearbeitet und auf seiner Visitenkarte als Berufsbezeichnung Liquidator stehen. Seine Haut war von jahrelangen Sonnenstudiobesuchen gegerbt, was ihm den Spitznamen Ledernacken eingebracht hatte. Alles in allem aber war er eine gepflegte Erscheinung von mittlerer Größe mit blonden, ordentlich gescheitelten Haaren, seinen schlanken Körper stets in dunkle Anzüge gehüllt und Tag und Nacht eine Sonnenbrille tragend.

Ich schaltete den Computer ein, um Broms Geständnis aufzunehmen.

»Also Frau Kommissarin, das war so: Ich bin mit der S-Bahn aus Steele gekommen. Dort hatte ich geplant, einen alten Mann zu ermorden. Der war aber nicht zu Hause.«

Die Windowsoberfläche erschien. »Langsam, langsam, der Rechner muss erst hochfahren«, unterbrach ich ihn. *Brom17.doc* erschien im Ordner *Fischer Dateien*, ich hatte bereits am Freitag, direkt nach dem Fund im Kaisergarten vorgearbeitet und die Datei angelegt. »So, Herr Brom, nun können wir.«

Als ich gerade damit beginnen wollte, seine Aussage zu tippen, klingelte das Telefon. Andi war dran. Wir sollten um elf Uhr bei Doktor Mathes sein. Er hätte was Wichtiges zu erklären. Also doch noch in die Gerichtsmedizin. Ich hatte mal wieder vergeblich gehofft, dass bei einem einzelnen Arm dieser Kelch an uns vorübergehen würde, mich aber trotzdem den ganzen Morgen innerlich auf Doktor Mathes eingestellt und das Frühstück ausfallen lassen.

Ich warf einen Blick auf die Uhr. Es war zehn Uhr dreißig. »Entschuldigung, Herr Brom. Mir ist etwas dazwischengekommen. Darf ich Sie bitten, Ihr Geständnis selbst zu verfassen und mir bis spätestens Mittwoch einzureichen?«

Brom leerte seine Tasse in einem Zug. »Klar, Frau Fischer, auf Papier und Diskette im Wordformat bis Mittwoch. Unterschreiben kann ich ja bei den Kollegen auf der Wache. Alles klar und danke für den Kaffee.«

Gemeinsam verließen wir das Präsidium und gingen zum Wagen.

»Soll ich Sie noch ein Stückchen mitnehmen, Herr Brom?«, fragte ich.

»Nein danke, ich will mir noch ein neues Messer kaufen«, entgegnete er und war blitzschnell in Richtung Innenstadt verschwunden.

* * *

Aus Saal IV des Gerichtsmedizinischen Instituts erklang Musik bis auf den Flur. Auf WDR 4 sang Bata Illic vom Sand in den Schuhen aus Hawaii. Andi klopfte an die Türe, und wir traten, ohne ein Herein abzuwarten, in den Obduktionsraum – Bata Illic wurde lauter. Ein stechender Geruch, der an Domestos erinnerte, fuhr mir in die Nase. Der Raum war himmelblau gekachelt, drei Aluminiumtische, ein medizinischer Geräteschrank und zwei Handwaschbecken waren sein spartanisches Interieur.

»Guten Morgen, guten Morgen, meine Lieben«, begrüßte uns Doktor Mathes. Er hielt beide Hände, die in blutverschmierten, bis an die Ellbogen reichenden Gummihandschuhen steckten, in Höhe des Brustbeins abgewinkelt vom Körper und betätigte mit der Kinnspitze einen Wasserhahn, der auf diese leichte Berührung hin sofort eine dampfende Fontäne ergoss, welche die rot gefärbten Handschuhe wieder in reinstem Hellgrün erscheinen ließ. Den rechten von beiden hielt er zunächst mir, dann Andi hin.

Wir taten, als hätten wir nichts bemerkt.

Mathes war Mitte fünfzig, hatte volles, leicht ergrautes Haar und war von kräftiger, mittelgroßer Statur. Sein rotes Gesicht war pockennarbig, und auf seiner breiten Nase trug er eine schwere Hornbrille, durch deren dicke Gläser man seine blauen Augen nur verschwommen erkennen konnte. Sein Gang ähnelte dem eines Westernsheriffs. Hochhüftig bewegte er sich durch sein Reich. Die Beine wirkten, als seien sie mindestens fünfmal länger als die Arme, ohne dass diese auffällig kurz erschienen.

»Schauen Sie sich doch mal an, was ich heute Morgen hereinbekommen habe, tolle Sache.«

Wir kannten das Ritual und waren beide froh, nüchterne Mägen zu haben. Es war bei jedem Besuch dasselbe Spiel, wir wollten von Doktor Mathes konkrete Informationen zu einem bestimmten Fall, er zeigte uns zunächst all seine neuen Leichen. Auf Tisch drei lag sein einziges Ausstellungsstück für diesen Tag, der nackte Körper eines etwa vierzigjährigen Mannes; gelblich-bleich und fett. Mathes hatte ihm die Kopfhaut so abgezogen, dass sein halblanges Haar wie ein Vollbart bis an dem Adamsapfel reichte, und seinen Schädel aufgesägt. In der Zwischenzeit hatte Rudi Schuricke Bata Illic abgelöst, und es wurde beteuert, dass mit Musik alles bessergehe.

Die Biertitten der Leiche schaukelten, als Mathes begann, den Körper mit einem kräftigen Ruck in Präparationsstellung zu ziehen und mit dem Zeigefinger der rechten Hand in das freigelegte Gehirn zu fahren.

»Ein scheinbar klarer Exitus. Kaliber sechs-fünfunddreißig. Direkt in die Stirn. Tödlicher Schuss, sollte man meinen, aber was glaubt ihr, meine Lieben, was ich gefunden habe? He? – Gar nix. Vorne ein Loch, hinten kein Loch, in der Mitte keine Kugel. Aber dafür Wasser, schönes Leitungswasser, mitten im Stammhirn. Der Täter hat ein Geschoss aus Eis benutzt. Keine Kugel, keine Spuren. So sind sie, die Herren von der Russenmafia. Apropos Eis. Sie sind bestimmt wegen des Unterarmes aus dem Kaisergarten hier. Auch so ein Ding. Kein Wunder, dass Pfannkuche keine Spuren am Tatort finden konnte. Das Teil ist alt, sehr alt. Es hat mindestens zwei Jahre in irgendeiner Tiefkühltruhe gelegen.«

Andi und ich schauten uns an. Jetzt war der Pathologe wohl endgültig durchgeknallt. Das altmodische Röhrengerät untermalte die Szene nun mit Minas *Heißer Sand und ein verlorenes Land*.

»Und was ist mit der Tätowierung? Können Sie uns dazu etwas sagen?«, fragte ich, obgleich ich die Antwort schon erahnen konnte.

»Schön ist die nicht gerade. Ha, ha, ha. Nix für ungut. Ich kann da nicht behilflich sein. Fest steht aber, dass der Arm von einem etwa fünfzigjährigen Mann stammen muss. Haut und Gewebe zeigen uns dies.« Doktor Mathes redete sich in Begeisterung. »Die Art und Weise, auf die der Arm abgetrennt wurde, lässt auf die Arbeit eines Profis schließen. Er ist mit chirurgischen Werkzeugen amputiert worden. In Metzgereien oder Großküchen findet man keine Messer oder Knochensägen, mit denen man so fein arbeiten könnte. Ich will Ihnen ja nicht in Ihre Ermittlungen pfuschen, aber der Täter hat sein Handwerk gelernt. Das ist kein irrer Messermörder.«

Wir verabschiedeten uns vom Rechtsmediziner und traten schweigend und ratlos auf den Flur. Aus Raum IV erklang durch die geschlossene Türe nun Peter Alexanders *Kleine Kneipe* – genau, heute Abend wieder zu *Ostermann*. Paul und Mali würden auch kommen.

* * *

Die Kneipe war gut besucht. Die Pfannkuches saßen an der Theke und tranken Sekt — von Sabine spendiert. Sabine hatte eine Lokalrunde Mumm geschmissen: Sie feierte damit ihren Umzug von Essen nach Oberhausen.

»Seit das CentrO da ist, kannste richtig Erziehungsbeitrag absahnen«, berichtete sie Mali.

Sabine betrieb nämlich unter dem Pseudonym Lady de Sade ein Dominastudio im sogenannten kleinen Ärztehaus unweit der Innenstadt. Dort teilte sie die Etage mit dem Heilpraktiker Freiherr Johann Beatus von Kortzfleisch und der Augenärztin Fräulein Doktor Mettelbusch. »Da gehen dir keine spießigen Familien auf den Sack«, berichtete sie begeistert, und dort hätten die Gäste auch keine Schwellenangst, »weil die Kiste ein Taubenschlag ist«, erklärte sie weiter.

Äußerlich war Sabine ihre Berufstätigkeit nicht anzusehen. Mit knapp einsachtzig und fünfundsechzig Kilo hatte sie eine tolle Figur, ihr schulterlanges Haar war schwarz gefärbt, und ihre giftgrünen Augen strahlten Wärme und Intelligenz aus. Für *Ostermann* war sie in ihren Etuikleidern jedoch stets overdressed.

»Ach, da is ja deine Freundin. Bis demnächst mal«, Sabine verschwand und setzte sich zu Uwe Kraft, dem stadtbekannten Automarder, an den Tisch.

Ob der wohl Erziehungsbeitrag abdrücken musste?, fragte ich mich. Egal. Sabine mochte mich nicht oder vielleicht wollte sie mit einer Polizistin nichts zu tun haben. Mir war ihr Job völlig piepenhagen, und ich bedauerte es ein bisschen, dass sie mir ständig aus dem Weg ging.

»Na, Mädchen, was macht denn euer Kaiserarm?«, spottete Paul.

»So eine Scheiße, Paul. Nicht die geringste Spur. Und weißt du, was das Tollste ist? Das Teil hat mindestens zwei Jahre in einer Tiefkühltruhe gelegen.«

»Zwei Jahre inne Truhe?! Ich geh kaputt.« Paul spritzte vor Lachen der Sekt aus den Nasenlöchern.

»Die Tätowierung hat auch noch nichts gebracht. Die von der Sitte tappen im Dunkeln, hängen sich wohl auch nicht richtig rein. Hier im Revier kennt kein Mädel solch ein Tattoo. Aber eigentlich wollte ich mit deiner Frau ein paar Urlaubsvorbereitungen bequatschen.«

Paul kippte seinen Obstler in einem Schluck weg. »Dann macht mal, bin sowieso froh, wenn ich bald mal vier Wochen allein sein kann.«

Mali überhörte die Bemerkung ihres Gatten und wandte sich sogleich mir zu. »Paul hat mir erzählt, dass ihr schon wieder einen Arm gefunden habt«, sagte sie und schaute mich dabei etwas mitleidig an.

»Mit einer Tätowierung drauf. *Ratry loves you Susi Bar*«, ergänzte ich, nachdem ich endlich den ersten Schluck Bier genommen hatte.

»Ratry, ein Blümchen, das nur nachts blüht«, sagte Mali lächelnd.

»Du weißt, was das bedeutet?«, fragte ich und war augenblicklich wieder völlig im Dienst.

»Ratry ist ein thailändischer Mädchenname und bedeutet ungefähr so etwas wie Nachtblume. Ist wie Claudia oder Andrea in Deutschland. Mein Name bedeutet Jasmin, wir Thailänderinnen sind fast alle Blumen«, meinte sie verschmitzt lächelnd.

»Oh Gott, die Leiche eines Sextouristen«, kam es mir glühend heiß in den Sinn.

Paul war schon beim fünften Obstler und dem soundsovielten Bier angelangt. Er unterhielt sich angeregt mit Mettwurst Hubert, der einen Wurststand auf dem Altmarkt betrieb und bei *Ostermann* zum lebenden Inventar gerechnet wurde; ermittlungstechnisch war mein Kollege somit für heute k.o.

»Na ja, übernächste Woche wirst du auch eine Ratry kennenlernen. So heißt nämlich meine Cousine«, nahm Mali den Gesprächsfaden wieder auf.

»Kann die auch tätowieren?«, fragte ich, und wir mussten lachen.

* * *

»Unser Arm stammt von einem Sextouristen.« Ich glaubte, Andi überraschen zu können.

»Und woher wissen Frau Kommissarin das so plötzlich?«

»Weil Mali mir gesagt hat, dass Ratry ein thailändischer Mädchenname ist und Nachtblume bedeutet. Daher weiß ich das. Zumindest ein Anhaltspunkt. Oder hat Herr Kommissar eine heißere Fährte? Dann lasse er mich dies wissen.«

Ich war sauer. Seit vier Tagen hatten wir nichts als einen abgetrennten Unterarm. Und wenn ich mich nicht privat mit

Paul und Mali bei *Ostermann* getroffen hätte, wäre selbst die Tätowierung auf dem Fundstück noch vollkommen unentschlüsselt geblieben. Andi hätte wenigstens Interesse heucheln können, doch er sagte gar nichts mehr. Stattdessen zeigte er mir den Lokalteil der *WAZ*.

Arme Polizei. Sie hat nur einen Arm, stand dort, wahrscheinlich aus der Feder irgendeines Nickelbrillenträgers. Der Schlaumeier wollte weiter wissen, wie denn der Ermittlungsstand bezüglich der Funde aus den letzten Monaten war. Immerhin seien doch schon insgesamt acht Körperteile entdeckt worden.

»Der ganze Scheiß bringt doch nichts. Da geht ein Kerl hin, legt einen anderen um, packt dessen Arm zwei Jahre in die Tiefkühltruhe, schmeißt ihn bei uns in den Kaisergarten und verschwindet wieder. Erzähl das mal der Laptopfraktion von der Presse. Dann ist die Kritik von heute Morgen aber noch erste Sahne. Und wenn der Scheißarm aus Holland kommt?«

Ich konnte Andi da nicht ganz widersprechen. Der Fundort hätte ermittlungstaktisch nicht ungünstiger liegen können. Direkt an der Mülheimer Straße, der verlängerten A3 aus Arnheim. Theoretisch hätte der Täter den Arm aus dem Wagen werfen können, an der Kreuzung drehen und sofort wieder Richtung Niederrhein oder Holland verschwinden können. Dass er das Oberhausener Kreuz überquert hatte, wenn er dann aus Holland und nicht aus Mülheim kam, ließ halb Europa in den Fokus unserer Fahndung geraten. Es war zum Mäusemelken.

»Du hast recht. Es ist verdammt mager, was wir da haben«, räumte ich ein. »Hat der Chef sich schon gemeldet?«

»Hat er. Vor fünf Minuten. Er will wissen, wie weit wir mit der Auswertung der Tätowierung sind. Ich habe ihn auf die Ergebnisse der Sitte verwiesen. Er will jetzt natürlich, dass wir uns mit reinhängen«, meinte Andi und sah mich verzweifelt an.

»Okay, okay. Ich werde ihn beruhigen«, versprach ich. »Zunächst stecke ich ihm die Sache mit dem thailändischen Vornamen, in der Zwischenzeit versuchst du, etwas über irgendeine *Susi Bar* herauszubekommen. So gewinnen wir wenigstens Zeit. Danach kümmern wir uns um die Vermisstenmeldungen der Jahre 2002 bis 2004, vielleicht kommen wir ja so auf eine Spur.« Ich griff zum Telefon und rief beim Chef, Herrn Oberkriminaldirektor Reuther, an. Gott sei Dank nahm niemand ab.

* * *

Die Stimmung im Präsidium war schon seit Tagen zum Zerreißen gespannt. Der alljährliche Betriebsausflug stand kurz bevor. Alle Kollegen, die am Sonntag dienstfrei haben würden, sollten dabei sein. Auch Andi und ich. In diesem Jahr stand ein Wettangeln im Forellenhof *Kiefer* in Sterkrade auf dem Plan. Dies würde bestimmt ungefährlicher als das Kartrennen im vergangenen Jahr und versprach spannender zu werden als das Kegeln in der Gaststätte *Zur Endstation* im vorletzten Sommer.

Dreißig Beamte hatten ihre Teilnahme am Preisangeln zugesagt, fünfzehn Teams zu je zwei Anglern sollten ihr fischereiliches Geschick beim Kampf um den Großen Preis der Polizei auf die Probe stellen. Da Andi und ich beim Kartrennen den letzten Platz gemacht hatten, war nun unser Ehrgeiz vollends erwacht. Einen zusätzlichen Anreiz stellte die Tatsache dar, dass man die erbeuteten Fische behalten durfte, und für Sonntagabend stand bereits ein Forellengrillen bei Paul und Mali auf dem Programm. Wir wollten bei

Gott nicht mit weniger Fischen nach Hause gehen als Paul und sein Partner Heinz-Caspar Unglaub vom Betrugsdezernat, der uns freundlicherweise Ruten und Rollen zur Verfügung gestellt hatte, denn wir schienen die Einzigen gewesen zu sein, die kein eigenes Angelzeug im Keller oder in der Besenkammer hatten. Und mit den Angeln aus der Asservatenkammer der Oberhausener Polizei wollten wir uns im Forellenhof nicht sehen lassen. Erschwerend kam für mich hinzu, dass meine Beute schon im Voraus geschmälert wurde, denn Frau Neyenhuis hatte »drei schöne Regenbogenforellen« bei mir vorbestellt.

Vor den Angelerfolg hat Petrus die Arbeit gestellt, und so musste das Preisangeln auch taktisch und praktisch vorbereitet werden. Ich zog also los, um Schwimmer, Haken, Bleie und Köder einzukaufen, genauso wie es Heinz-Caspar erklärt hatte. Dies tat ich im Angelmagazin *Mario Cao* auf der Obermeidericher Straße in Alstaden.

Der Angelladen war riesig. Ich schlenderte durch den Verkaufsraum und hatte nicht die geringste Ahnung, wo ich stehen bleiben sollte, um die nötigen Utensilien zu ergattern. Merkwürdige Gestalten bedienten sich aus den Regalwänden und entnahmen den Fächern Gegenstände, die ich nie zuvor gesehen hatte. Zwei junge Männer unterhielten sich in polnischer Sprache und beratschlagten offensichtlich den Kauf einer Angelrute. Abwechselnd nahmen sie dabei den Stock in die Hände und schwangen ihn haarscharf an den Ohren der übrigen Kunden vorbei, sodass bei jedem Durchschneiden der Luft ein zischender Ton zu hören war. Ein älterer Herr in Knickerbockern stand vor einer Wand, an der in Tüten abgepackte Angelhaken feilgeboten wurden, deren Größen von mikroskopisch klein bis zu waffenscheinpflichtig groß reichten. Er hielt ein Tütchen mit winzig kleinen Haken in der rechten Hand, während seine Linke eine Lupe umfasste, durch die er die Qualität der Produkte begutachtete. Ich sah ein, dass meine sportfischereilichen Fachkenntnisse wohl nicht ausreichen würden, um mich hier selbst zu bedienen, und beschloss, mich als Laie zu outen und Herrn Cao um Hilfe zu bitten. Durch den Wald von aufgestellten Angelruten bahnte ich mir meinen Weg zur Theke.

Neben mir stand ein etwa sechzigjähriger, korpulenter Mann mit Lodenjacke. Auf seinem schinkenförmigen Kopf trug er einen Tirolerhut. Er warf einige undefinierbare Gegenstände auf die Theke.

»Ist das alles?«, fragte Herr Cao.

»Nee, ich brauch noch einen halben Liter.«

Herr Cao machte sich hinter seiner Ladentheke an einer großen Holzkiste zu schaffen und überreichte dem Kunden eine Klarsichtdose. Der georderte halbe Liter entpuppte sich als ein Päckchen voller lebender weißer Fliegenmaden.

Nun war ich an der Reihe.

»Bitte schön.«

»Ich brauche einige Sachen zum Forellenangeln. Schwimmer, Haken, Bleie und Köder.«

»Die Schwimmer für Still- oder Fließwasser?«, fragte Herr Cao, während er mir bedeutete, ihm zu einem der Regale zu folgen.

»Kennen Sie den Forellenhof *Kiefer*?«, fragte ich etwas verunsichert.

»Stillwasser also«, entgegnete der Experte und überreichte mir zwei bunt lackierte Holzkörperchen, von denen der eine kugelrund und der andere konisch geformt war. »Die sind für Forellen«, wurde mir erklärt.

»Okay, dann nehme ich die. Dann brauche ich noch Haken, Bleie und Köder. Ruten und Rollen habe ich schon.«

»Die sollte ja wohl auch jeder Mensch haben«, meinte er, und seine Worte klangen so, als ob ich etwas total Selbstverständliches von mir gegeben hätte.

Ohne mein weiteres Einverständnis abzuwarten, entnahm er zielsicher ein Briefchen mit Haken und eine Schachtel Bleikugeln aus seinem Sortiment, und ich folgte ihm zurück zur Ladentheke.

»Mit den Ködern ist das so eine Geschmackssache, nicht nur für die Fische«, erläuterte er, während er mit einer beschwichtigenden Geste einen wartenden Kunden um Geduld bat.

»Worauf beißen Forellen denn so?«, fragte ich und fühlte mich einen Augenblick lang wie in einer Vernehmung, bevor mir einfiel, dass ich es ja war, von der Herr Cao eigentlich etwas wissen wollte.

»Am besten auf Maden. Teig geht aber auch.«

»Na gut, dann bitte noch Maden und Teig.«

»Da gibt es eine Menge unterschiedlicher Teigsorten«, versuchte er mir zu erklären, sah aber dann ein, dass Erklärungen in meinem speziellen Fall nichts bringen würden und entschied, für mich zwei Gläser Forellenteig einzupacken.

»Ein halber Liter Maden dürfte für einen Angeltag ausreichen. Die Maden müssen in den Kühlschrank, sonst sind sie bei diesem Wetter schnell hin«, klärte er mich noch auf.

Ich hatte nun alles, was Andi und mir zum Sieg verhelfen sollte, und verließ frohen Herzens das Anglermagazin; innerlich voller Vorfreude auf den Besuch im Forellenhof.

* * *

Oberkriminaldirektor Reuther schien nicht gerade bester Laune zu sein, als er unser Büro betrat.

»Jetzt mal Butter bei die Fische, Frau Fischer. Wie ist die Lage?«

»Nun ja, Chef, wir haben herausgefunden, dass Ratry ein geläufiger thailändischer Frauenname ist, und *Susi Bars* gibt es Hunderte auf der Welt. Eine ist in Pattaya, in Thailand. Der Laden gehört einem Deutschen. Das Ding hat auch eine Homepage im Internet. Wir haben uns die mal angesehen. Wollen Sie auch einen Blick drauf werfen?«

Andi hatte die Seite in der Zwischenzeit auf dem Bildschirm.

Reuther war nicht gerade der Typ Chef, mit dem man über Themen aus dem horizontalen Gewerbe unbefangen reden konnte. Er stand drei Jahre vor seiner Pensionierung, hatte es in seiner langen Dienstzeit viermal geschafft, als Studiogast zu *XY Ungelöst* bei Ede Zimmermann eingeladen zu werden, und entsprach optisch dem Muster Oberstudienrat, wie man es aus den Lümmel-Filmen der Sechzigerjahre mit Hansi Kraus und Heintje kannte. Seit fast vierzig Jahren war er kinderlos verheiratet, und gegen eine Einladung zum Abendessen bei ihm und seiner Frau Ilse hatte ein Schulgottesdienst den Spaßfaktor Eins plus. Hinter seiner schweren Hornbrille verbargen sich wasserblaue Argusaugen, denen nicht der geringste Formfehler in Aktennotizen entging. Wo Ilse die Lastexhosen und Dralonpullover einkaufte, traute sich im Präsidium niemand zu fragen.

An diesem Tage ging von ihm keine Gefahr aus, denn der Laden schien kein Puff zu sein. Die Seite war vollkommen harmlos. Die Bar stellte sich im Netz als Treffpunkt für tolerante Paare mit Thai-Büffet und Spanferkel vom Spieß dar – ob hetero oder homo ließ der Betreiber offen. Alles ganz züchtig im Rahmen des deutsch-asiatischen Kulturaustausches.

»Sie fahren doch übernächste Woche dorthin, Frau Fischer?«, setzte Reuther an.

»Wohin? In die *Susi Bar*?«, erwiderte ich und glaubte in der Gegenfrage schon ein definitives NEIN postuliert zu haben.

»Ach was, ach was. Sie können doch mal dort vorbeigucken, wenn Sie schon einmal in Ihrer Heimat sind.«

»Sie verwechseln mich mit der Frau des Kollegen Pfannkuche, Chef. Ich stamme aus Vietnam.«

»Na ja, na ja Thailand, Vietnam – ist ja dieselbe Ecke.« Der Oberkriminaldirektor näherte sich der Türe.

»Tot ziens«, rief ich ihm nach.

Er drehte sich verdutzt um und verließ schweigend unser Dienstzimmer.

Ist doch dieselbe Ecke, dachte ich.

* * *

Die SIG Sauer, Kaliber neun Millimeter Parabellum, lag vor mir auf dem Küchentisch. Schon seit Beginn meiner Dienstzeit bei der Polizei war mir dieser Ausrüstungsgegenstand unsympathisch. Und ich war auch die schlechteste Pistolenschützin des gesamten Präsidiums – Schützen eingeschlossen. An diesem Nachmittag hatte mir das ungeliebte Utensil aber das Leben gerettet.

Andi und ich waren zu einem Einsatz in der Nähe des Ruhrparks gerufen worden. Dort stand Dragan Fleischer völlig nackt in der Eingangstüre seiner Vier-Zimmer-Wohnung im dritten Stock eines Sozialbaus. Dies an sich war nicht besonders bedrohlich gewesen. Allein die Tatsache, dass er eine geladene und durchgespannte Walther PPK, Kaliber sieben-fünfundsechzig, in seiner linken Hand hielt, machte die Sache für Alstadener Verhältnisse außergewöhnlich. Er hielt die Mündung der Waffe an seine Schläfe und drohte damit, jeden Augenblick abzudrücken, was er einige Stunden zuvor bei seiner Ehefrau Uschi, deren Leiche auf der Kellertreppe gefunden worden war, wohl ohne Vorankündigung getan hatte.

»Ich will hier keine Bullen sehen«, schrie er, womit er die Kollegen von der Schutzpolizei meinte, die sich in der zweiten Etage aufhielten und Herrn Fleischer zur Aufgabe überreden wollten.

Die Klamotte war wie aus einem Film. Die uniformierten Amtsbrüder hatten alles weiträumig abgesperrt; Feuerwehr und Notarztwagen standen in sicherer Entfernung zu dem schmucklosen Siebenfamilienhaus, aus dem die übrigen Bewohner geflüchtet waren und nun in sicherer Entfernung auf der Straße standen, wo sie von Ordnungskräften betreut wurden. Aus sämtlichen Fenstern, die zur Wohnung der Fleischers gehörten, war das Glas herausgeschossen. Insgesamt sollen mehr als zwanzig Schüsse abgefeuert worden sein.

»Wie ist die Lage?«, fragte ich die Schupos, die immer wieder in das obere Stockwerk Appelle an den Schützen richteten.

»Der Kerl ist vollkommen durchgedreht. Der ballert auf alles, was sich bewegt. SEK ist schon angefordert, aber das wird noch ein Weilchen dauern.«

Ach, du liebe Güte. Mogadischu in Alstaden, kam es mir in den Sinn; und ich ahnte Fürchterliches.

Ich lugte vorsichtig nach oben. Dragan Fleischer – zweiundvierzig, Dreher bei Babcock Borsig, nicht vorbestraft – hatte sich mittlerweile auf einen Küchenstuhl gesetzt und schaute abwechselnd nach oben und unten. Er war noch immer splitterfasernackt. Einen kurzen Augenblick lang hatte ich die Möglichkeit, mir den Amokschützen anzuschauen. Er machte auch sitzend einen stämmigen und kräftigen Eindruck. Sein muskulöser und von hellbrauner Haut umspannter Körper zitterte vor Erregung. Allein sein schmales Gesicht, aus dem ein Paar irre blaue Augen blickten, war aschfahl; und über seine schmalen Lippen hatte sich weißer Schaum gelegt. Sein winziger Schniedel wollte nicht zur Mächtigkeit des Körpers passen und hing klein und verloren über die Sitzfläche des Küchenstuhls.

Sollte dieses winzige Membrum die Wurzel des ehelichen Konfliktes dargestellt haben? Warum denken eigentlich immer nur Männer, dass die Größe keine Rolle spielen würde?, begannen meine Gedanken auf unerklärliche Weise abzuschweifen.

Neben Fleischer lagen ein geladenes Reservemagazin und zwei Schachteln Munition der Marke Dynamit Nobel Kaliber sieben-fünfundsechzig rauchlos auf dem steinernen Treppenhausfußboden.

Fleischer hatte mich gesehen.

»Verpiss dich, du Chinesenarsch«, brüllte er mir zu.

»Was ist denn los, Herr Fleischer?«, fragte ich in ziemlich ruhiger Tonlage, um den erregten Schützen nicht weiter zu provozieren.

Statt einer Antwort feuerte er dreimal in unsere Richtung, traf aber Gott sei Dank niemanden.

Ein jüngerer Schupo war nun zu uns gestoßen und hatte eine Maschinenpistole mitgebracht.

»Sind Sie wahnsinnig, wollen Sie hier ein Blutbad anrichten?«, fauchte Andi ihn an.

»Packen Sie sofort das verfluchte Ding weg«, pflichtete ich bei.

Stiefelgetrappel drang durchs Treppenhaus. Das SEK war eingetroffen. Der Belagerte begann nervös zu werden und schrie unverständliche Laute. Plötzlich fielen Schüsse.

Ich hörte ein Zischen, so wie ich es nur aus den Beschreibungen der Opas kannte, die an Christas Theke von ihren Ostfronterlebnissen berichteten. Fleischer stand, wie aus dem

Nichts kommend, keine acht Meter von mir entfernt, und ich blickte auf die Walther in seiner linken Hand. Immer wieder zuckten helle Blitze aus ihrem Lauf. Ich spürte das Gewicht der Dienstwaffe, die ich mit beiden Händen fest umklammert hielt. Sie wog Tonnen. Über die Zielvorrichtung erspähte ich den Nackten. Der Zeigefinger meiner rechten Hand berührte den Abzug der SIG Sauer. Sie ruckte einmal kräftig in meinen Händen, und Dragan Fleischer war augenblicklich aus meinem Gesichtsfeld verschwunden.

Ich hatte abgedrückt. Zum ersten Mal in meinem Leben hatte ich einen Schuss auf einen Menschen gefeuert. Mir war kotzübel.

»Okay, okay. Bleib ganz ruhig liegen, du Schwein«, hörte ich Andi sagen.

Ich hatte Fleischer in die linke Schulter getroffen, und er war, so berichtete mir Andi später, sofort zu Boden gegangen, wobei sich noch ein Schuss aus seiner Waffe löste, der ihn den großen Zeh des linken Fußes kostete.

»Gut gemacht, Frau Kollegin. Das war verdammt knapp.«

Die Worte eines maskierten Stahlhelmträgers drangen an mein Ohr. Ich war sprachlos. Ich blickte auf die Waffe in meinen Händen. Feiner Rauch stieg aus ihrem Lauf empor. Der verwundete Fleischer, der vollkommen paralysiert im Treppenhaus lag, war nun von fünf mit Maschinenpistolen bewaffneten SEK-Leuten umstellt, an deren Entschlossenheit nicht zu zweifeln war.

Andi packte mich am Arm. »Bist du in Ordnung?«, fragte er.

Ich ließ meinen Kopf auf seine Schulter fallen, und er führte mich aus dem Haus.

Der Verwundete und ich landeten danach im Josefhospital, wo Fleischer operiert und ich psychiatrisch betreut wurde. Die nervenärztliche Behandlung beschränkte sich darauf, meine Knie- und Augenreflexe zu testen und mir mündlich zu attestieren, dass ich für den Rest des Tages fahruntüchtig sein würde. Andi, der die ganze Zeit über bei mir war, brachte mich anschließend nach Hause.

* * *

Um achtzehn Uhr war ich in meiner Wohnung angekommen. Ich wollte nur noch allein sein und schickte Andi weg.

Ich lag keine zehn Minuten auf der Couch, als es an die Türe klopfte. Frau Neyenhuis stand im Hausflur.

»Tag, Frau Fischer, ich will nicht lange stören. Ich habe Ihnen nur was zu essen mitgebracht. Sie müssen ja Hunger haben, nach alldem, was da heute passiert ist. Mein Mann und ich haben das alles im Radio gehört.« Mit Radio meint sie natürlich den Polizeifunk.

»Sie stören mich nicht«, log ich und bat Frau Neyenhuis herein.

Sie trug einen geblümten Hausfrauenkittel und schien direkt aus ihrer Küche zu mir geeilt zu sein. In ihren Händen hielt sie einen großen Teller mit Reibekuchen, aus ihrer rechten Kitteltasche lugte ein Glas Apfelmus hervor.

»Nun essen Sie mal schön die Reibeplätzchen, und danach legen Sie sich ein bisschen hin«, sagte sie, während sie den Teller auf meinen Küchentisch stellte und das Glas Apfelmus aus ihrer Tasche zog. Einen Moment lag ruhte ihr Blick auf der SIG Sauer, und ich konnte ihre Gedanken erahnen. Danach war sie genauso schnell verschwunden, wie sie gekommen war.

Ich warf einen Blick auf die Reibekuchen. Der Teller verschwamm in meinen Augen mit dem Gesicht Dragan Fleischers. Mir wurde schlecht, ich wollte zurück auf die Couch.

Aus der Ferne hörte ich mein Handy klingeln. Es wurde lauter und lauter. Als ich erwachte, fand ich mich auf dem

Küchenfußboden liegend. Es war in der Zwischenzeit stockfinster geworden. Ich musste beim Anblick der Gaben von Frau Neyenhuis ohnmächtig geworden sein. Als ich mich endlich aufgerappelt hatte, klingelte das Telefon noch immer. Ich blickte auf das Display. *Klumpen-Hugo* leuchtete dort auf.

»Weißt du, wie spät es ist?«, fragte ich, ohne Hugo zu Wort kommen zu lassen.

»Weiß ich, Mädchen, weiß der Hugo alles. Ich hab auch schon gehört, was heute Mittag passiert ist. Schöne Scheiße. Ist ja noch mal alles gut gegangen. Pass auf, warum ich dich jetzt noch anrufe. Ich hab eine ganz heiße Sache für Sonntag im zweiten Lauf. Fürst Ippi.«

Ich schaute auf die Uhr, es war viertel vor eins in der Nacht.

»Hugo, du hättest mich auch morgen anrufen können«, erwiderte ich leicht gereizt, aber eigentlich auch recht froh darüber, dass sein Anruf mich in die Realität zurückgeholt hatte, denn die Albträume der vergangenen Stunden waren grauenhaft. Im Tiefschlaf hatte ich Fleischer mindestens zehnmal auf die unterschiedlichsten Weisen erschossen.

»Geht nicht, der Möppel muss die Knete heute Nacht noch haben. Um drei Uhr ist Annahmeschluss beim Erwin inne Kneipe. Mädchen, du brauchst doch auch noch was für de Reisekasse nächste Woche.«

Aus dem Wohnzimmerfenster erspähte ich Klumpen-Hugo. Er saß auf der Motorhaube seines Peugot 504 und telefonierte. »Okay, komm rauf«, gab ich mich geschlagen.

Es dauerte keine zwei Minuten, und er saß auf meiner Couch.

Mein später Besucher war das lebendige Abbild des auf der Tuborg-Dose wiedergegebenen durstigen Mannes. Und er litt unter chronischem Geldmangel, denn Hugo war von Beruf Würfel- und Kartenspieler. Wenn er auch beim Spielen nicht immer das glücklichste Händchen bewiesen hatte, von Pferden verstand weit und breit keiner mehr als er. Seine Tipps waren eine sichere Bank, aber sie waren auch nicht gerade billig. Ich hatte Hugo vor drei Jahren kennengelernt, als er uns den entscheidenden Hinweis in der verworrenen Sache um den ermordeten Trabrennfahrer Atze Blasius gegeben hatte, dessen Sulky damals manipuliert worden war. Seitdem half er mir stets, mein schmales Staatsgehalt aufzubessern.

»Also, Fürst Ippi läuft Sonntag im zweiten Rennen am Raffelberg. Favorit ist Daddies Boy, der ist elf für zehn am Totalisator. Und jetzt kommt's – Daddies Boy darf nicht gewinnen, warum, brauchste nicht zu wissen. Nur eins ist klar, und das kannste mir glauben, Mädchen. Fürst Ippi hat kein Schwein auf der Rechnung, der ist vierzig für zehn. Und ich hab eben schon beim Erwin gesetzt. Der Möppel hat Fürst Ippi sechzig für zehn. Und jetzt mach mal dein Portemonnaie auf, Mädchen.«

Wenn Hugo so begeistert war, konnte eigentlich nichts schiefgehen. Ich fand insgesamt zweihundert Euro in allen meinen drei Portemonnaies, weitere dreihundert nahm ich aus dem Sparschwein.

»Okay, Mädchen. Vierhundert auf Fürst Ippi beim Erwin«, kommentierte er seine stolze Provision knapp. Hugo zählte die Banknoten nach und steckte sie in die Innentasche seines beigefarbenen Cordjacketts. »Die zweitausendvierhundert kriegste dann am Sonntag.« Er erbat sich noch einen doppelten Scotch, den er im Stehen herunterkippte, und verließ meine Wohnung.

Es war fünf nach eins, als ich endlich in die Federn steigen konnte.

2. Kapitel

Ich steckte die Pistole und mein Handy ein und fuhr zum Dienst. Keine zwanzig Stunden waren seit dem Abenteuer am Ruhrpark vergangen, und ich fühlte mich noch immer nicht ganz okay. Das Erlebnis der Schießerei hatte mir die ganze Nacht keine Ruhe gelassen.

Auf dem Präsidium erwartete mich bereits Oberkriminaldirektor Reuther. Er hielt einen riesigen Blumenstrauß in Händen und zog eine feierliche Miene. »Meine liebe, liebe Frau Fischer, Sie können sich gar nicht vorstellen, wie froh, nein, wie glücklich ich bin, Sie wohlbehalten wiederzusehen«, begrüßte er mich, während er mir gleichzeitig die Blumen in die Hände drückte.

Ich warf einen Blick in mein Büro. Der Schreibtisch sah aus, als gelte es, ein rundes Dienstjubiläum zu feiern. Die Arbeitsfläche war vollgestellt mit Sektflaschen, Pralinen und Blumensträußen. Daneben standen Glückwunschkarten.

Mein Gott, dachte ich, da musste man auf einen Menschen schießen, und die Kollegen feierten einen wie eine Heldin. Na ja, ich wusste ja, wie es gemeint war, und trotz meiner Anspannung spürte ich doch so etwas wie Rührung.

»Darf ich Sie ins Konferenzzimmer bitten, meine Liebe? Die Kollegen möchten Ihren heldenhaften Einsatz von gestern mit einer kleinen Feierstunde würdigen.«

Ehe ich mich besinnen konnte, hatte Reuther bereits meinen rechten Arm ergriffen und mich in den Raum geführt. Dort warteten die versammelte Mordkommission sowie einige Kollegen aus anderen Dezernaten. Auch Doktor Mathes war gekommen.

Ich setzte mich zu Paul und Andi an den Tisch. Bevor ich etwas sagen konnte, klopfte der Oberkriminaldirektor mit einem Löffel an den Rand seines halb vollen Sektglases und begann eine Ansprache.

»Meine lieben Kolleginnen und Kollegen. Wir haben uns heute Vormittag hier versammelt, um das mutige und beherzte Eingreifen einer Kollegin zu würdigen, die unserem Kommissariat schon seit vielen Jahren angehört und auf die wir alle mit Fug und Recht stolz sein dürfen. Wenn ich nun mein Glas erhebe, dann tue ich dies nicht allein, um meiner Freude über Ihre Unversehrtheit Ausdruck zu verleihen, meine liebe Frau Fischer, sondern auch, um Ihnen meinen Respekt und meine zutiefst empfundene Anerkennung auszusprechen.«

Wenn Dragan Fleischer ein besserer Schütze wäre, würde sich Reuthers Ansprache nächste Woche nicht viel anders anhören, ging es mir durch den Kopf.

Zum Schluss gab der Chef noch einen lateinischen Sinnspruch zum besten, der mir aber keinen Augenblick lang im Hirn haften blieb. Einen Vorteil hatte die ganze Sache wenigstens: Es gab Sekt und Häppchen. Ich legte zwei halbe Brötchen auf meinen Teller. Eins belegt mit Kochschinken, das andere mit Tatar.

»Ich habe früher auch gern Tatar gegessen«, hörte ich aus dem Gewirr von Stimmen Doktor Mathes sagen, »aber wenn Sie schon einmal ein Projektil aus einem menschlichen Herzen entfernt haben ...«

Ich stellte meine Ohren auf Durchzug und den Teller beiseite.

Unverhofft stand Dieter Brom im Türrahmen. »Entschuldigung, Frau Fischer. Ich wusste nicht, dass Sie hier feiern. Ich möchte nur kurz meine Aussage abgeben.«

Er überreichte mir einen Briefumschlag, durch dessen Papier ich ein DIN-A4-Blatt und eine Diskette ertasten konnte.

»Kommen Sie doch rein, und feiern Sie mit uns, Herr Brom«, lud ich ihn ein.

Sich vorsichtig umschauend betrat er den Konferenzraum. Als er Paul und Andi erspähte, nicke er den beiden freundlich zu und nahm schnurstracks den Platz ein, auf dem zuvor ich gesessen hatte. »Oh, Sie haben Tatarbrötchen«, sagte Brom und griff beherzt zu.

Irgendwann am späten Vormittag war er dann verschwunden, ohne noch ein Wort über sein Geständnis verloren zu haben.

* * *

Nach Dienstschluss fuhr ich zu Malis Laden und kaufte einige tiefgefrorene asiatische Fertigsuppen ein. Schließlich musste ich etwas anzubieten haben, wenn Olaf und Petra am Abend kamen. Der von Dieter Brom übergebene Briefumschlag sollte bis dahin ungeöffnet in meiner Handtasche verbleiben.

Es würde nun schon das siebzehnte Mal sein, dass sich die beiden als Literaturkritiker bei mir einfänden, um sich an den Geständnissen des stadtbekannten Möchtegernkillers zu erfreuen. Olaf kannte Dieter aus der Schule und wusste jede seiner schriftlichen Einlassungen mit immer neuen Geschichten aus den Achtzigerjahren zu ergänzen, als der junge Exzentriker bereits die Lehrer und Mitschüler zur Verzweiflung trieb und letztendlich der Schule verwiesen wurde, nachdem er einen Satz Chemieklassenarbeiten mitsamt der Aktentasche des Paukers in Schwefelsäure aufgelöst hatte.

Pünktlich um neunzehn Uhr klopften Olaf und Petra an meine Türe. Sie brachten zwei Flaschen Rotwein mit, und wir setzten uns in die Küche, um zu Abend zu essen.

Dann kam der große Moment. Ich öffnete den Umschlag und übergab das Schriftstück Olaf, der Broms Fistelstimmchen beinahe perfekt imitieren konnte. Olaf begann vorzulesen:

»*Geständnis*

Ich, Dieter Brom, geboren am 23.11.1974 in Oberhausen, gestehe hiermit, in der Nacht vom 19. auf den 20. Juli 2004 einen mir namentlich nicht bekannten Mann getötet und danach zersägt zu haben. Die Leichenteile habe ich in den frühen Morgenstunden des 20. Juli meinem Auftraggeber überreicht. Den Namen kann ich wegen meiner Berufsehre unter keinen Umständen verraten.

Wie ein Arm in den Kaisergarten gelangen konnte, vermag ich nicht zu sagen. Da durch den Fund die Spur früher oder später zu mir führen würde, habe ich mich entschlossen, mich den Verfolgungsorganen zu stellen und meine Tat zu gestehen. Ich räume ein, lieber ins Gefängnis zu gehen, als meinem Auftraggeber in die Hände zu fallen. Dem gefällt die Kaisergartensache nicht, und er macht mich für das Missgeschick verantwortlich und will mich zur Rechenschaft ziehen.

Der Tathergang ereignete sich wie folgt: Bereits im Mai fand ich die Auftragsbestätigung, ein Foto von dem Opfer und eine Anzahlung von 50.000 Euro in einem Schließfach auf dem Oberhausener Hauptbahnhof. Den Schlüssel für das Schließfach hatte ich mit der Post gekriegt.

Ich habe den Mann dann zwei Monate lang beobachtet. Der wohnte im Männerwohnheim (Karl-Sonnenschein-Haus) auf der Bebelstraße in Alstaden. Und ist jeden Tag zum Biertrinken in den Ruhrpark gegangen. Als ich seine Lebensgewohnheiten kannte, habe ich nur noch auf den richtigen Zeitpunkt gewartet.

Am 19.07.2004 war ich nachmittags in Essen Steele. Dort war ich mit der S-Bahn hingefahren. Ich wollte da einen alten Mann erstechen. Der war aber nicht zu Hause. Ich bin dann wieder mit der Bahn nach Oberhausen gefahren und bin gleich weiter in den Ruhrpark. Dort saß der Mann mit einer Flasche Bier auf der Bank, da wo früher die Gaststätte Hermann Kuss *war. Ich habe gewartet, bis es dunkel war, und habe ihn dann erschossen. Weil ich kein Auto habe, musste ich die Leiche erst einmal im Gebüsch verstecken. Ich bin dann wieder zu mir gefahren und in der Nacht mit dem Fahrrad zurückgekommen. Den Mann habe ich dann zersägt und die Teile in Müllbeutel gepackt. Insgesamt musste ich dreimal zwischen Ruhrpark und Übergabeort hin und her fahren. Den Übergabeort verrate ich nicht, weil der Auftraggeber da wohnt. Zeugen habe ich keine. Mein Wort muss Ihnen genügen.*

Oberhausen, den 24. Juli 2004
Dieter Brom«

Es war fast ein bisschen enttäuschend. Gewöhnlich war Dieter Broms Fantasie lebhafter. Aber diesmal hatte er das Geständnis ja allein und zu Hause verfassen müssen, da hatte er keine zweifelnden Zuhörer, die durch ihre Einwände und Fragen seinen Einfallsreichtum anstachelten. Sollte dies die stille Form des Protestes gegen seinen Rauswurf am Montag gewesen sein? Ich würde nie mehr den Fehler begehen, ihn zu bitten, seine Aussagen selbst zu schreiben. Hätte ich ihn doch einfach zu einem anderen Termin ins Präsidium bestellt. Ich war sauer.

»Na ja, Dieter war auch schon mal besser«, meinte Olaf und legte das Blatt unzufrieden auf den Küchentisch.

»Wie ist eigentlich der Ermittlungsstand in der Sache mit dem Unterarm?«, fragte Petra.

»Wir haben fast gar nichts. Wenn ich nicht die Heldin vom Ruhrpark wäre, hätte ich mit meinem Chef ganz schöne Probleme.«

Olaf und Petra sahen sich an. Sie hatten es bisher vermieden, mich auf die Schießerei anzusprechen.

»Frau Neyenhuis hat uns erzählt, was da los war. Das muss ja furchtbar für dich gewesen sein«, meinte Olaf, während er eine Flasche Wein entkorkte.

»Alles halb so wild. Ich bin nur froh, dass ich den Kerl nicht tödlich getroffen habe«, erwiderte ich und fühlte mich in meiner Rolle als coole Detektivin nicht ganz sicher. Ich war noch immer nicht in der Stimmung, über das Erlebnis zu reden, und hatte gehofft, mit meinen Nachbarn einen lustigen Abend verbringen zu dürfen. Dieter Brom hatte uns einen Strich durch die Rechnung gemacht.

* * *

Bereits am nächsten Morgen war mein Heldenbonus der Alltagsroutine gewichen. Interpol hatte den Fund eines linken, stark behaarten Unterarmes in Amsterdam gemeldet.

»Hoffentlich passt der zu unserer Leiche. Wenn die noch mehr finden, dann können wir den Fall ja vielleicht an die niederländischen Kollegen abgeben«, meinte Andi, und seine Augen strahlten wie die eines kleinen Kindes zu Weihnachten.

Unsere erste Begeisterung wich jedoch schlagartig der ernüchternden Erkenntnis, dass wir immerhin noch sieben weitere Fundsachen aus den letzten Monaten zu bearbeiten hatten. Da würde wohl kein freundlicher Minher van de Falk kommen und uns die Arbeit abnehmen.

Der Dienstapparat klingelte. Ich nahm ab. »Fischer.«

Doktor Mathes war dran. »Guten Tag, meine Liebe, guten Tag. Ich habe gerade mit den Kollegen in Amsterdam telefoniert. In den sieben älteren Fällen verlief der Genvergleich negativ. Bezüglich des aktuellen Fundes haben sie mir ein Foto des Armes gemailt. Einen genetischen Abgleich können wir uns hier sparen. Beim tätowierten Arm sind die Fingernägel rund geschnitten, bei dem aus Holland eckig«, machte er jede aufkommende Hoffnung fernmündlich zunichte.

»Der Fall bleibt bei uns und der neue Arm in Holland. Mathes sagt, es besteht kein Zusammenhang mit unseren Fällen«, klärte ich Andi auf. »So ein Murks, wäre doch die Russenmafialeiche von Tisch drei, deren Schädelöffnung wir freundlicherweise beiwohnen durften, unser Fall. Aber nein, der Chef setzt uns natürlich auf Arme und Hände an.« Ich war enttäuscht.

»Vielleicht hält er seine Mitarbeiter nicht für ganze Kerle?«, fragte Andi süffisant.

Wir hatten zumindest unseren Humor nicht verloren. Das war schon einmal viel wert, denn wie wir unseren Chef kannten, würde auf Andi und mich in den nächsten Tagen eine Menge zukommen. Witz und starke Nerven waren die einzigen Rüstungen gegen Oberkriminaldirektor Reuther.

Just in dem Moment betrat der Chef unser Büro. »Ich habe gerade mit Mathes gesprochen. So geht das nicht weiter«, begrüßte er uns. »Die Presse lässt mir keine Ruhe mehr. Die Öffentlichkeit will Resultate. Ich erwarte Vorschläge von Ihnen.«

»Chef, wir haben alles nur Erdenkliche unternommen. Wir sind alle Vermisstenmeldungen der letzten Jahre durchgegangen. Es wird kein Mann um die fünfzig mit einer Tätowierung vermisst.« Ich versuchte den Oberkriminaldirektor zu beruhigen, denn seine puterrote Gesichtsfarbe ließ befürchten, dass er kurz vor einem Schlaganfall stand.

»Ja, ja. Alles Erdenkliche getan, mit der Kaffeetasse in der Hand.« Türenknallen.

»So aufgebracht habe ich den Alten selten gesehen«, meinte Andi. »Der hat doch nicht mehr alle stramm. Wie soll man eine Leiche finden, die keiner vermisst und von der man nicht einmal weiß, ob sie aus Deutschland stammt oder aus Europa oder aus Amerika oder vom Mond? Wie konnte ich nur so doof sein und Bulle werden.«

»Reg dich nicht auf. Wir müssen eben warten, bis jemand den Mörder auf frischer Tat ertappt oder bis er beim Entsorgen der Leichenteile erwischt wird. Das ist zwar keine angenehme Aussicht. Aber so, wie ich die Sache peile, scheint dies unsere einzige Chance zu sein«, versuchte ich Andi zu beruhigen.

»Also dann, heute Abend interne Dienstbesprechung bei *Ostermann*. Ich brauche dringend ein Bier«, schlug Andi vor.

* * *

An der Ostermannschen Theke drehte sich alles um den bevorstehenden Angelwettbewerb. Andi hatte die neueste Ausgabe des Sportfischermagazins *FISCH&FANG* mitgebracht und versuchte, dem Heft einige Tipps fürs Forellenangeln zu entnehmen, stellte aber überrascht fest, dass die Lektüre für Anfänger nicht geeignet zu sein schien.

»Thi, guck dir das mal an. Ein Wels von zwei Metern vierzig; hundertachtzig Pfund, aus dem Rhein. Oder hier. Hecht, einen Meter dreißig, achtunddreißig Pfund, aus dem Plöner See. Hast du gewusst, dass solche Monster in Deutschland rumschwimmen?«

Er konnte seinen Blick gar nicht mehr von den Fotos lösen, und ich machte mir Sorgen, dass sein Bier zwischenzeitlich verdunsten würde.

»Was guckt ihr denn da? Das ist ja ekelhaft. Da geh ich bestimmt nicht mehr in der Sechs-Seen-Platte schwimmen«, kommentierte Christa die Bilder, obgleich sie diese von der anderen Seite des Tresens aus nur verkehrt herum sehen konnte.

»Hey, du alter Meisterangler. Die Fische morgen werden ein paar Nummern kleiner ausfallen als die Biester in deinem Hochglanzmagazin.«

Ich versuchte vergeblich, Andi auf ein anderes Thema zu bringen, denn eigentlich hatten wir uns verabredet, um in Ruhe über den Chef herziehen zu können, wonach mir den ganzen Tag über der Sinn gestanden hatte.

»Macht euch mal keine Sorgen, Kinder. Wir werden den Grill schon noch voll kriegen. Zur Not packen wir eben Würstchen drauf«, meinte Paul.

»Ihr müsst Krakauer am Angelhaken dran machen. Ein Stücksken von meine Krakauer. Da beißen die Fische wie verrückt«, mischte Mettwurst Hubert sich ins Gespräch ein.

»Deine scheiß Krakauer. Wir wollen angeln und nicht Fische vergiften, du Pappnase«, verwarf Paul den todsicheren Ködertipp.

»Im Hafen von Odessa, da hab ich zwei Handgranaten reingeworfen, da war die ganze Batterie zwei Tage satt von die Fische«, setzte Hubert nach.

»Wir sind Sportangler und keine Mörder«, wies Andi den Weltkriegsveteranen zurecht, ohne dabei seine Augen auch nur einen Moment lang von der *FISCH&FANG*-Ausgabe zu lösen.

Ich kam mir nun vor wie im Kindergarten und war der Verzweiflung nahe. Mit einer Themenänderung war an diesem Abend an der wohlvertrauten Theke nicht mehr zu rechnen und, so musste ich einsehen, dass der Start ins Wochenende eher der Jahreshauptversammlung eines Anglervereins als einer gemütlichen Thekenrunde gleichkam.

* * *

Am Sonntagmorgen wachte ich gegen sieben Uhr auf, und mein erster Blick durchs Schlafzimmerfenster ließ meine Laune gleich wieder auf Null fallen. Dunkler Himmel und strömender Regen verhießen ein schweres Geläuf am Raffelberg.

Scheiße, ich hätte Klumpen-Hugo nicht die Kohle geben sollen, schoss es mir durch den Kopf. Was nutzte es nun zu jammern, zunächst stand ja das Preisangeln auf dem Programm. Ich spülte eine Tasse Jacobs Krönung hinunter, verstaute das Angelzeug im Kofferraum, schwang mich in meinen Wagen und war eine Viertelstunde später am Forellenhof *Kiefer*.

Wir waren nicht die Einzigen, die an diesem Morgen bei äußerst durchwachsenem Wetter unser Anglerglück im Forellenhof versuchen wollten. Neben dreißig Polizeibeamten hatten sich noch etwa zwanzig weitere Petrijünger zur Fischwaid auf ausgesetzte Regenbogenforellen und Spiegelkarpfen an den künstlichen Becken des Fischwirtschaftsbetriebes eingefunden. Einigen sah auch das ungeübte Auge den blutigen Anfänger an, andere konnten durch Ausrüstung und Gehabe den Profi nicht verleugnen.

»Also, meine Damen und Herren. Die Regeln sind klar. Geangelt wird in Zweierteams, von acht bis vierzehn Uhr. Es zählen nur gefangene Forellen. Karpfen kommen nicht mit in die Wertung. Uhrenvergleich. Es ist jetzt sieben Uhr fünfundvierzig. Das heißt, in fünfzehn Minuten geht es los. Auf dass das beste Team gewinne! Petri Heil.«

Ohne militärische Präzision vermochte Oberkriminaldirektor Reuther nicht einmal einen harmlosen Betriebsausflug zu organisieren. Egal, wir bauten unsere Angeln zusammen und suchten uns einen vielversprechenden Platz am Beckenrand. Die Ecken, von denen Heinz-Caspar Unglaub uns gesagt hatte, dass sie die aussichtsreichsten Fangplätze seien, waren natürlich schon von Profis besetzt. Andi und mir blieb nichts anderes übrig, als uns in die Reihe der anderen Angler einzugliedern. Am Angelplatz fiel uns gleich auf, dass wir ein wichtiges Utensil, nämlich Campingstühle, vergessen hatten. Gott sei Dank hatte es mittlerweile wenigstens zu regnen aufgehört.

Mein Blick fiel nun in die Köderschachtel, die ich im Anglermagazin erstanden hatte. Neben dem halben Liter weißer Fliegenmaden entpuppte sich der von Herrn Cao eingepackte Forellenspezialteig als klebrige Masse. Der eine Teig war giftgrün, der andere rosafarben.

»Ich probiere es erst einmal mit dem rosa Teig«, sagte ich und hoffte, dass mein Partner den Madenköder wählen würde.

»Dann gib mal das grüne Zeug her«, meinte Andi.

Um Punkt acht Uhr waren unsere Köder im glasklaren Wasser des Bassins. Nun konnten die Forellen kommen.

Sie kamen aber nicht.

Bis etwa zehn tat sich bei uns überhaupt nichts. Unsere Schwimmer lagen wie Bojen auf der spiegelglatten Wasseroberfläche, und in mir reifte allmählich der Gedanke, dass es Zeit würde, die Köder zu wechseln. Der Forellenspezialteig schien heute keine Spezialwirkung zu haben. Widerwillig näherte ich mich der Madendose. Vorsichtig griff ich in die quirlige Masse aus zuckenden kleinen Leibern. Nach dem dritten Griff überwand ich mich, drei Larven zu entnehmen, auf den Angelhaken zu stecken und auszuwerfen. Mein Kollege schaute mir dabei zu.

»Ich drehe mal eine Runde und gucke, was die Konkurrenz erbeutet hat«, sagte Andi und war weg.

Kaum war er fort, da verschwand auch mein Schwimmer. Ich wartete einen Moment, kurbelte ein bisschen Schnur auf die Rolle und haute den Fisch an. Ich spürte Widerstand am anderen Ende der Angelschnur, und zwei Minuten später lag die erste Regenbogenforelle vor mir auf dem Trockenen. Ich war unendlich stolz.

»Von selber stirbt die so schnell nicht, mein Fräulein«, hörte ich hinter mir eine dümmlich klingende Stimme sagen, und als ich mich umdrehte, erspähte ich einen junger Spund von etwa siebzehn Jahren, der in seiner waidmännischen Bundeswehrkleidung mehr einem Mitglied der Wehrsportgruppe Hoffmann glich als einem beschaulichen Angler. Der Bengel glaubte anscheinend, mich verspotten zu können.

Statt dem Bengel zu antworten, schlug ich dem Fisch mit einem Holzknüppel auf den Kopf, woraufhin das Tier augenblicklich zu zappeln aufhörte. Als hätte ich es schon hundertmal getan, löste ich den Angelhaken aus dem Maul und packte die Forelle in unseren Beutesack – eine Stofftüte von EDEKA.

»Wir sind die Allerletzten. Paul und Heinz-Caspar liegen vorn, die haben schon acht Stück«, verkündete Andi.

»Und wir schon eine, los jetzt, die Fische beißen. Das ist unsere Chance.«

Kaum hatte ich die ermunternden Worte an Andi gerichtet, tauchte mein Schwimmer erneut ab. Routiniert landete ich den Fisch, und Nummer zwei war ruckzuck in der EDEKA-Tasche verschwunden.

Bis zwölf Uhr hatten Andi und ich elf Forellen und einen Karpfen erbeutet. Ein Informationsrundgang ergab, dass wir nun auf dem zweiten Platz hinter Paul und Heinz-Caspar lagen. Sie hatten von Anfang an auf Maden gesetzt und lagen mit dreiundzwanzig Forellen uneinholbar in Führung.

Um vierzehn Uhr standen wir mit achtzehn Forellen als Zweitplatzierte fest. Es war nun bei Gott keine Schande, allein von Paul und Heinz-Caspar geschlagen worden zu sein. Zum Triumph gesellte sich nun jedoch ein kleines Problem: Es galt die Beute zu versorgen, womit der Angler das Ausnehmen und Säubern der Fische meint. Obgleich ich elf und Andi nur sieben Fische erbeutet hatte, beschlossen wir, dass jeder neun Forellen zu versorgen hätte.

Um halb drei waren die Fische sauber, und ich hatte mich zu sputen, wollte ich rechtzeitig am Raffelberg sein, schließlich musste ich überprüfen, was aus meinem Geld geworden war. Im Eiltempo brachte ich die Strecke hinter mich.

Obgleich der Eintritt für Damen frei war, waren keine echten auszumachen. Zwar standen hier und da einige aufgetakelte Schachteln älteren Baujahres und das ein oder andere Mädel aus dem Milieu herum, von Ascot oder Iffezheim jedoch keine Spur. Auf der Suche nach Hugo ließ ich meine Blicke schweifen. Der Ausspruch des guten alten Winston S. Churchill kam mir in den Sinn: »Nicht alle auf der Rennbahn sind Gauner, aber alle Gauner sind auf der Rennbahn.« Ich sah mit eigenen Augen, wie recht der alte Fuchs hatte, denn aus der Ferne konnte ich Lady De Sade und Uwe Kraft ausmachen. Ich wusste, dass beide auch ein bisschen Geld auf Fürst Ippi gesetzt hatten, und sie sahen recht zufrieden aus.

»Mensch Mädchen, du hast echt was verpasst. Fürst Ippi ist abgegangen wie eine Rakete. Der Möppel ist blass geworden. Der ist satt und hat sich schon weggemacht. Hier ist erst mal deine Knete«, begrüßte mich Klumpen-Hugo und überreichte mir ein Kuvert.

»Tut mir leid, Mädchen. Der Hugo muss nun zum Erwin. Da ist heute Würfeln angesagt. Da will ich den Zigeunern mal was aus der Jacke schneiden. Die bunkern eh zu viel Moos inne Wohnwagen«, sprach es, und ließ mich fröhlich winkend mit meinem Glück allein.

Zweitausendvierhundert Euro und elf Forellen, dabei war es erst Nachmittag. Dieser Sonntag hatte sich alles andere als schlecht angelassen. Nun aber schnell nach Hause. Frau Neyenhuis wartete auf ihre Fische, und meine Nase sagte mir, dass ich schleunigst unter die Dusche musste.

* * *

Als ich bei den Pfannkuches eintraf, war die Gesellschaft bereits in bester Partylaune. Viele von Malis Freundinnen waren dort, und die gängige Umgangssprache schien Thai zu sein. Paul, Andi und Heinz-Caspar hatten bereits etliche Bierchen auf die Forellen und auch schon einige Kurze hinterhergekippt. Mir blieb nichts anderes übrig, als mich an den schnatternden Damentisch zu setzen, der aber streng genommen nicht allein aus gebürtigen Ladies bestand, denn auch Jang war erschienen.

Jang gehörte wohl zu den kuriosesten Menschen, die Oberhausen je bevölkert haben, und ich sah sie oder ihn regelmäßig auf Malis Parties oder in asiatischen Restaurants, wo sie mit immer neuen Verehrern ihre Abende verbrachte. Jang war ein sogenannter Kathoey, was aus dem Thailändischen übersetzt nichts anderes als »Andersartige« bedeutete und sich in einem unerträglich tuckigen Verhalten äußerte. Mehr als zwanzigtausend Euro hatten Jangs Eltern in die Umwandlung ihres Sohnes in einen Ladyboy investiert. Den finalen Feinschliff dieses Unterfangens hatte das urologische Chirurgenteam des Universitätsklinikums Essen besorgt, und seit einigen Monaten pinkelte Jang nun nicht mehr nur der Show halber auf der Damentoilette des Thairestaurants am Hauptbahnhof. Ich wusste nicht, ob ich fasziniert, angewidert oder einfach nur neidisch war, denn die Mediziner zwischen Bangkok, Paris und Essen hatten aus einem – wie Mali mir versicherte – ehemals pickligen Bangkoker Highschool-Boy ein Wesen erschaffen, das dem Cover der *Vogue* entsprungen zu sein schien und mit dem verruchten Timbre einer Amanda Lear plaudernd, jedem Mann den Kopf verdrehte. Allein an Füßen und Händen hätten die medizinischen Koryphäen noch einiges zu korrigieren, aber dies fiel nur einer echten Frau auf. Und Jangs Eltern überwiesen stets genug Kohle, um Manolo-Blahnik-Schuhe der Größe zweiundvierzig in den Düsseldorfer Stores zu erwerben.

An diesem Abend war Jang solo erschienen. Ausstaffiert, als ginge es zum Wiener Opernball, saß das Kunstwesen mit übereinandergeschlagenen Stelzen auf der Knüppelholzgarnitur und hätte deplatzierter nicht wirken können. In ihrem blutroten Seidenkleid, farbig dazu passenden Pumps mit atemberaubenden Absätzen, die das riesige Geschöpf noch gigantischer erscheinen ließen, sah sie aus wie ein Zickenbiest auf einem Beautycontest.

Einen Moment lang kam ich darüber ins Grübeln, ob die vorgenommene Geschlechtsumwandlung nicht den Straftatbestand der Personenstandsfälschung erfüllte, musste mir aber dann eingestehen, dass ich mit Jangs Erscheinungsbild einfach nicht viel anzufangen wusste.

Was Jang in Oberhausen eigentlich trieb, wusste nicht einmal die örtliche Thaigemeinde. Fest stand aber, dass der Kathoey vollakzeptiertes Mitglied der südostasiatischen Diaspora war und auf keiner Party fehlte.

Fest entschlossen, nüchtern zu bleiben, hatte ich die Gelegenheit, die Gesellschaft amüsiert überwachen zu können, wobei ich gleich feststellte, dass Jang und Andi sich gegenseitig interessierte Blicke zuwarfen, die in mir eine Vorahnung erweckten. Ich war gespannt darauf, ob es zwischen meinem Ermittlungspartner und der Schönheit noch funken würde.

Schwindende Gästezahl und erhöhter Bierkonsum ließen den Rest der Grillpartygesellschaft nach Mitternacht an der Knüppelholzgarnitur zusammenwachsen. Andi und Jang waren nun Banknachbarn und saßen enger beisammen, als der verbliebene Platz es nötig machte. Sie unterhielten sich im Flüsterton.

»Sag Andi mal, dass seine neue Flamme ursprünglich ein Kerl war«, bat mich Paul, aber ich hatte den Eindruck, dass er alles andere von mir erwartete und selbst nur auf einen Brüller zu lauern schien. Ein Eindruck, der sich nicht zuletzt auch darin manifestierte, dass er sich zusammen mit Heinz-Caspar und einer Flasche Williams Christ vis-à-vis von den Flirtenden platziert hatte und dem Treiben wie einem Theaterstück folgte.

»Das sagst du ihm mal schön selbst«, erwiderte ich und wusste, dass es schwierig würde, die zwei Turteltauben auseinanderzubringen.

»Kuckuck, Andi. Du bist verheiratet, mein Jungchen«, spottete Paul.

»Du bist ja nur neidisch«, lallte Andi und machte eine abwehrende Geste, die Paul verdeutlichen sollte, ihn in Ruhe zu lassen.

Mali schaltete sich ein und richtete einige Worte auf Thai an Jang, die alles andere als freundlich klangen und, wie ich Jangs Gesichtsausdruck entnehmen konnte, ihre Wirkung auch nicht verfehlt hatten.

»Andi, wir müssen morgen wieder ran«, versuchte ich die Situation zu retten, befürchtete ich doch, dass es im Falle einer hormonellen Eskalation zu einer Kettenreaktion von Peinlichkeiten kommen würde. Ich malte mir vor meinem inneren Auge schon die Hänseleien der Kollegen aus, als deren bittere Folge ich Andi schließlich einen Versetzungsantrag einreichen sah.

Andi versuchte sich lamentierend zu erheben, woraufhin er vom rustikalen Sitzmöbel rutschte und einer Schildkröte gleich auf dem Rücken zu liegen kam.

Mali und ich halfen ihm auf die Beine und mussten feststellen, dass der klein gewachsene Kollege nicht leicht war und sogleich zu seiner Angebeteten zurück aufs Lottermobiliar strebte.

Mali sagte noch etwas auf Thai, und Jang erhob sich, um ihre Jacke zu holen. Andi hatte es in der Zwischenzeit zurück auf die Bank geschafft und sah nun fix und fertig aus. Sein Gesicht war totenblass, und sein Fleisch schien vom Anfall aller amourösen Anwandlungen befreit zu sein.

Jang kam mit ihrer Jacke, die sie über den linken Unterarm gelegt hatte, zurück, um sich von uns zu verabschieden. Dabei steckte sie Andi noch einen Zettel in die Brusttasche seines Hemdes, was dieser aber nicht mehr zu registrieren schien.

Nur mit Mühe konnte ich den volltrunkenen Kollegen von der Knüppelholzgarnitur loseisen und in meinen Wagen verfrachten.

* * *

Ich startete meinen Golf, als das Handy klingelte. Andi war dran, und er schien wieder komplett ausgenüchtert.

»Hallo Thi, du brauchst gar nicht erst aufs Präsidium zu kommen. Wir haben eine neue Fundsache. Es ist wieder ein Männerarm aufgetaucht. Komm gleich in die Coca-Cola-Oase im CentrO.«

Als ich am Tatort eintraf, waren Andi und Paul schon mit Zeugenbefragung und Spurensicherung beschäftigt.

»Isch wollt det Big-Mäckpäcksche in det Abfallkörbsche schmeiße, da guckt mich det Ärmsche an.«

Ein echt bergischer Jung von etwa vierzig Jahren, der mit seiner Mantafahrerfrisur aussah, als hätte man ihn aus den Achtzigerjahren ins einundzwanzigste Jahrhunderts gebeamt, hatte den grausigen Fund gemacht und uns benachrichtigt. Nun stand er zusammen mit Andi an der Fundstelle und schilderte sein Erlebnis.

Statt auf das Ärmsche zu gucken, schaute ich auf die Armbanduhr an meinem linken Handgelenk. Es war neun Uhr am Montagmorgen. Mehr als die Frage, wie der abgetrennte Unterarm in den Abfallbehälter gelangen konnte, beschäftigte mich der Umstand, dass ein Mensch um diese Uhrzeit einen Big Mac verspeisen konnte.

»Der Arm hat gleich hier in der Abfalltonne gelegen. Nicht einmal versteckt, einfach reingeworfen«, klärte mich Andi auf.

»Aha, seht euch das einmal an«, Paul hielt den Arm in die Höhe, ähnlich, wie er es am Vortag im Forellenhof mit einer fetten Regenbogenforelle getan hatte. »Da wird sich Mathes aber freuen. Ganz fein und sauber abgeschnitten, genauso wie bei den anderen auch. Ist auch noch ganz kalt das Ding. Der kommt auch aus der Truhe. Nicht ein Tropfen Blut hier in der Tonne.«

»Die Leute vom Housekeeping sagen, dass sie die Mülltonnen erst heute Morgen um sieben hier aufgestellt haben. Unser Zeuge hat den Arm um acht Uhr vierzig entdeckt. Ergo hatte unser Versteckspieler gut eineinhalb Stunden Zeit, das Teilchen hier zu platzieren.« Andi sah mich an, als ob diese Erkenntnis den Fall so gut wie gelöst hätte.

»Na, prima. Ist die Mülltonne während dieses Zeitraumes auch von Videokameras überwacht worden?«, wollte ich wissen.

»Ha ha, liebe Kollegin, man kann auch alles kaputt reden. Nun haben wir wenigstens mal einen überschaubaren Tatzeitraum, und du hast schon wieder was zu meckern. Du kannst deinen Scheiß bald alleine machen.« Andi wirkte jetzt echt sauer.

»Halt, Leute! Ich hab noch was«, Paul Pfannkuche deutete auf ein scheinbar leeres Plastiktütchen, das er triumphierend in den Händen hielt.

»Ist da auch was drin?«, wollte ich wissen.

»Und ob. Da ist ein Splitter Nagellack drin, den habe ich auf dem Arm entdeckt. Und wie ihr sehen könnt, hat unser Freund hier, von dem das Ärmchen stammt, seine Krällchen nicht lackiert. Das ist doch schon mal was.«

»Der kann genauso gut aus der Mülltonne stammen«, warfen Andi und ich wie aus einem Munde ein.

»Kann er natürlich. Kann aber genauso vom Täter oder der Täterin stammen«, meinte Paul und versah das Tütchen mit einer Nummer.

»Du glaubst doch nicht allen Ernstes, dass wir es mit einer Täterin zu tun haben. Dazu noch mit einer, die ihre Fingernägel rot lackiert, wenn sie ein Leichenteil eines ihrer Mordopfer entsorgt!« Ich schaute Paul fragend an.

»Kinder, Kinder. Ich kann glauben, was ich will. Die Mörderin fangen, das müsst ihr. Ich bin hier fertig. Schönen Tag noch«, Paul war im Begriff zu gehen, drehte sich aber noch einmal um und rief uns zu: »Vielleicht sieht man sich ja später in der Kantine, die haben heute Putenschenkel«, dann verschwand er fröhlich-tänzelnden Schrittes.

»Das sind doch Morde im Schwulenmilieu. Die sind doch alle bekloppt. Die stylen sich noch für einen Mord. Alle pervers. Genau wie die alte Tunte, die gestern bei Paul und Mali auf der Party war. Da kannst du mir erzählen, was du willst. Wir müssen unseren Mörder unter den schwulen Chirurgen suchen.« Andi schien sich seiner Sache sehr sicher zu sein.

»Ach, übrigens, was war das denn für ein Zettel gestern Abend, den die Tunte dir noch zugesteckt hat?«, wollte ich wissen, schaffte es aber nicht, meinen Kollegen auf die Palme zu bringen. »Und wenn es nun eine Männer hassende Chirurgin ist?«, versuchte ich weiter auf Dienstgesprächsebene zu insistieren.

Ich bekam keine Antwort. Mein Einwand half nichts. Wir mussten jeder kleinen Spur nachgehen, auch wenn es sich nur um ein rotes Nagellacksplitterchen handelte, von dem der Teufel wusste, wie es auf den Arm gekommen war. Unsere Ermittlungsarbeit musste nun zwangsläufig im Schwulenmilieu fortgesetzt werden.

Für Andi und mich fiel mal wieder ein freier Abend aus, denn vor acht Uhr abends machte kein Homoladen auf. Erste Station sollte das Tanzlokal *Zum Bärchen* in der Oberhausener City sein.

3. Kapitel

Im *Bärchen* war gegen zwanzig Uhr noch nicht viel los. Drei oder vier Gäste lümmelten sich in den rosa Sitzecken und wirkten nicht besonders erstaunt darüber, dass eine Asiatin in Begleitung eines Kahlkopfes den Laden betrat.

Opulente Kristalllüster baumelten von der verspiegelten Decke und illuminierten den Schankraum schummrig. Das Interieur hätte kitschiger kaum sein können. Neben plauschigen Sofas, vor denen neckische Glastischchen aufgestellt waren, beherrschten teils mannshohe Putten und Eroten die Szenerie und versprühten Rokoko-Charme. Die an den lilafarbenen Wänden aufgehängten Schwarz-Weiß-Fotos zeigten entweder tuckige Models in Fummeln oder muskulöse Kerle in Ledergeschirren, von denen jeder einzelne als Kampfgefährte Ben Hurs hätte durchgehen können.

Hinter der verchromten Stahltheke stand ein Freddie-Mercury-Verschnitt, der, in ein enges schwarzes Lederhöschen gezwängt, auch nicht hätte sitzen können. Am breiten Nietengürtel trug er ein Paar Handschellen, auf dem Kopf eine lederne Polizeikappe.

»Nanu, eine Lady«, meinte der Lederschwule.

»Zumindest eine Frau«, erwiderte ich. »Ich heiße Thi.«

»Ich bin der Meister Michael. Miteigentümer hier. Eigentlich sind Damen bei uns eher selten.«

»Es sei denn, sie haben den gleichen Dienstgrad wie du?«, unterbrach ich ihn und hielt ihm gleichzeitig meinen Polizeiausweis unter die Nase.

»Thi Fischer«, las er halblaut vor, »Kommissarin. Entschuldigung. Das konnte ich ja nicht wissen. Sie sind bestimmt dienstlich hier. Ich kann Ihnen gleich sagen, der Laden ist sauber. Wir verkaufen nur Getränke und Snacks. Keine Schweinereien.«

»Keine Sorge«, beruhigte ich ihn. »Mein Kollege und ich sind von der Mordkommission. Wir wollen hier nur ein paar Fragen stellen und ein Bier trinken.«

»Mordkommission? Um Gottes willen, was ist denn passiert?«, fragte er theatralisch und wollte so anscheinend seine Rechtschaffenheit demonstrieren.

»Wir sind in den Unterarmfundsachen aus dem Kaisergarten und aus dem CentrO unterwegs. Du hast bestimmt davon gehört.«

»Na klar habe ich davon gehört. Ist ja grauenhaft, dass nicht einmal mehr erwachsene starke Männer vor diesen Perversen sicher sind. Wenn ich Ihnen weiterhelfen kann, Frau Kommissarin?«

»Wir waren doch schon beim Du, Meister. Mein Dienstausweis braucht dich nicht gleich zu verunsichern.«

»Weißt du, wenn man ein solches Lokal betreibt, dann ist die Polizei nicht unbedingt dein Freund und Helfer. Obwohl natürlich einige vom Präsidium bei uns Stammgäste sind.«

Ich wurde neugierig, traute mich aber nicht nach Namen und Einzelheiten zu fragen. Meine Fantasie lief auf Hochtouren. »Hast du diese Tätowierung schon einmal gesehen?«, fragte ich und zeigte ihm das Foto des Armes aus dem Kaisergarten.

»Ist ja fürchterlich«, sagte er.

»Was, der Arm oder die schlechte Tattooarbeit?«

»Beides. Ich kann dir nicht helfen. Ein Typ mit einer solch miesen Tätowierung wäre mir aufgefallen. Soll ich das Bild mal hier behalten und den Gästen zeigen?«

»Nein danke. Es war nur so eine Vermutung von uns, dass er sich hier rumgetrieben haben könnte.«

Andi hatte die ganze Zeit über kein Wort gesagt und sich nur staunend und angewidert umgeschaut. Auch sein Bier hatte er nicht angerührt.

»Dein Kollege ist aber nicht sonderlich gesprächig«, feixte der Thekenmeister und musterte Andi von Kopf bis Fuß.

»Pass bloß auf, du schwuler Penner, sonst hau ich dich weg.«

Andi stand kurz davor, Meister Michael ein paar runterzuhauen. Ich warf eine Zehneuronote auf den Tresen, bat um Entschuldigung und führte meinen Kollegen auf die Straße.

»Das hast du aber fein gemacht. Es ist ja auch nicht so, dass wir auf Hinweise aus dem Milieu angewiesen sind. Bei der Vielzahl von Spuren können wir es uns ja erlauben, potenziellen Hinweisgebern Schläge anzudrohen.«

»Leck mich doch am Arsch«, sagte Andi und ließ mich einfach stehen. Zu Fuß verschwand er in die Dunkelheit.

Ich hatte keinen Bock darauf, das Problem erst am nächsten Morgen im Büro mit Andi zu klären, und beschloss, die Sache sofort zu bereinigen. Ich wusste auch, wo ich ihn finden würde. Wenn er Frust hatte, betrank er sich an Christas Theke. Da er dorthin laufen musste, gab ich ihm einen Vorsprung von einer halben Stunde.

Als ich das *Haus Ostermann* betrat, saß Andi zusammen mit Uwe Kraft an der Theke. Uwe hatte Armbanduhren im Angebot. Merkwürdig, dachte ich, eigentlich waren doch geklaute oder verschobene Autos sein Geschäft. Er wusste, dass die Leute von der Mordkommission sich nicht für Automarder interessierten, und außerdem wollte er die Uhren, deren Herkunft allein durch die Tatsache, dass sie in seinem Besitz befindlich waren, schon zweifelhaft erschien, wohl nur vorführen.

»Na, Uwe, auch was für Damen dabei?«, fragte ich.

Uwe erschrak. Er hatte mich nicht kommen sehen.

»Nee, Schwester, ausschließlich Herrenuhren. Aber vielleicht haste ja Interesse an Teppichen?«

»Ich wollte eigentlich auch noch mal die Kollegen vom Einbruchsdezernat unbesorgt zu mir nach Hause einladen können«, lehnte ich sein Angebot ab.

Uwe wurde mürrisch und ließ seine Auslagen in einer Aktentasche verschwinden. »Eure Ärmchen brauchen eh keine Chronometer mehr«, spottete er, überreichte Christa seinen Deckel mit der Bemerkung, dass sie anschreiben solle, und verließ die Gaststätte.

»Bist du jetzt schon Kunde bei Uwe?«, fragte ich Andi.

»Mir ist alles scheißegal, wenn Uwe einen tollen Wagen für mich hätte, würde ich den nehmen und mich kaputt fahren.« Um hart zu wirken, kippte Andi dem Ausspruch einen mehrstöckigen Asbach Uralt hinterher.

Ich kannte meinen Kollegen genau. Wenn er einen sitzen hatte, wurde er sentimental und bombardierte seine Zuhörer mit Geschichten aus seiner entsetzlichen Kindheit. Auch heute wollte er, dass ich ihn fragte, was los sei. Diesen Fehler hatte ich schon oft begangen, und ich beging ihn nun auch wieder. »Was sollte das denn eben im *Bärchen*? Hast du nicht gemerkt, wie lächerlich du dich gemacht hast? Was ist los mit dir?«

Zu meiner Überraschung war es aber keine Episode aus dem Sammelband *Böse Mutter und schlechte Stiefväter*, den Andi nun zum Vortrag brachte, sondern er griff erstmals seine Frau an und bezichtigte sie des Ehebruchs. »Elke hat einen anderen Macker«, sagte er knapp.

Ich kannte Elke und die Kinder gut. Es war eine harmonische Familie, und ich wusste genau, dass seine Anschuldigungen aus der Luft gegriffen waren. Aber schließlich wurde man als Kripobeamtin ja auch psychologisch ausgebildet. Was mir bei Dragan Fleischer misslungen war, konnte ich ja bei meinem Kollegen wieder wettmachen. »Du spinnst. Elke und ein anderer Mann. Das glaubst du ja selbst nicht.«

»Sie hat einen anderen Kerl, so einen Halbschwulen aus dem Fitnessstudio.«

»Und woher weißt du das so genau, hat sie es dir gesagt oder lässt du sie beschatten?« Ich fasste ihn an die Schulter und gab Christa ein Zeichen, dass sie uns noch zwei Asbach geben sollte.

»Was soll sie auch mit einem Arsch wie mir? Ich bring miese Knete nach Hause und bin auch für die Kinder nicht da. Da ist es doch klar, dass sie sich wegmachen will.«

Ich war genervt. Auf der einen Seite wusste ich, dass ich für meinen Freund und seine Probleme ein offenes Ohr haben sollte, auf der anderen Seite aber war ich durch die gemeinsame Arbeit der letzten Monate so abgespannt, dass ich auf seine Hirngespinste keinen Bock hatte. »Andi, lass uns noch ein paar Kurze nehmen. Morgen rede ich mit Elke, und dann sehen wir weiter. Okay?«

Er sagte nichts mehr, kippte den Weinbrand hinunter und sah mich aus leeren Augen an. Plötzlich fuchtelte er mit seiner Dienstwaffe herum. Er hatte die Pistole durchgespannt und entsichert.

»Pack sofort das Ding weg«, herrschte Christa ihn an.

»Andi, du bist betrunken! Bist du wahnsinnig, willst du dich erschießen?«, fragte ich und war für einen Moment wie paralysiert.

»Meinst du, ich würde mich abknallen, wenn ich nüchtern wäre?«, kam blitzartig seine Entgegnung, die er, wenn meine Erinnerung mich nicht im Stich ließ, aus einem Steve-McQueen-Film geklaut hatte und die bei mir sofort Entspannung signalisierte.

Mein Kollege hatte sich die Waffe in Windeseile in den Mund gesteckt, wobei sich sein Gesicht zwischen dunkelrot und aschfahl hin und her färbte. Obgleich sich alles innerhalb weniger Sekunden abspielte, kam es mir vor, als seien es Stunden gewesen. Christa und ich blickten uns an, und wir schienen beide darauf zu warten, dass die andere etwas unternahm. Doch sowohl die Wirtin als auch ich standen wie gelähmt da und schauten auf Andi. Mit der Mündung der SIG Sauer in seinem Mund schaute er aus wie ein Baby mit einem zu großen Schnuller.

Ich musste trotz der Ernsthaftigkeit der Situation lachen. »Wenn du dich im Spiegel sehen könntest! Nun reiß dich mal zusammen. Was soll die Scheiße hier?«

Ich hielt es für richtig, streng zu ihm zu sein und auf sein Mitleidsgeheische nicht zu reagieren.

Andi hatte Tränen in den Augen. Ich war mir aber nicht recht klar darüber, ob sie Folge seines seelischen Gemütszustandes waren oder auf biophysikalischen Ursachen beruhten, denn ebenso gut hätte die Mündung der Dienstwaffe einen Brechreiz verursachen können. Fest stand jedenfalls, dass er alles andere als entschlossen war, sich umzubringen. Und statt noch weiterzulamentieren, kotzte er die zuvor konsumierten Getränke vor die Theke des *Hauses Ostermann*.

Ich nutzte die Gelegenheit, um mich seiner Wumme zu bemächtigen, entlud die Waffe, sicherte sie vorsorglich und ließ sie in meine Handtasche gleiten.

»Die Sauerei macht ihr aber weg«, sagte Christa energisch, und die erfahrene Wirtin reichte mir gleich ein Eimerchen mit Wasser und einen Aufnehmer.

Schon häufig wurde ich von Irren mit Messern, Pistolen und anderen Waffen bedroht. Es war nicht das erste Mal, dass ich einen Mann entwaffnet hatte, und mein Mütchen kühlte sich nun wieder ab. Die Schlagfertigkeit der *Ostermann*-Wirtin aber rief in mir höchstes Erstaunen und gleichzeitigen Gehorsam hervor, sodass ich mich ohne zu zögern an die Beseitigung der Spuren machte.

Andi saß derweil noch immer an der Theke, hatte seinen Kopf auf dieselbe gelegt und war dem Einschlafen nahe.

Ich schüttete den Abwasch ins Pissoir der Herrentoilette, und als ich den Schankraum wieder betrat, hielt Christa mir die ausgerechneten Deckel entgegen.

»Fahr den besoffenen Spinner mal nach Hause und dann Schwamm drüber. Ich mach für heute nämlich zu«, bemerkte sie abschließend und schenkte mir trotz der unerhörten Begebenheit noch ein verständnisvolles Lächeln.

* * *

Am nächsten Tag im Büro gab ich Andi erst einmal seine Kanone zurück. Das Magazin hatte ich sicherheitshalber entladen und überreichte ihm die Patronen separat. Mein Kollege ließ Pistole, Ladestreifen und Munition kommentarlos in der Tasche seiner Jeansjacke verschwinden. Über den Vorfall von letzter Nacht verlor er kein Wort mehr. Schweigend tranken wir unseren Kaffee und versteckten unsere Mienen hinter *WAZ* und *NRZ*.

Nach etwa einer Viertelstunde erschien mir das Schweigen lächerlich. »Ist der Bericht von Doktor Mathes schon da?«, fragte ich.

»Nix Genaues weiß man nicht«, antwortete Andi. »Mathes sagt, der Arm stammt von einem Mann mittleren Alters. Paul hatte den richtigen Riecher. Die verwendeten Werkzeuge und die Art, wie er abgetrennt wurde, lassen darauf schließen, dass wir es mit ein und demselben Täter zu tun haben.«

»Wow, ich hätte auf einen Trittbrettfahrer getippt«, antwortete ich und konnte es mir nicht verkneifen, Andi spüren zu lassen, dass ich noch immer recht sauer auf ihn war.

Es war nicht die Show, die er im *Bärchen* und im *Haus Ostermann* abgezogen hatte, die mich verärgerte, sondern die Tatsache, dass ich seine Kotze wegwischen durfte und er es noch nicht einmal für nötig zu halten schien, sich dafür zu entschuldigen oder sich gar bei mir zu bedanken, denn unter einem Filmriss litt mein Kollege offensichtlich nicht.

»Es tut mir leid«, sagte Andi.

»Was tut dir leid?«

»Der Vorfall von gestern Abend. Ich meine, es tut mir leid, wie ich mich benommen habe«, sagte er kleinlaut. »Ich hoffe, du erzählst das nicht groß rum«, fuhr er noch verschämter fort und begann mir nun etwas leidzutun.

Mein Mitleid erstreckte sich sogleich aber auch auf mich selbst, denn was ich nun am wenigsten gebrauchen konnte, war ein von Neurosen geplagter und psychisch bankrotter Kollege.

»Wem sollte ich das schon groß erzählen? Meinst du, ich wäre scharf darauf, einen Kollegen durch die Scheiße zu ziehen?«, beruhigte ich ihn.

»Ich verspreche dir, dass so etwas nicht wieder vorkommt«, sagte er feierlich und streckte mir seine rechte Hand entgegen.

»Lass die blöde Theatralik und konzentriere dich auf unsere Ermittlungen«, entgegnete ich und verweigerte den Händedruck. »Und sei froh, wenn der Meister Michael dich nicht anzeigt«, schob ich wider besseres Wissen nach und hoffte, Andi damit etwas zur Räson zu bringen.

»Ja, ja, ist ja schon gut.«

Es waren nur noch wenige Tage bis zu meinem Urlaubsbeginn, und ich hatte ein mulmiges Gefühl, Andi mit der Armsache für einen Monat allein zu lassen.

* * *

Hochsommertage im Ruhrgebiet halten für Polizeibeamte zuweilen besondere Überraschungen parat. Andi und ich wurden in die Nohlstraße gerufen. Nachbarn hatten sich dort über üble Gerüche aus der Wohnung eines Singlehaushaltes beklagt und die Feuerwehr gerufen.

Bei unserem Eintreffen war die Eingangstüre im Parterre bereits aufgebrochen und die Ursache der bestialischen Geruchsbelästigung geklärt. Doktor Musu Dialo, ein kenianischer Arzt, hatte sich in seinem Wohnzimmer das Leben genommen. Neben der Leiche, die mit einem himmelblauen Schlafanzug bekleidet und in fortgeschrittenem Verwesungszustand war, fand sich ein Schreiben in französischer Sprache, das sich später als Abschiedsbrief herausstellen sollte, sowie ein Revolver der Marke Smith&Wesson, Typ Ladyprotektor, Kaliber 357 Magnum, aus dem ein Schuss abgefeuert worden war. Das Geschoss war in den Mundraum eingetreten und hatte beim Austritt den kompletten Hinterkopf des Mediziners abgerissen. Hirn- und Gewebeteile klebten an Wänden und Zimmerdecke. Der Körper des Heilkundigen war vollständig von Fliegenmaden durchlöchert, was nicht nur dazu führte, dass der Torso durch die Bewegungen der Larven in eine gewisse Wallung versetzt wurde, sondern auch dazu beitrug, die frischen Erinnerungen an die Angelköder im Forellenhof in mir erwachen zu lassen sowie mir gehöriges Unwohlsein zu bereiten.

Wenige Minuten nach uns war Doktor Mathes eingetroffen und machte sich unverzüglich an den sterblichen Überresten seines Berufskollegen zu schaffen. Mit einer Pinzette entnahm er einige Maden und packte sie in kleine Glasbehälter, die er dann mit Korken verschloss.

»Die Tierchen sehe ich mir im Labor mal etwas genauer an. Morgen sage ich Ihnen dann, wie lange der gute Mann hier schon liegt. Schaut ja alles nach Suizid aus. Aber man weiß ja nie. Kommen Sie am besten gleich morgen Vormittag zu mir, und ich werde Ihnen sagen, was sich hier wann abgespielt hat.« Ohne sonderlich beeindruckt zu wirken, verrichtete er seine Arbeit und war nach wenigen Minuten auch schon wieder verschwunden.

Paul Pfannkuche hatte sich einen weißen Kunststoffoverall übergezogen und bewegte sich angewidert am Tatort. »Ach, du meine Güte. Das ist widerlich. Die Leute denken auch nie an die armen Schweine, die sie finden und abtransportieren müssen. Der Kerl hat wohl nicht nur sich selbst gehasst.«

»Was meinst du, Paul, ist es ein Selbstmord oder will hier jemand falsche Fährten legen?«, fragte ich.

»Wir müssen uns die Fingerabdrücke auf der Waffe noch angucken. Aber wie es aussieht, haben wir es mit einer Selbsttötung zu tun. Ich glaube nicht, dass sich jemand eine Wumme in den Mund setzen lässt. Dann hätten wir hier Kampfspuren.«

Andi hatte mittlerweile damit begonnen, die im Treppenhaus versammelten Nachbarn zur Person des Verstorbenen zu befragen. Viel kam dabei allerdings nicht heraus.

»Da feuert jemand einen großkalibrigen Revolver in einem kleinen Zimmer ab, und kein Nachbar will den Schuss gehört haben? Hm. Jedenfalls scheint er ein recht zurückgezogenes Leben geführt zu haben.«

»Wissen wir schon, wo er gearbeitet hat?«, fragte ich.

»Er war Pathologe, genau wie unser Doktor Mathes. Allerdings nicht in der Gerichtsmedizin, sondern in einem Institut am Essener Klinikum. Die Essener Kollegen haben sich schon dorthin in Marsch gesetzt, um die Mitarbeiter zu befragen. Für uns gibt es hier nichts mehr zu tun.«

* * *

»Der menschliche Körper erzählt uns alles. Schauen Sie her, meine Lieben, sehen Sie sich die Leber von Doktor Dialo an. Der Mann war Alkoholiker. Er hatte eine fortgeschrittene Leberzirrhose.«

Doktor Mathes hatte den Bauchraum seines Standesgenossen vollständig ausgeweidet. War der Anblick der Leiche am Tatort schon entsetzlich, so musste ich beim Anblick der Einzelteile würgen. Mathes hatte sämtliche inneren Organe neben der geöffneten Bauchhöhle Dialos in einer Aluminiumwanne zwischengelagert. Leber, Nieren und Herz lagen in Höhe des entstellten Hauptes, dessen Skalp er in bewährter Manier angezogen hatte, auf dem Seziertisch.

»Warum zeigt der Blödmann uns das alles?«, fragte mich Andi halblaut, und ich konnte seiner Stimmlage entnehmen, dass es ihm nicht wohler war als mir.

»Ich hab keine Ahnung, da müssen wir nun durch«, flüsterte ich zurück und war dankbar, dass Mathes sein Röhrengerät ausgeschaltet hatte und wir wenigstens von volksmusikalischer Untermalung verschont blieben.

»Der Neger hier ist seit sechs Tagen tot«, setzte er die Unterrichtung fort.

»Woher wissen Sie das?«, fragte ich.

»Sie erinnern sich doch an die Tierchen, die ich gestern entnahm. Die Sache ist die, zunächst sind die Fliegenmaden recht klein und können nur in weiches Gewebe, also in Augen, Schleimhäute und Wundstellen eindringen. Später, wenn der Organismus zu verwesen beginnt, dringen die Tierchen in den gesamten Körper vor. Die am weitesten entwickelten Maden liefern uns dann Rückschlüsse auf den frühestmöglichen Todestermin. Diese Maden hier sind vier Tage alt. Beim jetzigen Wonnewetterchen wachsen sie wie Pilze. Rechnen wir also zwei oder drei Tage für die Ablage und Entwicklung der Eier hinzu, vergleichen dies mit dem Fortschritt der Verwesung, dann können wir getrost davon ausgehen, dass unser Freund hier sechs, maximal sieben Tage in der Wohnung gelegen hat.«

»Und die Todesursache?« Andis Frage war unüberhörbar von genervter Eile diktiert.

»Alkoholismus. Ha, ha, ha. Spaß beiseite, meine Lieben. Ich sagte Ihnen ja bereits, dass der Mann Alkoholiker war. In seinem Blut habe ich über zwei Promille Alkohol gefunden. Er war total voll, als er sich erschossen hat.«

»Fremdverschulden also ausgeschlossen?«, wollte ich abschließend von Mathes wissen.

»Absolut. Hoffentlich nicht das erste von zehn kleinen Negerlein. Ha, ha, ha.«

Andi machte seiner Wut bereits auf dem Flur richtig Luft: »Hier komme ich erst wieder fröhlich hin, wenn das Arschloch selbst auf seinem Tischchen liegt!«

Seine Wut hielt die gesamte Fahrt zum Präsidium über an. Auf dem Revier gipfelte sie in monologisierender Art und Weise darin, Mathes wegen seiner antiquierten Wortwahl als Nazi zu beschimpfen. »Der Neger hier ist seit sechs Tagen tot. Der Neger ist seit sechs Tagen tot«, wiederholte Andi Mathes' Worte. »Der Kerl ist doch ein Superarschloch. Hat noch nicht einmal Respekt vor der Verzweiflungstat eines einsamen Menschen. Und du als Ausländerin hältst auch noch deine Schnauze dazu.«

»Die Ausländerin ist deutsche Beamtin! Wer von euch ist denn nun rückständiger, du oder Mathes?« Ich hatte die Faxen einfach dicke. Seit Tagen tat mein Kollege nichts anderes als jammern. »So, mein lieber Kollege. Die Ausländerin macht nun Feierabend und wird ihr Gastland für die nächsten vier Wochen verlassen. Ich wünsche dir viel Erfolg bei der Aufklärung deiner Extremitätenangelegenheiten und eine wunderbare Zeit mit deinem nationalsozialistischen Arzt. Ich fliege morgen nach Thailand. Sollte ich noch einmal ein Visum kriegen, komme ich zurück. Bis dann. Tschüss.«

Andi konnte mir nur noch ein »schönen Urlaub« nachbrüllen, und ich war verschwunden.

Auf der Heimfahrt reute mich mein spröder Abgang zwar einen Augenblick lang, doch alles in allem sah ich ein, dass es nicht allein der verzwickte Kriminalfall war, der mich urlaubsreif machte, sondern in erster Linie mein Kollege, den ich einfach nicht mehr sehen konnte – er mich wohl auch nicht mehr.

* * *

Ich warf meinen Rucksack in den Kofferraum von Hermans Ford Sierra und setzte mich zu ihm in den Wagen. Um zehn Uhr sollten wir bei Mali sein.

»Das ist dicke genug, euer Flieger geht doch erst um fünfzehn Uhr«, hatte Paul am Telefon meine Sorgen zerstreut.

Um Viertel vor zehn schellte ich bei den Pfannkuches und betrat die Wohnung in der zweiten Etage.

»Wir können gleich los«, sagte Mali, »Ich muss Paul nur noch eben zeigen, wo sein Essen für den nächsten Monat ist.«

Zu dritt betraten wir die Küche. Dort öffnete sie einen gigantischen Gefrierschrank, in dem eine Unmenge von Tupper-Dosen aufgestapelt standen. Jede einzelne beschriftet und mit einem Verzehrdatum versehen. Paul öffnete eine der Dosen, steckte seine Nase hinein, verschloss sie wieder und nickte zufrieden.

»Hier ist der Schlüssel für Nantana. Vergiss nicht, ihn ihr zu geben, wenn sie heute Mittag kommt. Sie kommt dreimal in der Woche zum Saubermachen.«

Sie warf einen letzten prüfenden Blick ins Schlafzimmer. Der Raum glich dem Lager eines Textilhauses. Auf vier Kleiderständern waren Hemden, Hosen, Krawatten und Jacketts für eine ganze Firmenbelegschaft aufgereiht und mit dünner, transparenter Plastikfolie bedeckt. Daneben standen drei Wäschekörbe gefüllt mit Socken und Unterwäsche.

Dann verließen wir die Wohnung. Paul trug stöhnend und ächzend zwei schwere Hartschalenkoffer durchs Treppenhaus auf die Straße und legte sie in den Kofferraum des Sierra. Dann wischte er sich den Schweiß ab.

Mali gab Paul noch einen Kuss. »Und Schatz, denk daran, die Lindenstraße für mich aufzunehmen.«

Nun konnten wir endlich los. Herman hatte die ganze Zeit im Auto gewartet. Wir stiegen ein. Ich pflanzte mich auf den Beifahrersitz, Mali nahm im Fond Platz. Paul winkte zum Abschied.

Vom Autobahnkreuz Duisburg, dem sogenannten Spaghettiknoten, fuhren wir auf die A3 Richtung Frankfurt.

»Meinste, dass Andi die Sache mit den Leichenteilen aufgeklärt hat, wenn du zurück bist?«, fragte Herman.

Wenn ich auf eins keinen Bock hatte, dann war dies zweifellos, Herman bis zur Ankunft am Rhein-Main-Flughafen den Ermittlungsstand auseinanderzupuzzlementieren. Aber mir blieb keine andere Wahl, schließlich hatte er sich freundlicherweise angeboten, meine Freundin und mich zum Airport zu chauffieren, da waren Fischers Erzählungen kein zu hoher Beförderungstarif. »Hoffen ja, glauben nein«, war meine kurze Antwort, mit der Herman alles andere als zufrieden war und seine Sicht der Dinge zum Besten gab.

»Na ja, war ja auch eine Hammersache, mit dem Arm in der Cola-Oase. Wie ihr solche Sachen immer wegsteckt. Bei uns in Katzenbruch, da ist mal einer unter die Lok gekommen. Ein Türke war das. Ali hat der geheißen. Ein ganz feiner Kerl war das. Sonn richtiger Südländer mit so schwarze stechende Augen. Der Ali hat da rangieren sollen. Die Lok hat den Ali nicht zerquetscht, die hat den regelrecht zerschnitten, hat die den. Is jetzt auch schon fünfundzwanzig Jahre her. Ich denk da aber oft dran. Die Frau ist dann mit den Kindern zurück in die Türkei. Und Andi und du habt so was jetzt fast jede Woche. Hast dir den Urlaub echt verdient, Mädchen. Und Sie, Frau Pfannkuche, freuen Sie sich, mal wieder nach Hause zu kommen?« Ohne eine Antwort von Mali abzuwarten, fuhr Herman fort. »Was das für Menschen sein müssen, die andere zerstückeln. Also, ich kann schon ganz schlecht einem Fisch den Kopf abschneiden oder ein Hähnchen zerteilen.«

Ich blickte auf die Rückbank. Mali schlief.

* * *

Flug TG 921 der Thai Airways International stand am Ausgang B 36 zum Abflug bereit. Mali und ich gingen an Bord. Ich schaltete mein Handy aus. Von nun an konnten mir Mörder und abgehackte Gliedmaßen gestohlen bleiben – zumindest für die nächsten vier Wochen.

»Sawasdee Khaa«, begrüßte uns eine in traditionelle Kleidung gehüllte Stewardess und formte ihre Hände zu einem Wai.

»Good Afternoon«, erwiderte ich etwas verunsichert.

Die Flugbegleiterin warf mir einen Blick zu, der ihre Gedanken erahnen ließ, die wohl in Richtung blöde Kuh gingen.

Sitze A und B, neunundvierzigste Reihe Economy-Class. Wir nahmen Platz. Sitz C blieb vorerst einmal frei. Das übliche Gedankenspielchen begann. Welchen Nachbarn würden wir für die nächsten elf Stunden bekommen? Der Flieger schien vollkommen ausgebucht. Kein Wunder, mitten in den Sommerferien. Menschenmengen schoben sich durch den engen Gang an uns vorüber. Plötzlich blieb einer stehen. Ein schwergewichtiger Kahlkopf von etwa fünfundfünfzig Jahren hatte das Gepäckfach über unseren Köpfen geöffnet und wuchtete einen schweren Aktenkoffer in die Ablage, dann nahm er auf 49 C Platz.

»Tag die Damen. Auch mal wieder auf dem Weg in die Heimat? Darf ich mich vorstellen? Ich bin der Willi aus Pattaya.«

Ohne eine Gegenvorstellung abzuwarten, griff er in die Brusttasche seines Hawaiihemdes und zog zwei Visitenkarten heraus. Eine überreichte er mir, die andere Mali. *Beim Hühner-Willi, Soi 10 Pattaya, 20150 Chonburi, Thailand* stand dort neben einer Telefonnummer zu lesen.

»Hallo Willi«, sagten wir wie aus einem Munde.

»Ich heiße Mali und bin ursprünglich aus Bangkok, habe seit Jahren einen Asia-Shop in Oberhausen, das ist meine Freundin Thi, vietnamesische Oberhausenerin und Kommissarin bei unserer Mordkommission«, stellte Mali uns vor.

»Vietnam? Verdammt heißes Pflaster, Vietnam«, meinte Willi und wischte sich mit einem Tempotuch den Schweiß von der Stirn, so als ob ihm allein der Gedanke an mein Ursprungsland Ängste bereiten würde.

Es dauerte keine zwei Minuten, und meine Nachbarn waren in ein Gespräch über die mannigfaltigen Zubereitungsformen von Hühnern und Hähnchen vertieft. Es fielen Küchenbegriffe, die ich nie zuvor in meinem Leben gehört hatte. Ich war erst einmal abgemeldet, was ich aber nicht als schlimm empfand, denn so hatte ich wenigstens die Möglichkeit, mir Frankfurt aus der Luft anzuschauen.

Ich kramte in meiner Handtasche, um meinen Walkman zu suchen, als mir das Foto von der Tätowierung in die Hand fiel.

Ach, Gottchen, dachte ich, andere Frauen in meinem Alter haben Bilder von ihren Kindern im Portemonnaie, ich dafür eines von einem abgetrennten Unterarm. Bloß nicht sentimental werden, schließlich ging es gerade in den Urlaub. Und immerhin war ich ja erst gestern Abend im CentrO Augen- und Ohrenzeugin modernen Mutterglücks geworden. Ich schlief ein.

Als ich aufwachte, unterhielten sich Mali und Willi auf Thai. Es waren noch zwei Stunden bis zur Landung.

4. Kapitel

Welcome to the land of smile, stand in unübersehbaren Lettern über der Passkontrolle des Bangkoker Flughafens zu lesen. Willi und ich ordneten uns in den Stau für Ausländer ein, Mali stellte sich in die Schlange für Thais. Ich ließ meinen Blick schweifen. Außer ein paar Hippieweibchen war die überwiegende Zahl der Ausländer männlichen Geschlechts. Schmuddelige Rucksacktouristen und feiste Sexreisende machten die Mehrzahl der ausländischen Besucher aus, deren Mienen jedoch verrieten, dass sie noch einiges zu lernen haben würden, wollten sie sich dem Motto ihres Reiselandes anpassen.

Warum fahren Menschen in den Urlaub, wenn sie doch nur gelangweilt und möchtegern-weltmännisch dreinschauen können?, ging es mir durch den Kopf.

Ich verwarf diese Frage recht schnell und schaute zu Willi hinüber. Willi war eine echte Ausnahme. Irgendwie gehörte er nicht zwischen die Farang, wie die Thais westliche Ausländer nennen. Er strahlte Zufriedenheit und Ruhe aus. Als wir an den Einreiseschalter kamen, machte er ein Späßchen mit der Zollbeamtin auf Thai, was die Dame sichtlich beeindruckte und auch mir eine zügige und problemlose Einreise ermöglichte.

Am Gepäckband verabschiedeten Mali und ich uns von Willi, und wir verabredeten, in der folgenden Woche in sein Lokal in Pattaya zu kommen, wo Willi und Mali ein baskisches Huhn zubereiten wollten.

Kaum hatten wir unsere Klamotten durch den Zoll, lernte ich endlich Ratry kennen.

»Ah, da ist ja die Ratry«, sagte Mali, eilte ihrer Verwandten entgegen und deutete mir an, ihr zu folgen.

Ich war ein wenig überrascht. Statt einer großen Wiedersehensfreude, begrüßten die Cousinen sich knapp mit einem Wai. Mali sagte etwas zu Ratry, worauf diese mich anlächelte.

»Die Ratry kann kein Englisch sprechen«, klärte Mali mich auf.

Die Information sollte ich wohl dahingehend verstehen, dass dieser Umstand eine Vorstellung überflüssig gemacht hatte. Ich war überrascht. Beide Frauen hatten sich offensichtlich nichts zu erzählen. Die Cousine war Anfang zwanzig, einen Meter sechzig groß, hatte langes schwarzes Haar und war ansonsten einfach nur schön.

Vom Airport aus chauffierte uns die schweigsame Grazie ins Haus einer Tante, wo wir die nächsten zwei Tage wohnen sollten. Zunächst steuerte Ratry den Wagen allerdings in den Stau, den Mali augenblicklich für ein Schönheitsschläfchen nutzte.

Nach mehr als drei Stunden erreichten wir endlich das Domizil der Tante, und ich hatte das Gefühl, dass wir höchstens fünfundzwanzig Kilometer zurückgelegt hatten. Außer Hochhäusern und Autos gab es während der Fahrt nichts zu sehen.

Die Tante hatte sich eine Oase der Ruhe mitten im Großstadtdschungel geschaffen, und ich fühlte mich augenblicklich wohl. In einer geräumigen Eingangshalle war, neben kostbaren Möbeln und Bodenvasen, auch eine Armee antiker Buddhastatuen aufgereiht, die jeden Museumskurator vor Neid hätte erblassen lassen. Für Mali und mich stand ein teakholzmöbliertes Gästezimmer bereit, das keine Wünsche offenließ und Rückschlüsse auf den finanziellen Backround des Tantchens zuließ. Auch das separate Badezimmer war vom Feinsten.

»Die Tante ist noch im Geschäft. Sie kommt aber gleich«, sagte Mali, während wir es uns in der Halle bequem machten, um auf unsere Gastgeberin zu warten.

»Was hat deine Tante denn für ein Geschäft?«, wollte ich wissen.

»Die hat so ein Lokal, wo die Gäste singen können. Das ist ein ganz gutes Geschäft in Thailand. Die Ratry arbeitet auch da. Die Ratry ist Sängerin.«

Mittlerweile hatte sich eine junge Bedienstete genähert, die ein altmodisch wirkendes Kostüm mit passendem Häubchen trug, wie ich es nur aus Spielfilmen kannte. Als ob meine Freundin und ich nicht anwesend gewesen wären, stellte sie zwei Gläser Orangensaft auf den Tisch und war genauso schnell verschwunden, wie sie gekommen war. Mali setzte das Gespräch fort, so als sei nichts geschehen. Ich rief der diskreten Dienstmagd noch ein »Thank you very much« hinterher, erhielt darauf jedoch keine Reaktion.

Ich war nun neugierig geworden und begann mir über Malis Wesensveränderung Gedanken zu machen. Ich kannte ihre Etagenwohnung in Sterkrade schon seit Jahren und war überrascht, wie schnell und vollendet sie nun die Wandlung von der biederen Hausfrau zur Grande Dame vollzogen hatte, die es nicht nötig hatte, einer Dienstspritze zu danken.

Nach einer halben Stunde bog ein fetter Jaguar in die Einfahrt des Hauses ein und auf Hubsignal hin erschien augenblicklich das Hausmädchen wieder und öffnete den Schlag der Limousine, an deren Steuer – so viel konnte ich durch die abgedunkelten Scheiben erkennen – ein weiß uniformierter Chauffeur saß.

Aus dem Fond entstieg nun endlich die ersehnte Hausherrin. In ein edles Businesskostümchen gehüllt, wirkte die Mittfünfzigerin elegant und affektiert zugleich. Die Art und Weise, in der sie sich bewegte und sich eine Sonnenbrille auf die Nase setzte, erinnerte mich stark an die Tussi aus der *Drei-Wetter-Taft*-Werbung.

»Das ist meine Tante Wilawan«, verkündete Mali stolz, als sie versuchte, uns vorzustellen.

Statt einer Begrüßung machte Tante Wilawan jedoch ein gequältes Gesicht und deutete mit einer Handbewegung, die anscheinend einen Fächer imitieren sollte, an, dass sie angesichts der nachmittäglichen Hitze nicht in der Lage sein würde, mich im Freien kennenzulernen. Etwas irritiert folgte ich also Mali und ihrer Tante in die Halle, wo Mali und Wilawan sich mit einem Wai begrüßten, bevor es an meine Vorstellung ging.

Kaum in klimatisierte Gefilde getreten und von der Sonnenbrille befreit, wurde die Tante augenblicklich zu einem normalen Menschen. Sie begrüßte mich in sehr gutem Englisch und begann sogleich auf mich einzureden. Sie berichtete, dass Mali ihr viel von mir erzählt habe und dass sie stolz darauf wäre, mich in ihrem bescheidenen Heim, das ich als das meine betrachten sollte, beherbergen zu dürfen. Nach diesem Redeschwall war sie, ohne sich zu entschuldigen, sogleich in den hinteren Gemächern verschwunden und ließ meine Freundin und mich mit unseren Orangensäften wieder allein.

Den Grund für ihre Geschäftigkeit konnte ich unschwer erahnen, denn sie war nicht allein heimgekehrt. Mit ihr waren noch zwei merkwürdig gestylte Mädchen gekommen, die sich bepackt mit schweren Einkaufstaschen sogleich ins Innere der Villa begeben hatten und dort wohl auf ihre Gebieterin warteten. Die Aufmachung der beiden machte es nicht allzu schwierig, ihren Berufsstand zu erraten.

Das steinreiche Tantchen war Puffmutter, daran konnte kaum Zweifel bestehen.

* * *

»Tante Wilawan hat uns für heute Abend zum Essen eingeladen. Wir gehen auf einen Nachtmarkt, auf dem du bestimmt keinen Ausländer zu Gesicht bekommst«, frohlockte Mali, als ich aus der Dusche hervortrat.

In zwei Tuck-Tucks verließen wir unser neues Zuhause. In einem saßen Ratry und die Tante, in dem anderen nahmen Mali und ich Platz. Ich kannte die merkwürdigen Motorradtaxis bisher nur aus Reisemagazinen im Fernsehen oder von Fotos und war gespannt auf meine erste Fahrt in einem dieser berühmten Dreiräder. Der Geruch des Zweitakters erinnerte mich an meine frühe Jugendzeit in Sterkrade, als ich an den Rücken Volker Fischers, meines späteren Ehemannes, geschmiegt auf dem Sozius einer Kreidler Florett über die nächtlichen Straßen des Oberhausener Stadtteils brauste.

Auf dem Markt angekommen, führte uns die Tante zielstrebig zu einem Lokal, dessen Besitzer sie als Stammkundin herzlich begrüßte.

Ich traute meinen Augen nicht, als ich mir die Auslage der Garküche anschaute. In einem gläsernen Kasten lagerten neben einigen abgezogenen Schlangen Fledermäuse, deren Flügelspannweite ich auf mindestens vierzig Zentimeter schätzte.

»Du meinst nicht im Ernst, dass wir hier essen sollen?«, fragte ich Mali.

»Setz dich erst einmal hin. Ihr Europäer seit immer so empfindlich. Und ihr wisst nicht, was wirklich gut ist.«

Mali ging voll in medias res. Zugegeben, ich hatte sie schon oft gebeten, mir das ursprüngliche Asien zu zeigen. Ich wollte keinen Katalogurlaub in Thailand verbringen und danach nichts vom Land gesehen haben. Aber ich fürchtete nun, dass sie es zu gut mit mir meinte. Mich als Europäerin zu bezeichnen, konnte ich noch durchgehen lassen, aber nun stellte sich mir doch die Frage, ob meine Freundin es wirklich ernst meinte, und sie meinte es ernst. Tante Wilawan, Ratry, Mali und ich setzten uns an einen winzigen Tisch, und Tante Wilawan bestellte. Ich wusste nicht, ob es nun für meine Psyche von Vor- oder Nachteil war, kein einziges Wort zu verstehen, und harrte der Dinge, die da kommen sollten.

Zunächst kam eine Suppe, die in einer großen Metallschüssel serviert wurde. Die Tante füllte für jede von uns ein Schälchen ein, und ich begann mit dem Löffel in meinem Behältnis zu angeln und zunächst die Ingredienzien der Speise zu betrachten. Das Süppchen sah eigentlich sehr gut aus. Trotzdem machte ich, wider meiner Vorahnungen, den Fehler, Mali nach den Bestandteilen des Essens zu fragen.

»Das ist eine Schlangensuppe. Die ist sehr gesund für Herz und Nieren«, wurde mir erklärt.

Ich blickte sehnsüchtig zum Nachbarstand hinüber, dort wurden gebratene Enten verkauft. Nur fünf Meter von mir entfernt!

Die Schlange war in kleine Stücke geschnitten und ähnelte mehr gekochtem Geflügel als einem Reptil. Ich entschloss mich, zunächst etwas von dem in der klaren Flüssigkeit schwimmendem Gemüse zu kosten und stellte dabei fest, dass die Schlangenbrühe vortrefflich gewürzt war und gleich auf den ersten Löffel mit der besten Speise, die ich je gekostet hatte, zu konkurrieren vermochte. Ich traute mich sogleich daran, einen Schlangenbissen zu nehmen und – er mundete vorzüglich. Im Nu hatte ich mein Schälchen leer, und Tante Wilawan verabreichte mir einen Nachschlag, den ich mir begierig einverleibte. Nach einer dritten Portion erwartete ich mit Spannung den nächsten Gang.

Die in Kokosnussmilch gekochte Fledermaus traute ich mir aber nun beim besten Willen nicht zu. Das komplette Tier schwamm in einem See aus weißer Brühe und wirkte mehr ekelerregend denn appetitlich.

»Mali, ich hoffe, die Tante ist nicht böse. Aber das geht nicht.«

»Du musst das nicht essen, wenn du nicht willst«, erklärte Mali freundlich und schaute mich dabei an, als hätte sie bei mir etwas gutzumachen. Dann sagte sie etwas zu ihrer Tante, worauf Ratry und die Tante zu lachen begannen. Ich kam mir irgendwie deplatziert und mimosenhaft vor.

Die Tante hatte mittlerweile die Fledermaus aus der Terrine gefischt und schnitt den Körper des Tieres in sechs gleich große Teile; die Flügel blieben ganz. Ratry winkte ein Mädchen vom Nachbarstand herüber, und im Nullkommanichts hatte ich einen Teller mit gebratenem Entenfleisch sowie eine Portion Reis vor mir auf dem Tisch stehen.

Auf dem Rückweg bummelten wir noch etwas über den Nachtmarkt. An einem Essensstand blieb Mali stehen und deutete auf die Auslage.

»Auf Thai heißt dieses Tier Büng. Wie heißt es auf Deutsch?«

»Tarantel«, antwortete ich knapp und war gespannt auf meine Träume in der ersten Nacht in Bangkok.

* * *

Am zweiten Urlaubstag war zunächst Shopping angesagt. Mali und ich hatten uns per Taxi durch den Großstadtstau bis ins Zentrum gekämpft und stürmten die Geschäfte. In den Einkaufszentren der Metropole konnte ich mich richtig austoben. Hier schien es nichts zu geben, was es nicht gab. Die Shopping Malls boten unter einem Dach alles, was das Herz begehrte. Bildschöne Mädchen in Fantasiekostümen und Nuttenstiefeln standen vor den einzelnen Stores und verteilten Flyer und Prospekte. Drei angesoffene europäische Touristen – nach dem äußeren Erscheinungsbild zu urteilen, Holländer – konnten ihre lüsternen und eklig-gierigen Blicke nicht von den Promotiongirls lassen, die dieses Verhalten aber in keiner Weise anzufechten schien.

Endlich fand ich ordentliche und schicke Klamotten in meiner Größe, und für mich stand fest, dass der vom Fürsten Ippi erlaufene Gewinn ruckzuck in Form von Textilien und Übergepäckrechnung ausgegeben sein würde. Ich war augenblicklich in Bangkok verliebt und schwor mir, nie wieder einen Fuß in die Kinderabteilungen der Oberhausener Bekleidungshäuser zu setzen, denn dort stockte ich für gewöhnlich meinen Textilfundus auf. Was bleibt einem bei schmalem Polizistengehalt und einer Körpergröße von einem Meter und neunundvierzig auch anderes übrig. Mir blieb aber nicht viel Zeit, die neue Liebe zu vertiefen, denn neu eingekleidet reisten Mali und ich am nächsten Morgen per Expressbus nach Pattaya, wo wir eine Woche Badeurlaub machen wollten und uns schließlich ja auch mit Willi verabredet hatten.

Den größten Teil unseres Gepäcks hatten wir im luxuriösen Heim von Tante Wilawan zwischengelagert und machten uns nun, allein mit Rucksäcken ausstaffiert, auf die Reise.

Busreisen in Thailand hatte ich mir in meiner Fantasie abenteuerlich ausgemalt. Bereits am Terminal in Bangkok wichen meine Illusionen der Realität. An der Haltestelle lungerten neben etlichen Transvestiten fast ausschließlich Nutten und ihre europäischen Freier. Nichts also mit bethelnusskauenden Omas, die zusammengeschnürte Hühner und anderes Getier mit sich führten. Stattdessen ein vollklimatisierter zweistöckiger Reisebus mit uniformierten Stewardessen und nervigen Videoshows auf drei Fernsehern. In den

Sitzreihen vor und hinter uns hatten ethnisch gemischte Pärchen Platz genommen, die sich in einem Kauderwelsch aus englischen und thailändischen Sprachfetzen über Belanglosigkeiten unterhielten und sich dabei abwechselnd mit *Darling, Sweetheart* oder *Angel* ansprachen. Auffällig war bei beiden Paaren ein gewaltiger Altersunterschied zwischen männlichem und weiblichem Part, der mindestens fünfundzwanzig Jahre betrug. Ich fragte mich einen Augenblick lang, ob die *Sweethearts* daheim in Europa vielleicht nicht ein Töchterchen sitzen hätten, das fünf Jahre älter als ihr *Angel* wäre. Gott sei Dank dauerte die Fahrt bis zu unserem Feriendomizil nur knapp drei Stunden, die mir angesichts der übrigen Fahrgäste zwar bedeutend länger vorkamen, sich in den bequemen Sesseln aber alles in allem ertragen ließen.

Den ersten Eindruck von einer Stadt bei Dunkelheit zu gewinnen, ist selten von Vorteil, es sei denn, es handelt sich um Pattaya, Thailands Riviera, wie ein am Busbahnhof ergatterter Prospekt den Badeort anpries.

Mali und ich checkten im *Marina Inn Resort* ein und bezogen jeweils ein Zimmer mit Meerblick. Es war noch früh am Abend, und so beschlossen wir, rasch unter die Dusche zu springen und danach das Nachtleben zu erkunden.

Eine halbe Stunde später verließen wir schon das Hotel und begaben uns auf die von Neonlicht erhellte Hauptstraße Pattayas, auf der reger Verkehr herrschte und von der aus etliche Seitengassen abzweigten, aus denen die Leuchtreklamen der Kneipen und Bars Besucher anlocken sollten.

Da ein Laden wie der andere ausschaute, hielten Mali und ich es für wenig angebracht, lange zu suchen, und kehrten im *Freetime Pub* ein, wo wir uns an die Theke hockten. Ich fühlte mich gleich ein wenig heimisch, als die Kellnerin mich auf Thai ansprach, um meine Bestellung aufzunehmen.

»I'm sorry. I can't speak Thai. I'm from Germany«, erklärte ich dem Mädchen.

»Woher bit tu denn aut Teutschländ? Tu sieht aut wie ein thailäntisch Prau«, kam es von der anderen Seite des Tresens zurück, und ich war baff erstaunt.

»Wow, du sprichst aber toll deutsch«, stellte ich fest und erklärte weiter, dass ich aus der Nähe von Düsseldorf käme und dass meine Heimatstadt Oberhausen hieße.

»Ah, Oberhauten. Meine Sweetheart it from Bockum. Kennt tu Bockum? It et gar nit so weiht von Oberhauten mit die CentrO. Ick wat auck schoh gant opt in Oberhauten.«

»Ich rufe mal den Willi an. Vielleicht können wir uns ja noch heute mit ihm treffen«, meinte Mali, während sie die Barfrau um das Telefon bat. Dies tat sie merkwürdigerweise auf Deutsch.

Während ich den Berichten über Einkaufstouren ins CentrO lauschte, telefonierte Mali mit unserem neuen Freund; da sie dabei Thai sprach, hatte ich nicht die geringste Ahnung, wie mein erster Abend in Pattaya weitergehen würde, plauderte daher weiter mit der Kellnerin und harrte der Dinge, die da auf mich zukommen sollten.

* * *

»Flau Maiel, Flau Maiel hat gelbe Untelhosen an – mit blaune Stleifen dlan«, eine in bayrischer Tracht gekleidete Combo der Royal Thai Navy spielte zum Tanz im *Berliner Bistro* auf.

Die Symbiose aus bodenständigem deutschen Liedgut und fernöstlichen Musikanten passte nicht schlecht zum gewagten Ambiente der vollklimatisierten, gutbürgerlichen Gaststätte, in der in Dirndl gewandete Ladyboys für das leibliche Wohl der überwiegend männlichen Kundschaft sorgten. Wir hatten uns hier mit Willi verabredet und waren verfrüht erschienen. Erst einmal orderte ich zwei Warsteiner vom Fass. Dies tat ich, ohne nur einen Moment zu zögern, auf Deutsch. Mit der Bestellung des Abendessens wollten Mali und ich bis zum Eintreffen unseres neuen Freundes warten, blätterten aber schon einmal in der Speisekarte. *Jut und jünstig,* war in goldenen Buchstaben auf deren grünen Einband gedruckt.

Das *Berliner Bistro* war vollkommen bajuwarisch gehalten. Weiß-blau karierte Leinentücher lagen auf Bierzeltgarnituren, und ich fühlte mich auf die Münchener Wiesn versetzt. Einzig zwei Portraitaufnahmen König Bhumiphols und Königin Sirikits bildeten einen Stilbruch, stellten aber wahrscheinlich eine Hommage an das Gastland dar.

Dann glaube ich für mehrere Momente meinen Augen nicht mehr zu trauen. Ich schaute zum Nachbartisch hinüber. Und schaute noch einmal. Schloss die Augen und öffnete sie wieder. Es bestand aber kein Zweifel, in einer Gruppe von Junggesellen saß Kläuschen Krämer. Die Jahre seit dem Abitur schienen spurlos an ihm vorübergegangen zu sein, die Chance, eine Partnerin zu finden, wohl auch. Zwar fehlten die kurzen Lederhosen, die er noch in der dreizehnten Klasse trug und die seine fleischigen Beine wie Streichmettwürste erscheinen ließen, aber alles in allem war es unverkennbar mein alter Schulkamerad. Erinnerungen erwachten in mir. Schlagartig war ich wieder im Jahre 1983 und hörte die Stimme unseres Mathelehrers, Herrn Grevermann, höhnisch in den Klassenraum fragen: »Strafarbeit oder Backpfeife, Krämer?«

»Backfeige, Herr Grevermann.«

Patsch.

»Setzen, Krämer.«

Kläuschen erkannte mich unter den vielen Thaimädels anscheinend nicht, aber ich war fest entschlossen, heute Abend mit ihm noch einen zu heben.

»Komm in meinen Fickwam, Fickwam – luh dich bei mil aus«, die Kapelle wollte keine Ruhe geben, und endlich erschien auch Willi.

Er brauchte gar keine Bestellung aufzugeben. Kaum hatte er Platz genommen, standen ein Weißbier und ein Apfelkorn vor ihm auf dem Tisch. Endlich konnte ich meine Hackepeterbrötchen bestellen.

»'tschuldigung Mädels. Ich hatte Probleme mit dem Grill. Mir sind über zwanzig Hühner von der Stange gekippt. Ich sag es ja immer wieder. So schön, wie es in Thailand ist. Man kann die Thailänder nix alleine machen lassen. Die können nicht arbeiten wie Deutsche. Kaum ist man mal für zwei, drei Wochen in Deutschland, schon muss man drei Wochen den Laden reparieren.«

Ohne auf das Geschimpfe einzugehen, unterbrach ich ihn. »Willi, ich habe hier gerade einen Bekannten von früher entdeckt. Hast du etwas dagegen, wenn ich ihn zu uns an den Tisch bitten würde?«

»This Freunde sind auch meine Freunde«, entgegnete der Gastronom in einer Tonlage, wie man sie aus deutschen Mündern nur an touristischen Hotspots des Globus zu vernehmen gewöhnt ist.

Ich blickte erneut zum Junggesellentisch hinüber. Kläuschen steckte gerade das Wechselgeld in sein Portemonnaie und war bereit, das Lokal zu verlassen. Als er an unserem Tisch vorbeiging, sprach ich den wohlbekannten Satz: »Backfeige oder Strafarbeit, Krämer?«

Wie versteinert blieb Kläuschen stehen; sein Erstaunen wich jedoch gleich einer unübersehbaren Freude. »Mensch,

Thi, altes Mädchen, was machst du denn hier?« Sein fleischiges Gesicht leuchtete.

»Und du, mein fettes Kläuschen?«, erwiderte ich, während ich mich erhob, um ihn zu umarmen.

»Mensch, Thi. Ich komme schon ein paar Jahre in den Ferien hierher. Ich habe mich hier verliebt in eine ganz tolle Lady. Die arbeitet hier in einer Disco. Um zwei Uhr hat sie Feierabend. Ich möchte unbedingt, dass ihr euch kennenlernt. Woher kennst du denn den Willi?«, beendete er seine Rede, um Willi wortlos die Hand zu schütteln.

»Ihr kennt euch?«, entfuhr es mir erstaunt.

»Na klar, der Willi macht die besten Hähnchen östlich von Sterkrade.«

»Nun übertreib mal nicht, mein Junge. So oft kommst du auch nicht zu mir«, entgegnete Willi, und sein Stolz darüber, im Fernen Osten ein Mann von Welt geworden zu sein, war unübersehbar.

Ich stellte Mali vor, und Kläuschen erweiterte unsere Runde unverzüglich. Er berichtete, dass er einen prima Job bei Babcock gehabt hätte und nun seit zwei Jahren arbeitslos gemeldet sei und den größten Teil des Jahres in Pattaya verleben würde. Dies sei billiger als in Deutschland und das Wetter hier eh unschlagbar.

Die Abendgesellschaft hätte unter den gegebenen Umständen nicht glücklicher gemischt sein können. Willi und Mali hatten angesichts der Wiedersehensfreude bei Kläuschen und mir nun endlich die Gelegenheit, ihr durch die Landung unterbrochenes Gespräch über die Varianten der Hühnerzubereitung fortzusetzen; Kläuschen und ich unterhielten uns über alte Zeiten, und der Name Grevermann fiel mindestens achtunddreißigmal.

Gegen zwei schellte dann Kläuschens Handy. Seine Freundin war dran und kündigte ihren Besuch im *Berliner Bistro* an.

»Die Toy kommt gleich. Sie möchte dich auch unbedingt kennenlernen. Du bleibst doch noch ein bisschen, oder?«

Kläuschen sah mich bettelnd an, und ich ahnte, dass seine Bitte auf die Zurschaustellung seines Besitzerstolzes abzielte. Ich wollte ihm diese Freude nicht nehmen, obgleich ich mit neun Warsteinern schon reichlich abgefüllt war. Immerhin hatte Kläuschen am Bertha-von-Suttner-Gymnasium bei den Mädels nie Chancen gehabt. Eine gehörige Portion Neugierde spielte bei meinen Überlegungen, die Wartezeit auf Toy mit weiteren Bierchen zu verkürzen, folglich auch eine Rolle.

Um halb drei erschien Kläuschens Lebensgefährtin dann endlich – und ich war platt. Zwar hatte ich schon des Öfteren bemerkt, dass Thaimädels bei der Auswahl ihrer Partner auf die Optik derselben weniger Wert legten als dies in anderen Kulturkreisen der Fall ist, eine solche Schönheit an der Seite von Kläuschen Krämer hätte ich aber nicht im Traum für möglich gehalten.

»Thi, das ist Toy. Toy, this is Thi. A friend from school.«

Ich war ein bisschen erstaunt. Kläuschen hatte mir erzählt, dass er in Thailand überwintern würde und schon seit zwei Jahren mit Toy zusammen sei. Er sprach kein Wort Thai, sie kein Wort Deutsch. Na ja, so etwas soll es geben, dachte ich mir und begrüßte Toy ebenfalls in englischer Sprache.

Toy sah aus, als sei sie vom Catwalk direkt ins *Berliner Bistro* gesprungen. Mit etwa einem Meter siebzig war sie für eine Thai riesig, und ihr gertenschlanker Körper wirkte gleichermaßen grazil wie jugendlich, allein die Brüste waren etwas mit Silikon nachgepolstert. Ihre Lippen waren blutrot und wirkten sinnlich, aus ihren Augen strahlte echte Herzlichkeit, und trotz meiner berufsbedingten Skepsis gegenüber anderen Menschen musste ich mir hier eingestehen, eine wunderschöne Frau vor mir zu haben, die dazu auch noch eine vollkommene Liebenswürdigkeit ausstrahlte. Toy war mir auf Anhieb zu sympathisch, um weiblichen Neid zu erwecken.

Nachdem sie auch Willi und Mali begrüßt hatte, setzte sie sich zu uns an den Tisch, bestellte eine Cola und komplettierte die Runde, ohne ein einziges Wort zu sprechen. Wie auch? Schließlich erzählte Kläuschen weiter alte Schulgeschichten und schien seine Freundin allein als Schmuckstück ins Lokal geholt zu haben.

Nach etwa zwanzig Minuten wurde mir die Situation zu unangenehm, und ich versuchte, Toy ins Gespräch einzubinden, indem ich sie fragte, wie sie und Klaus sich kennengelernt hatten.

»Thai man no good. Always boxing ladies«, war die knappe Antwort, mit der ich gar nichts anzufangen wusste.

Ein Lächeln von Mali verriet mir, dass es sich dabei offensichtlich um einen Standardsatz handeln musste, der mehr aussagte, als ich mir vorstellen konnte.

»Ich denke, es ist genug für heute«, meinte Mali und deutete an, den Heimweg ins Hotel anzutreten. Eine Überlegung, die mir nach nun zwölf Bierchen als nicht schlecht erschien.

»They want to go home, Schatz«, klärte Kläuschen seine Freundin auf und fragte sie weiter, ob es ihr recht sei, wenn auch sie heimgingen.

»Ah, Schatz. First drink, than geil«, erhielt er als Antwort. Und irgendwie schien es ihm peinlich.

Wir verabredeten uns für den nächsten Tag, und ich war froh, nun bald in mein Bett zu fallen. Auf der Straße fragte ich Mali nach ihrem Eindruck.

»Dein Freund muss ganz schön viel Geld haben für so ein Mädel«, meinte sie knapp.

»Wieso für so ein Mädel? Meinst du, dass sie eine Professionelle ist?«, fragte ich Mali.

»Na klar. Und nicht von der billigsten Sorte!«, erwiderte meine Freundin, schien jedoch an der Beziehung von Kläuschen und Toy nichts Anstößiges zu finden.

* * *

Eine bis zum Eichstrich abgefüllte Go-Go-Tänzerin schwang ihre müden Hüften zur nachmitternächtlichen Stunde auf der Theke der *Wonderful Bar* im Nightlife Distrikt von Pattaya. Den Tag hatte ich am Swimmingpool unseres Hotels verbracht. Alkohol abbauen, um später neuen konsumieren zu können – das war die Devise. Für mich stand schon jetzt fest, dass ich in diesem Ballermann des Fernen Ostens mindestens eine Woche im Vollrausch verbringen würde.

Zusammen mit Kläuschen und Willi war ich jetzt im härtesten Rotlichtbereich des Junggesellenparadieses gelandet. Welcher Wind uns hierher geblasen hatte, vermochten wir nicht mehr zu ergründen. Für meine beiden Begleiter hatte das Ambiente anscheinend nichts Befremdliches, und ich wunderte mich ein wenig über mich selbst, fand ich Klaus und Willi doch noch immer sympathisch. Im direkten Vergleich zum übrigen Publikum hätten die beiden glatt als distinguierte Intellektuelle durchgehen können.

Der Laden war nicht übermäßig gefüllt. Etwa fünfundzwanzig europäische Sextouristen standen einer Anzahl von schätzungsweise dreißig Barmädels gegenüber, von denen einige den Eindruck machten, als gingen sie tagsüber zur Highschool; andere wirkten so, als hätten sie schon für Rest-And-Recreation-Zwecke zu Zeiten des Krieges in meinem Ursprungsland hier angeschafft.

Die *Wonderful Bar* war an diesem Abend das fünfte Tabledance-Lokal, in welches mich meine Fremdenführer geschleppt hatten, und es machte seinem Namen wenig Ehre. Die auf der Theke tanzenden Grazien, die sich ihrer Bikinioberteile entledigt hatten und ihre Bewegungen mit gelangweilter Routine absolvierten, schienen sich an den energielosen Blicken ihrer Bewunderer ebenso wenig zu reiben wie an ihren Go-Go-Stangen.

Angesichts dieser fernöstlichen Sehenswürdigkeiten war ich nicht sonderlich erstaunt darüber, einen einarmigen Weißen im Schuppen zu erspähen. Sein Anblick erinnerte mich zwangsläufig an die laufenden Ermittlungen in Oberhausen. Völlig baff war ich jedoch in dem Augenblick, als ich ihn auf mich zukommen sah. Er war mindestens einen Meter fünfundachtzig groß, von kräftiger Statur und, soweit ich es im schummrigen Licht erkennen konnte, strahlte sein sonnengebräuntes Gesicht eine gewisse Wärme aus. Die himmelblauen Augen jedenfalls wirkten recht freundlich, und sein poppig-buntes Hawaiihemd ließ mich argwöhnen, einen amerikanischen Touristen vor mir zu haben, dem allein der Fotoapparat fehlte. Obwohl er jenseits der fünfzig zu sein schien, wirkte er recht athletisch und durchtrainiert, nur sein dunkelblondes Haar war ausgedünnt und mit etwas Gel auf den wuchtigen Schädel platziert, was dazu führte, dass die spärliche Behaarung auch dann noch auf der Kopfhaut liegen blieb, als er die Deckenventilatoren unterquerte.

»Hallo, ich bin der Keniawerner. Wenn mich nicht alles täuscht, bist du die Kommissarin Fischer aus Oberhausen – stimmt's? Ich habe lange in Oberhausen und Mülheim gearbeitet. Aber eigentlich stamme ich aus Luxemburg. Ich hab dein Bild schon oft in der *WAZ* gesehen. Du bist ja eine richtige Berühmtheit in Oberhausen«, eröffnete er das Gespräch, ohne seinen merkwürdigen Spitznamen zu erläutern oder überhaupt in Erwägung zu ziehen, in mir nicht Thi Fischer vor sich zu haben.

»Keniawerner, das ist aber ein seltsamer Name«, erwiderte ich noch immer halb fassungslos.

»Na ja, als Kommissarin willst du wohl alles ganz genau wissen. Ich heiße Werner Kothes und bin Baujahr 1953. Und, wie gesagt, ein waschechter Luxemburger; davon gibt es nicht allzu viele auf der Welt.«

»Und warum Kenia?«, fragte ich weiter.

Werner lachte leicht verlegen.

»Na ja, ein paar Jungs aus den Läden hier in Pattaya haben mich mal in einer Bar in Nairobi getroffen. Sportsfreunde, wenn du so willst. Das ist nun auch schon 'ne Weile her. Und seitdem habe ich halt den Spitznamen weg«, klärte er mich grinsend auf, und irgendwie schien ihm sein Outing als Sextourist unangenehm gewesen zu sein.

Werner war wenigstens ehrlich, das machte ihn mir auf eine gewisse Art sympathisch, und allmählich begann meine anfängliche Verwunderung berufsbedingtem Eifer zu weichen: Die Worte von Doktor Mathes gingen mir wieder durch den Kopf. Er hatte gesagt, dass der Arm aus dem Kaisergarten von einem etwa Fünfzigjährigen stammen müsse. Wenn ich das Fundstück recht in Erinnerung hatte, würde es gut zur Statur meines Gegenübers passen.

Jetzt, oder nie, dachte ich mir, das könnte die Lösung all meiner Probleme in Oberhausen sein. Wenn Werner der Rest aus dem Kaisergarten wäre, hätte ich gewonnen und Oberkriminaldirektor Reuther würde mich auf den Heldenschild erheben.

Werner schaute mich erstaunt an. Auf irgendeine Art und Weise mussten meine Gedankengänge mein Äußeres verändert haben.

»Geht's dir nicht gut?«, fragte er.

»Doch, doch«, stammelte ich, »ich bin gleich wieder da.«

Ich zog mich auf die Toilette zurück und holte das Foto des Kaisergartenarmes aus dem Portemonnaie. *Ratry loves you Susi Bar*, dazu die Affenbehaarung, das konnte doch alles kein Zufall sein. Eine höhere Macht hatte mich auf meinem Weg zur Hauptkommissarin hierhin in die *Wonderful Bar* geführt. Ich musste nun irgendwie an Werners Genmaterial kommen.

Ich war gut knülle, entsprechend ungehemmt, und das Glück lag so nahe.

»Werner, wo hast du eigentlich deinen Arm gelassen?«, entfuhr es mir, wie ferngesteuert, als ich an die Theke zurückkehrte.

»Gelassen ist gut. Im Josefhospital in Oberhausen. Das ist nun auch schon fast drei Jahre her. Da war nix mehr zu machen. Ich hatte einen Arbeitsunfall im Großrohrwerk bei Mannesmann. Ich komme aber nun ganz gut zurecht«, klärte er mich auf und schien über meine direkte Frage irgendwie belustigt zu sein.

Die zweite Frage schoss mir mit derselben unvermittelten Direktheit heraus. »Bist du schon lange mit Ratry zusammen?«

»Woher weißt du denn, wie meine Frau heißt?«, wollte Werner wissen.

»Hier heißen doch alle Mädels so«, konterte ich und war über meine eigene Schlagfertigkeit verwundert.

»Ja, da hast du schon wieder recht. Du bist ja 'ne Lustige«, meinte er lachend und prostete mir mit einer Flasche Heineken zu.

»Wir sind schon seit über zehn Jahren zusammen. Die Ratry hat früher in der *Susi Bar* gearbeitet, die ist gleich hier um die Ecke.«

Die Gier nach Werners Erbmaterial ließ mir nun vollends keine Ruhe mehr, und meine Gedanken kreisten nur noch um einen Genabgleich. Er war Nichtraucher, und somit schied die legendäre Zigarettenkippe zur Speichelprobensicherung aus.

Mein Blick fiel auf einen Kamm, den er in der Brusttasche seines Hawaiihemdes trug und zwischen dessen Zinken ich zwei oder drei dunkelblonde Haare zu erkennen glaubte. Dieses speckige Haarpflegeinstrument war augenblicklich zum Objekt meiner Begierde geworden, und ich hätte ein Vermögen dafür auf die Theke der Go-Go-Bar geblättert. Allein die Schwierigkeit, mich der Haupthaare zu bemächtigen, war Gegenstand meines ganzen Sinnens und Grübelns. Vor meinem inneren Auge sah ich mich bereits als Kammdiebin aus dem Lokal flüchten und konnte der Unterhaltung überhaupt nicht mehr folgen.

Es half alles nichts. Ich musste Werner in die Probleme meiner Oberhausener Ermittlungsarbeit einweihen, wollte ich mit Hilfe seiner Körperzellen der Lösung des Falles näherkommen.

»Werner, das klingt jetzt wirklich skurril, aber ich glaube, dass dein Arm wieder aufgetaucht ist«, sagte ich beiläufig und war ein wenig gespannt, wie er auf meine unvermittelte Äußerung reagieren würde. Gleichzeitig war ich aber auch von der Furcht erfüllt, ihn verärgern und fortzujagen zu können.

»Jetzt willst du mich aber verarschen«, meinte er, und seine Miene verriet mir, dass er sich mit seiner Behinderung zwar abgefunden zu haben schien und sogar den einen oder anderen Scherz darüber verkraften konnte, aber meine Bemerkung doch als ein wenig zu frech empfand.

»Nein, im Ernst, Werner. Wir ermitteln in Oberhausen in einer ziemlich verkorksten Mordsache. Na ja, zumindest habe ich bis vor ein paar Augenblicken gedacht, dass es sich um Mordfälle handeln würde.«

Werner sah mich verständnislos an. »Was sollte denn mein Unfall mit deinen Mordfällen zu tun haben?«, fragte er und wirkte nun etwas genervt.

Ich musste mir eingestehen, dass ich ziemlich blau war, und um die Situation nicht unnötig zu verlängern, ging ich in die Offensive, öffnete meine Handtasche und überreichte ihm das Armfoto.

»Kennst du den?«, fragte ich, und mir wurde augenblicklich bewusst, dass ich mir die Bemerkung besser hätte verkneifen sollen.

Werner wirkte schockiert und wurde kreidebleich. »Wer hat denn das Foto gemacht?«, retournierte er meine Frage und gab mir das Bild zurück. »Ja, das war mal mein Arm. Jetzt versteh ich überhaupt nichts mehr. Was willst du eigentlich von mir? Du tauchst hier auf, quatscht dummes Zeug, von wegen alle Mädchen in Thailand heißen Ratry, und hast ein Foto von meinem rechten Arm in deiner Handtasche.«

Ich ärgerte mich über mein plumpes Vorgehen, das sich nicht allein mit meinem Bierkonsum entschuldigen ließ, und versuchte Werner zu beruhigen, was jedoch alles andere als einfach war.

»Werner, die Sache ist die: Wir haben deinen Arm vor ein paar Wochen im Kaisergarten gefunden. Und als ich dich eben sah ...«

»Da wolltest du ihn mir wiedergeben oder was? Versuch nicht mich zu verarschen. Ich weiß nicht, warum mir die Oberhausener Polizei bis nach Thailand auf den Fersen ist. Ich habe nichts verbrochen. Und deine blöden Touren kannst du dir sparen. Ist das klar?«

»Hör mir doch erst einmal zu. Ich ...« Es hatte keinen Sinn, Werner war außer sich vor Zorn, und ich konnte ihm dies nun wahrlich nicht verübeln. Blöder hätte ich die Sache nun wirklich nicht angehen können. Mir blieb allerdings keine Zeit, mich über meinen eigenen Anfängerfehler zu ärgern, denn Werner legte einen Geldschein auf die Theke und war im Begriff zu gehen.

»Ich verliere vor Jahren bei einem Arbeitsunfall meinen Arm, und du findest ihn vor ein paar Wochen im Kaisergarten. Und nun kommst du nach Pattaya und zeigst mir ein Bild davon. Bist du vollkommen bescheuert oder was ist hier los?«, sagte er kopfschüttelnd, und ich war froh darüber, eine Frau zu sein, denn ich hatte den Eindruck, dass er einem Mann zum Abschied noch einen linken Haken versetzt hätte.

Ich versuchte die Wogen zu glätten, indem ich Werner meinen Dienstausweis zeigte und ihm die aberwitzig anmutende Verkettung von Zufällen erklärte. Nach einer Weile hatte ich den Eindruck, dass er mir zu glauben begann. Ich versprach ihm, ihn per E-Mail über den Ermittlungsstand in Oberhausen auf dem Laufenden zu halten, und bekundete bereits im Voraus meine Dankbarkeit für seine Mithilfe. Dann schritten wir zur Tat: Der Barkeeper kramte ein Schweizermesser aus der Hosentasche, mit dessen stumpfer Klinge ich mich nun daran machte, Werners ohnehin schon lichtes Haupthaar noch ein bisschen auszudünnen, indem ich ein Büschel aus der Nackenpartie abschnitt.

»Autsch, pass doch auf«, zischte er und ließ mich so spüren, dass sich sein Zorn noch immer nicht ganz gelegt hatte.

Ich steckte meine Beute in Zellophanfolie, die ich von einer Schachtel Marlboro Lights abgezogen hatte, und verstaute sie in einem Seitenfach meines Portemonnaies.

»Aber nicht, dass du mir das für einen Vaterschaftstest missbrauchst«, meinte Werner grinsend, als ich mich wieder zu Kläuschen und Willi begab, die von dem Vorfall überhaupt nichts mitbekommen hatten.

Ich hatte nun, was ich haben wollte, und brannte nur noch darauf, die Ermittlungen in der Pathologie des Josefhospitals fortzusetzen. Die verbleibenden drei Wochen Sonne, Strand und Kultur sollte ich auf einer Backe absitzen.

5. Kapitel

Für den ersten Arbeitstag nach mehr als einem Monat hatte ich mir nicht allzu viel vorgenommen. Von Andi hatte ich seit meinem unfreundlichen Abgang in die Ferien nichts mehr gehört und hoffte, mit der Überreichung eines Urlaubsmitbringsels das altgewohnte Arbeitsklima sofort wiederherzustellen.

Um acht war ich im Büro. Von Andi war noch nichts zu sehen, und so schmiss ich erst einmal die Kaffeemaschine an. Ich hatte mich kaum an meinen Schreibtisch gepflanzt, als mein Dienstapparat klingelte. Der Mensch kann auch am ersten Arbeitstag nicht nur Glück haben – Dieter Brom war in der Leitung.

»Frau Fischer? Gott sei Dank, dass Sie wieder da sind. Ich habe einen Herrenarm gefunden.«

»Aha. Und wo haben Sie den Herrenarm entdeckt, Herr Brom?«, erwiderte ich und war zugleich erstaunt, wie selbstverständlich ich Dieters merkwürdige Wortwahl übernahm.

»Beim Joggen im Ruhrpark, Frau Kommissarin!«

Ich war absolut nicht in der Stimmung, mir Dieters Gefasel anzuhören, wollte aber nicht unhöflich sein und setzte das Gespräch angewidert fort. »Und wann haben Sie den Fund gemacht, Herr Brom?«

»Kurz nach Ihrer Abreise in den Urlaub, Frau Fischer«, kam es wie aus der Pistole geschossen zurück.

Ich war mir sicher, dass es nun nicht mehr lange dauern würde, bis auch Dieter wieder einmal für längere Zeit in den Urlaub gehen würde. Aber was ging es mich an. Mir war es schnuppe, ob Dieter vor seinem Abgang in die Psychiatrie noch auf ein Tässchen Kaffee bei uns vorbeischaute. »Warum haben Sie meine Kollegen nicht benachrichtigt?« Ich war nun bereit, das Spielchen mitzuspielen.

»Ich wollte auf Ihre Rückkehr warten, Frau Kommissarin, das ist doch Ihr Fall!«

»Na schön, Herr Brom. Kommen Sie doch morgen während der Dienstzeit in mein Büro«, beendete ich das Telefonat und spürte instinktiv, dass ich mir mit dieser Einladung keinen Gefallen getan hatte.

Kaum hatte ich eingehängt, betrat Andi das Büro. Er wirkte noch immer zerknirscht, und ich hatte den Eindruck, dass er seiner Frau nach wie vor hinterherspionierte.

»Hi, Andi. Na, alter Junge. Wie is et?«, eröffnete ich das Wiedersehen.

»Thi, da bis du ja wieder. Zeig mal ein paar Fotos. Von hier gibt es nämlich gar nichts Neues. Auch kein neues Ärmchen. War echt nix los in den letzten Wochen. Sommerloch.«

»Ich habe etwas Neues. Ich glaube, unsere Spur führt teilweise nach Thailand.«

»Ach, du liebe Scheiße. Hat man dich einer Gehirnwäsche unterzogen oder kommst du direkt vom Dauerfrühschoppen?«

»Ich habe einen Kerl kennengelernt, dem fehlt ein Arm, den hat er bei einem Arbeitsunfall in Mülheim vor gut zwei Jahren verloren. Der Kerl hängt in der *Susi Bar* in Pattaya rum. Und bingo! Seine Frau heißt Ratry und arbeitet seit zehn Jahren in der *Susi Bar*.«

Andi schaute mich an, als verstünde er kein Wort deutsch. »Du meinst, du hast die restlichen Teile des Kaisergartenfundes lebend in Thailand entdeckt?«

»Ja, das habe ich wohl. Wir haben eine erste heiße Spur, mein Lieber. Wir haben es nicht mit Mord zu tun. Zumindest nicht in diesem Fall. Ich habe dem Kerl den Schopf ausgedünnt. Wir müssen nur die Haare gentechnisch mit dem Arm abgleichen. Aber das halte ich fast nur noch für Formsache, denn er hat sein Körperglied schon auf dem Foto wiedererkannt.«

»Du hast das Bild mit in den Urlaub geschleppt?«, Andi sah mich verwirrt an.

»Ja, habe ich. Warum denn nicht?« Triumphierend schwenkte ich das Plastiktütchen mit den Haaren vor Andis Gesicht hin und her.

Andis Augen strahlten. »Mensch, Mensch, Mensch. Da hängt man hier im Präsidium rum, plagt sich mit allen möglichen Idioten, und du löst den Fall im Urlaub.«

»Na ja, mein Lieber. Gelöst haben wir den Fall noch lange nicht. Aber wenn es der Arm vom Keniawerner ist, und daran habe ich keinen Zweifel, haben wir schon einmal einen Zeugen.«

»Keniawerner?«

»Der Mann heißt Werner Kothes, ist Luxemburger, wohnt in Pattaya und hat lange in Mülheim gearbeitet, bei Mannesmann. Sein Spitzname ist Keniawerner.«

»Na, dann nix wie ins Labor mit den Löckchen«, Andis Laune war prächtig. »Weiß der Alte schon von der Sensation?«

»Nein, ich will erst nach der Genanalyse mit ihm sprechen. Geduld für vierundzwanzig Stunden müssen wir noch haben. Ich mach mal meine Begrüßungsrunde. Wie steht es heute Abend mit einem Bierchen?« Andi sagte begeistert zu, und ich verschwand erst einmal aus dem Büro. »Ach so, noch etwas. Dieter kommt uns morgen besuchen«, rief ich meinem Kollegen vom Flur aus zu.

* * *

Uwe Krafts Geschäfte liefen schlecht. Die Oberhausener Buschtrommeln hatten dies auch mir schon zugetragen. Dass seine finanzielle Lage inzwischen ziemlich prekär geworden sein musste, zeigte sich daran, dass die Mittelfinger beider Hände in dicken Bandagen steckten, was unmissverständlich auf die Arbeit eines professionellen Geldeintreibers hindeutete. Er schien jedoch noch eine Gnadenfrist ergattert zu haben, und nun saß er zusammen mit Sabine am Ecktisch und bettelte die wohlhabende Domina an, ihm das nötige Geld zu leihen. Ich war zufrieden. Das berüchtigte Sommerloch hatte keine Lücke in die Stammbelegschaft des *Hauses Ostermann* geschlagen, und Christa begrüßte mich mit einem frisch gezapften Bierchen.

Ich hatte mein erstes Köpi an heimischer Theke gerade konsumiert, als Andi und Paul den Laden betraten.

»Mali kommt später nach. Sie hat noch zwei Maschinen Wäsche zu machen.« Paul begrüßte mich mürrisch und orderte sich gleich einen Steinhäger.

Unsere Thekenrunde wurde sogleich durch das Eintreffen Bodo Bugenhagens erweitert, der einmal evangelischer Pfarrer gewesen war, aufgrund von Trunksucht aus dem kirchlichen Dienst gedrängt wurde und seine seelsorgerische Tätigkeit nun in Form einer philosophischen Ambulanz in Sterkrade fortsetzte, die ihm ein notdürftiges Auskommen zu sichern schien.

Bodo war Anfang fünfzig, maß etwa einen Meter fünfundsiebzig und war von äußerst filigraner Gestalt. Er hatte eine kleine Kopfglatze, die von pechschwarzen Dichterlöckchen umspielt wurde, welche seinem ohnehin schon femininen Gesichtsausdruck milde Züge verliehen. Seine dunkelbraunen Augen strahlten Ruhe, Güte und Intelligenz aus. Allein seine pastorale Kleidung stellte einen strengen Kontrast zur

Sanftmut seines Wesens dar. Seine durchweg weiche Erscheinung erinnerte mich stark an die eines Lüstlings, wie man sie von Portraits aus dem achtzehnten Jahrhundert kennt.

»Die Menschen haben Angst, Frau Fischer«, eröffnete er das Gespräch. »Die Stadt ist nicht mehr sicher.«

»Und was sollen wir Ihrer Meinung nach tun, Herr Bugenhagen? Unsere Ermittlungen laufen auf Hochtouren.« Ich versuchte mir den verkrachten Geistlichen vom Hals zu halten.

»Die Menschen kommen in meine Ambulanz und äußern ihre Furcht«, insistierte er weiter, ohne mich dabei anzuschauen.

»Freuen Sie sich doch, so läuft wenigstens Ihr Laden«, sagte Paul und deutete mit einer Handbewegung an, dass er noch einen Steinhäger vertragen könnte.

»Ich möchte Ihnen meine Hilfe in geistlicher Hinsicht anbieten. Ich bin nämlich davon überzeugt, dass wir es bei dem Täter mit einem sehr einsamen Menschen zu tun haben. Ein Mensch, der Anerkennung und Bestätigung in seinem Tun sucht. Haben Sie darüber schon einmal nachgedacht?«

»Aua!«, rief Paul und schüttete sich den dritten Schnaps in den Rachen.

»Wie meinen Sie das, Herr Bugenhagen? Inwiefern sucht der Täter Anerkennung?«, wollte ich wissen. Ich wurde nun neugierig, und da Paul und Andi in Zuschüttlaune waren, wollte ich mir die Zeit bis zu Malis Eintreffen lieber mit den Ergüssen Bugenhagens verkürzen, statt meinen Kollegen beim sinnlosen Besäufnis zuzuschauen.

»Nun ja, Frau Fischer, Ihnen dürfte nicht entgangen sein, dass Ihr Kommissariat in diesem Sommer nicht gerade von Erfolgen heimgesucht wird. Wir alle wissen freilich, welch erfolgreiche und tüchtige Kriminalistin Oberhausen in Ihnen hat, meine liebe Frau Fischer. Aber sehen Sie, die Sache mit den männlichen Körperteilen scheint Ihnen nicht eben zum Glück zu gereichen. Von den Schmierereien in der lokalen Tagespresse will ich gar nicht erst zu sprechen anfangen.«

Ich konnte Bugenhagen nicht ganz widersprechen. Dass irgendeine Form psychischer Erkrankung bei unserem Täter eine Rolle spielte, war wohl nicht von der Hand zu weisen. Ob es nun unbedingt die Suche nach Anerkennung sein musste, die einen Menschen dazu veranlassen konnte, Gliedmaßen in Parks und Einkaufszentren auszulegen, wusste ich aber nicht zu klären.

Endlich betrat Mali das *Haus Ostermann*, und ich war froh, von Bugenhagen erlöst zu sein, beschloss aber, den Mutmaßungen des Ex-Geistlichen nachzugehen und in den nächsten Tagen bei einem Psychiater Erkundigungen über die seelische Verquickung von Bestätigungssuche und Armablage einzuholen. Für diesen Abend aber, so viel stand für mich fest, wollte ich mit meiner Freundin Urlaubserinnerungen austauschen und von männlichen Gliedmaßen nichts mehr hören.

* * *

»Können Sie mir Auskunft über den Verbleib des rechten Unterarmes von Herrn Werner Kothes geben?«, wollte ich von Fräulein Doktor Sabine Brandtstätter in der Pathologie des Josefhospitals wissen.

»Bitte was? Was wünschen Sie zu wissen?«, fragte die junge Assistenzärztin und sah mich dabei an, als hätte mein Anliegen sie verwirrt.

»Er wurde im Herbst des Jahres 2001 nach einem Arbeitsunfall hier amputiert«, präzisierte ich.

Die Räumlichkeiten in den Kellergewölben des Krankenhauses an der Mülheimer Straße waren der Wirkungsstätte von Doktor Mathes nicht unähnlich. Auch hier roch es nach Bad- und WC-Reiniger, und ich hatte den Eindruck, dass derselbe Designer beide Pathologien entworfen hatte.

»Das kann ich Ihnen nicht sagen«, fuhr sie fort, »hier wurde der Arm bestimmt nicht abgenommen. So etwas macht die Chirurgie in den OPs«, versuchte sie mich zu belehren und fühlte sich dabei wohl sehr wichtig.

Die junge Medizinerin wirkte mit ihrem eigentlich freundlichen Gesicht und ihrer elfenhaften Gestalt hier völlig fehl am Platze, und ich wunderte mich ein wenig über die Irrungen und Wirrungen des Lebens, welche dieses etwa fünfundzwanzigjährige Mädel von seinem Weg zur potenziellen Kindergärtnerin hierher umgeleitet hatten, kam aber bald zu dem Schluss, dass es wohl ein verfluchter Numerus clausus gewesen sein musste. Trotzdem stimmte ihre überhebliche Art mich missmutig.

»Dass Sie das nicht können, habe ich mir schon gedacht«, demütigte ich die Grazie. »Ich möchte auch nicht wissen, wo der Arm amputiert wurde, sondern wo er geblieben ist«, fuhr ich fort.

»Wenn etwas chirurgisch entfernt wird, wird es anschließend in einem Krematorium verbrannt.« Sie deutete auf drei unterschiedlich große Aluminiumboxen, die sich in einer Ecke des Raumes befanden. »Dort sind zum Beispiel Gewebeschnitte drin, mit deren Untersuchung wir bereits fertig sind. Die kommen jetzt zur Einäscherung ins Kreiskrematorium«, erläuterte sie den Werdegang des Fleisches.

»Und Ihnen ist noch nie etwas weggekommen?«

Das Fräulein Doktor schaute mich entgeistert an, so als ob sie überhaupt nicht verstünde, was ich sie gefragt hatte. »Ist hier noch nie etwas gestohlen worden?«, wiederholte ich meine Frage.

»Wie meinen Sie das, etwas gestohlen worden?«, entgegnete sie, während sie geistesabwesend mit den Fingern durch ihre blonde Mähne fuhr.

»Ich meine, ob schon einmal ein Stück Mensch, das hier bis zur Verbrennung zwischengelagert wurde, vor dem endgültigen Entsorgungstermin verschwunden und nicht wieder aufgetaucht ist?«

»Ach so, das meinen Sie. Nein! Nicht, dass ich wüsste. Die Stücke stammen alle aus unseren OPs, werden, wenn nötig, histologisch untersucht und wandern dann in Kisten.«

»Bestünde die Möglichkeit, dass ein amputierter Arm oder ein amputiertes Bein in Ihrer Pathologie so lange zwischengelagert wird, bis der Mensch, zu dem die Extremität gehört, verstorben ist?«

Ein fragender Blick aus giftgrünen Augen traf mich.

»Sehen Sie, es gibt doch Menschen, die möchten komplett bestattet werden. Hätten solche Leute die Möglichkeit, ihre verlustig gegangenen Teile bei Ihnen tiefgekühlt zu deponieren?«

»Nein, nein, das ist ausgeschlossen. So etwas gibt es bei uns nicht«, sagte das Fräulein und blickte mich nun neugierig an.

»Führen Sie irgendeine Art von Protokoll oder Lagerbuch?«, setzte ich mein Fragedauerfeuer fort.

»Nein, natürlich nicht. Warum sollten wir so etwas auch tun?«, sagte sie nun nicht mehr belehrend, sondern eher genervt, und ich spürte, dass es Zeit wurde, sie in die Hintergründe meiner Fragestunde einzuweihen.

Bevor ich sie ins Vertrauen zog, schob ich aber eine weitere Frage voran. »Sie unterliegen auch hier der Schweigepflicht – richtig?«, setzte ich an.

»Nein, ich erkläre Ihnen doch nur unsere Arbeitsweise«, erwiderte sie und schien noch verwirrter.

»Ich meine, was Sie und ich besprechen, wird unter uns bleiben?«

»Ja, natürlich.«

»Schön. Teile von hier sind im Kaisergarten und an anderen Stätten gefunden worden«, sagte ich in verschwörerischer Tonlage. »Menschliche Körperteile«, präzisierte ich weiter, um eventuellen Rückfragen und Bemerkungen gleich vorzubeugen.

Erneut blickte mich das grüne Augenpaar an. »Das kann doch gar nicht sein. Wie soll das denn gehen?«, stammelte sie, und in ihrem Gesicht stand die Sorge um den Fortgang ihrer jungen Karriere zu lesen.

»Das möchte ich gern von Ihnen wissen. Deswegen bin ich zu Ihnen gekommen«, klärte ich Doktor Brandtstätter auf, deren distanzierte Überheblichkeit schlagartig devoter Angst gewichen war.

Sie tat mir nun leid. »Hören Sie. Niemand beschuldigt Sie, etwas Falsches getan zu haben«, versuchte ich sie zu beruhigen. Aber sie schien sich bereits ruiniert zu sehen und wirkte vollkommen geistesabwesend. »Wie lange arbeiten Sie eigentlich schon hier in der Pathologie?«

»Ich bin seit zwei Wochen hier«, kam es kleinlaut zurück.

»Na, sehen Sie. Dann geht Sie das doch alles gar nichts an. Was wir besprochen haben, bleibt unter vier Augen, und Sie stehen mir zur Verfügung, wenn Ihnen Unregelmäßigkeiten auffallen. Abgemacht?«

»Abgemacht«, sagte sie erleichtert, und ich glaubte, Tränen in den grünen Augen zu erkennen.

»Sind alle Kisten fertig? Ich würde dann jetzt los wollen«, störte ein dünnes Fistelstimmchen unser Gespräch.

Wie aus dem Nichts war ein etwa achtzehnjähriger Jüngling zu uns gestoßen. Die mürrische Tonlage, in der er seine Frage formulierte, ließ auf Ungeduld schließen und outete ihn zugleich als zum Krankenhausdienst genötigten Zivildienstleistenden. Sein blasser Teint und sein zu einem Mittelscheitel gekämmtes schlohblondes Haar, machten den Knaben in weißer Krankenpflegermontur zu einem Kunstwerk aus einem Guss. Allein seine schmutzigen Fingernägel mochten nicht zum strahlenden Gesamteindruck passen. Ein hervorstehendes Paar wässrig-blauer Augen steckte hinter dicken Glasbausteinen, die von einen dunkelbraunen Gestell getragen wurden, welches offensichtlich für die Brillengläser zu leicht gewählt wurde und die Sehhilfe bis auf die Nasenspitze rutschen ließ.

»Ja, Thorben. Die Kisten sind fertig. Sie können dann ...«, antwortete Sabine Brandtstätter, die sich mit dem Eintreffen der unfreiwilligen Hilfskraft augenblicklich wieder gefasst hatte.

So musste der junge Heino mit klaren Gläsern ausgesehen haben, dachte ich mir und machte mich mit einen kurzen Kopfnicken in Richtung der Jungchirurgin auf den Weg in den wohlverdienten Feierabend.

Auf dem Flur überholte mich der Zivi, und ich war nicht schlecht erstaunt, zu sehen, dass dieser kränklich wirkende Bengel gleich zwei schwere Kisten mit Körperteilen und Gewebeschnitten auf einmal zu schleppen vermochte.

* * *

Andi hatte wahrscheinlich noch die Folgen des vergangenen Abends an Christas Theke zu bekämpfen, und mit seinem Eintreffen war nicht vor zehn Uhr zu rechnen. Ich quälte mich gegen neun ins Präsidium und freute mich darauf, dem Kollegen meine Katerresistenz zu demonstrieren. Bereits auf dem Flur fing meine Nase einen äußerst unangenehmen Geruch ein, dessen Urquell aus meinem Büro zu stammen schien.

Als ich das Dienstzimmer betrat, schlug mir der bestialische Verwesungsgestank in voller Stärke entgegen, und es fiel mir nicht schwer, die Ursache dafür sogleich zu erkennen. Dieter Brom hatte tatsächlich einen Arm gefunden und diesen, in einer Kaufhoftüte verpackt, auch gleich mitgebracht.

»Dieter, du Vollidiot. Nun hat man dir wohl vollends das Gehirn ausgeknipst«, fuhr ich ihn an und riss gleichzeitig die Fenster sperrangelweit auf.

»Aber, Frau Kommissarin. Ich hatte mich doch für heute bei Ihnen angekündigt«, entgegnete er vollkommen verdutzt. Und schien über die unwirsche Begrüßung ehrlich entsetzt zu sein.

»Lass den Scheiß mit Frau Kommissarin, du Trottel. Was fällt dir eigentlich ein, mir einen verwesten Arm ins Büro zu schleppen? Lass bloß die verfluchte Tüte zu, du Idiot!«

Dieter Brom erhob sich vom Stuhl und war im Begriff, beleidigt mein Büro zu verlassen, als ich ihn am Ärmel seines Armanijacketts zu fassen bekam und ihn auf den Sitz zurückdrückte.

»Nun mal langsam, Herr Brom«, fing ich mich und versuchte mich zugleich auf den Gemütszustand meines Gegenübers einzustellen, denn ich kannte ihn so weit, dass man von ihm nur etwas erfahren konnte, wenn man nach seinen Regeln spielte. Auch wenn es mir noch so stank. »Es tut mir leid, dass ich so unhöflich war. Bitte verzeihen Sie mir, Herr Brom«, fuhr ich fort.

»Schon gut, Frau Kommissarin«, lenkte er ein und überreichte mir die Tüte.

Angewidert ergriff ich den Beutel und legte ihn auf meinem Schreibtisch ab. »Ich will ehrlich sein, Herr Brom. Ich hatte gestern am Telefon das Gefühl, dass Sie mich ein wenig verkohlen wollten. Ich dachte nicht, dass Sie tatsächlich einen ganzen Arm mitbringen würden.«

»Hatte ich ja auch nicht gesagt«, entgegnete er süffisant lächelnd und wirkte irgendwie stolz.

»Hätten Sie etwas dagegen, wenn ich das Teil erst einmal hier herausbringen würde, bevor wir uns weiter unterhalten?«

»Nicht im Geringsten, Frau Kommissarin.«

Mit der Tüte in der Hand trat ich ins Zimmer von Pfannkuche ein. »Paul, frag mich jetzt nicht. Bitte bring die Tüte in die Pathologie. Ich erkläre dir alles später.«

Paul warf einen Blick in die Tüte und machte sich kommentarlos auf den Weg in die Gerichtsmedizin.

Zurück im Büro, war die Atemluft nun wieder rein, und auch mein Mütchen hatte sich wieder etwas heruntergekühlt. Ich fühlte mich bereit, Dieter zum ersten Mal in meinem Leben ernsthaft zu vernehmen und seine Einlassungen nicht allein für Olaf und Petra zu Papier zu bringen.

»Also, Herr Brom. Wo genau haben Sie den Fund gemacht, und warum haben Sie den Arm an sich genommen, und vor allem, wo haben Sie ihn während der letzten Wochen aufbewahrt?«, quoll es aus mir heraus, und mir wurde schlagartig klar, dass ich absolut nicht in der Lage war, Dieter professionell zu vernehmen.

»Ich habe den Arm dort gefunden, wo ich den Mann aus dem Sonnenscheinhaus ermordet habe. Bei der Gaststätte, da wo früher Herman Kuss gewesen ist. Ich habe ihn mitgenommen, weil ich ihn für Sie aufheben wollte, das habe ich daheim im Kühlschrank getan«, entgegnete er, wie auswendig gelernt.

»Okay, erinnern Sie sich noch an das Datum und die Uhrzeit?«

»Das war am 1. August. Fünf Tage, nachdem Sie in den Urlaub gefahren sind, Frau Fischer. So um sechs Uhr morgens muss das gewesen sein, kann aber auch um halb sieben gewesen sein. Der Arm lag vor der Parkbank. Ich habe ihn in die Tüte gepackt und mitgenommen.«

»Sie hatten die Tüte zufällig dabei, Herr Brom?«, wollte ich wissen.

»Nein, da war altes Brot drin. Damit wollte ich die Enten und Blesshühner an der Ruhr füttern. Ich habe die Brotscheiben dann aber ins Gebüsch geworfen und den Arm in die Tüte gepackt.«

»Und dann zu Hause in den Kühlschrank gelegt«, kam ich seinen Ausführungen entgegen.

»Genau, auf Stufe drei, und heute ist er bei Ihnen.« Dieters Brust war stolzerfüllt. Er ahnte, dass er nun wichtig war, und genoss diesen Stellenwert, ohne jedoch überheblich zu wirken. Er war dort angelangt, wo er immer sein wollte – Hauptfigur in einem Kapitalverbrechen.

Zum gemeinsamen Kaffee rauchte Dieter eine Zigarette. Nie zuvor hatte er sich, ohne mich pro forma um Erlaubnis zu bitten, einen Glimmstängel angesteckt. Und obgleich ich nicht recht wusste, ob der neuerliche Fund für unser Kommissariat ein Fluch oder ein Segen war, freute ich mich auf unerklärliche Art für meinen alten Stammkunden darüber, dass er endlich einmal wichtig war.

* * *

Warum tragen Psychiater weiße Kittel?, fragte ich mich, als ich das Sprechzimmer des Nervenarztes betrat, der, so wollte es die Gerüchteküche, früher einmal Müller geheißen hatte, dann als Sieger aus einem lange andauernden Rechtsstreit mit diversen Behörden hervorgegangen war und endlich die Erlaubnis erhielt, seinen Namen zu latinisieren, um sich fortan Molitor zu nennen.

Obgleich ich zum vereinbarten Termin erschienen war und von der Sprechstundenhilfe eingelassen wurde, wirkte Molitor verstört und überrascht. Hilflos wie ein Teenager, den man in flagranti beim Onanieren ertappt hatte, glotzte er mich an und stand vollkommen erstarrt mitten im Raum.

»Herr Doktor, Frau Kommissarin Fischer wäre nun da«, sagte die Sprechstundenhilfe, die ausschaute wie eine Kreuzung aus Liz Taylor und Trude Herr.

Ich hatte keine Ahnung, warum sie im Konjunktiv sprach, nahm aber an, dass dies eine gängige Ausdrucksweise in nervenärztlichen Praxen war.

»Ja, ganz recht, Fräulein Claudia. Ganz recht. Danke, Fräulein Claudia. Ich habe nichts mehr weiter. Sie können dann für heute Schluss machen, Fräulein Claudia«, sagte Molitor, worauf die Hilfe mich mit dem Mediziner allein ließ.

Ich überlegte einen Augenblick lang, ob die Entlassung Fräulein Claudias etwas Bedrohliches für mich haben könnte, besann mich jedoch der durchgeladenen SIG Sauer in der Innentasche meiner Jeansjacke, und jegliche Anspannung fiel von mir ab.

Doktor Molitor hatte Mühe, sich zu fassen. »Guten Tag, Frau Kommissarin. Schön, dass Sie gekommen sind. Ich habe Sie schon erwartet«, begrüßte er mich und ließ dabei offen, ob er mich zum vereinbarten Termin oder überhaupt schon erwartet hatte. Ich beschloss, dieser Frage nicht weiter auf den Grund zu gehen, und erwiderte seinen Gruß.

Doktor Molitor war eine stattliche Erscheinung und maß mindestens einen Meter fünfundneunzig. Sein schneeweißes Haar hatte er durch einen strengen Mittelscheitel getrennt, so wie man es von brutalen SS-Männern aus älteren Spielfilmen kannte. Sein Gesicht war hager und glich dem eines Raubvogels. Seine grün-blauen Augen vermieden es vom Anfang unseres Gespräches an, Blickkontakt aufzubauen, und wiesen in eine imaginäre Ferne. Seine Lippen waren wulstig, und beim Sprechen konnte man sein massiges Zahnfleisch erkennen.

Die Praxis machte einen ähnlich gespenstischen Eindruck wie ihr Betreiber. Die dunklen Altbauräume waren mit schweren Eichenmöbeln fast völlig zugestellt, sodass neben Schreibtisch und Patientenliege nur ein winziger Stuhl als Sitzgelegenheit für Besucher zur Verfügung stand; auf diesem nahm ich Platz. Mein Blick blieb an einem Aquarell hängen, das über Molitors Sessel aufgehängt war. Es zeigte das Gesicht eines alten Mannes, in dem sich krankhafte sexuelle Gier nach einem ausgestreckten Frauenfuß spiegelte, dessen Zehennägel knallrot lackiert waren.

Gut, der Mann hat eine Affinität zu Körperteilen, dachte ich und glaubte zu spüren, an der richtigen Adresse zu sein. »Herr Doktor, ich bin zu Ihnen gekommen, weil ich Ihren fachkundigen Rat in der Leichenteilgeschichte brauche, die nicht nur die Polizei seit Monaten beschäftigt. Wir haben herausgefunden, dass es sich bei den Fundstücken um Diebesgut aus verschiedenen Pathologien der Umgebung handelt«, eröffnete ich die Unterredung und überreichte Doktor Molitor den Aktenordner mit den Fotografien der bisherigen Funde.

»Das ist ja eine Kostbarkeit«, sagte der Doktor und hielt den Folianten in Händen, als handelte es sich dabei um ein zerbrechliches Kunstwerk.

»Halten Sie es für möglich, dass der Täter uns nicht nur zum Narren halten will, sondern dass sein Handeln krankhaft und triebhaft gesteuert ist? So etwas wie ein innerer Zwang, ein Zwang zu geben, vielleicht um irgendeine Schuld zu mindern?«, wollte ich von meinem Gegenüber wissen.

»Die Fähigkeit zu geben, ist eine der kostbarsten Eigenschaften der menschlichen Seele«, antwortete Molitor und sah mich dabei an, als müsse er mir eine Einführungsvorlesung zum Thema *Was ist der Mensch* halten. »Auch der geizigste Mensch verspürt tief in seinem Innern das Verlangen, Kostbarkeiten von sich zu geben«, fuhr er fort.

»Es könnte also sein, dass unser Täter im wahren Leben ein Geizkragen ist und weiß, dass Geiz etwas gesellschaftlich Geächtetes ist?«, dilettierte ich.

»Geiz ist nur in unserer modernen Überflussgesellschaft nicht hoch angesehen. Es gibt in anderen Kulturen die hohe Tugend der Sparsamkeit, das heißt die Kunst des Haushaltens mit kostbaren Gütern«, wurde ich unverzüglich aufgeklärt.

So kam ich mit dem Mann nicht weiter. Meine Augen auf dem Damenfuß ruhend, versuchte ich nun die sexuelle Komponente ins Spiel zu bringen. »Aber es darf doch angenommen werden, dass unser Täter in irgendeiner Form sexuell pervers ist – oder?«

»Das muss nicht unbedingt sein. Gesellschaftlich nicht konforme Verhaltensweisen werden zu schnell und zu leicht als etwas Perverses abgetan. Dabei meint der Begriff pervers doch im streng sexualmedizinischen Kontext etwas ganz anderes. Sehen Sie, jedes menschliche Leben ist eine Kostbarkeit, es zu zerstören bedeutet, etwas Unerhörtes zu tun.

Umgangssprachlich gesagt ist Ihr Täter pervers. Vorausgesetzt er ist ein Mörder. Aber wie Sie sagen, hat er die Arme ja nur gestohlen. Er ist ein Dieb, meine liebe Frau Kommissarin. Kein Perverser. Und eine sexuelle Komponente vermag ich auf den mitgebrachten Lichtbildern nicht zu erkennen.«

»Und was ist mit der zwanghaften Komponente seines Tuns? Ich meine, ein geistig gesunder Mensch tut so etwas doch nicht. Ist es nicht sicher, dass bei unserem Täter eine schwere psychische Störung vorliegt? Welche Motive könnte ein Mensch haben, der Arme auslegt?«, fragte ich angesichts der letzten Äußerung eher höflichkeitshalber.

»Zum Beispiel könnte es ein Motiv sein, dass sich unser Täter unterbewusst wünscht, ergriffen und bestraft zu werden, für eine Tat, die intrapsychisch als Verbrechen erlebt wurde, wenn sie auch keinen wirklichen Straftatbestand erfüllte und somit allein von ihm selbst als verurteilenswert, verwerflich und strafwürdig empfunden wird. Dies könnte zum Beispiel ein kleiner Diebstahl im Kindesalter gewesen sein, wobei es sich beim Diebesgut keineswegs um eine Kostbarkeit handeln musste. Dies alles bleibt freilich ohne Täterkenntnis reine Spekulation, und selbstverständlich hält allein der Täter den Schlüssel zu seiner Motivation in Händen. Wollen wir also eine psychologische Anamnese erheben, meine liebe Frau Kommissarin, muss die Feststellung des Täters unser kostbarstes Anliegen sein.«

»Ich danke Ihnen, Herr Doktor. Sie haben mir sehr weitergeholfen«, versuchte ich die fruchtlose Besprechung zu beenden.

»Ich bitte Sie, meine liebe Frau Kommissarin. Interdisziplinäre Zusammenarbeit ist etwas Kostbares. Psychiatrie und Kriminalistik müssen Hand in Hand gehen. Wenn Sie weitere Spuren finden, lassen Sie es mich unverzüglich wissen«, sagte der Doktor.

»Selbstverständlich, Doktor Molitor. Jede Spur ist kostbar«, erwiderte ich und war froh, die Praxis verlassen zu können.

* * *

»Blinddärme, Geschwüre, Gliedmaßen, Nachgeburten, alles landet hier in diesem Ofen. Er erzeugt eine Hitze von annähernd eintausend Grad. Da verbrennen auch Knochen rückstandslos«, erklärte mir ein junger Beschäftigter die Funktionsweise des Verbrennungsofens im Kreiskrematorium, in dem eigentlich auch Werners Arm längst hätte verschwunden sein sollen.

»Führen Sie eigentlich Buch über alle hier vorgenommenen Verbrennungsmaßnahmen?«, wollte ich wissen, merkte aber sofort, dass ich meine Frage zu forsch formuliert hatte, denn der Angestellte sah mich etwas verstört an.

»Einäscherungen! Frau Kommissarin; Einäscherungen. Wir gehen hier mit den sterblichen Überresten von Menschen um, nicht mit Sondermüll oder Ähnlichem«, wurde meine Ausdrucksweise augenblicklich gerügt.

In seinem grünen T-Shirt und seiner blauen Arbeitshose sah der junge Mann aus wie ein Mitarbeiter aus irgendeinem Betrieb eines beliebigen Gewerks. Ich schätzte ihn auf Mitte zwanzig. Er war leicht übergewichtig, maß etwa einen Meter achtzig und hatte hellblondes kurzes Haar. In jedem seiner speckigen roten Ohren steckte ein diamantener Sticker, und seine fleischige Nase war mittels eines Rings im rechten Flügel gepierct, was seinem Gesichtsausdruck nicht gerade intelligente Züge verlieh. Auch seine Wirkungsstätte machte auf mich nicht den Eindruck, als befände ich mich in Räumlichkeiten des Bestattungsgewerbes. Die Anlage wirkte so, als würden hier High-Tech-Produkte für die Auto- oder

Computerindustrie gefertigt. Von außen machte der moderne Rundbau einen freundlichen Eindruck, hinter dessen Fassade sich genauso gut eine Opeltuningwerkstatt hätte verbergen können. Und auch das eigentliche Krematorium, in das ich einen Blick werfen durfte, hätte bei geschlossener Ofentüre keinen Hinweis darauf zugelassen, dass es durch seinen Schornstein in die Ewigkeit gehen würde.

»Über jede vorgenommene Einäscherung in unserer Feuerbestattungsanlage führen wir ein Einäscherungsverzeichnis. Jeder Einäscherungsvorgang wird ununterbrochen durchgeführt, ist vollkommen und dauert etwa eine Stunde. Alles wird von einer modernen Computeranlage gesteuert. Auch der Ausstoß von Schadstoffen.«

»An was man alles denken muss ...«, warf ich ein.

»Wir unterliegen strengsten Vorschriften seitens des Bundesumweltamtes. Laut Bundesimmissionsschutzgesetz darf weder Gas noch Geruch aus der Feuerbestattungsanlage austreten. Wenn ein Einäscherungsvorgang abgeschlossen ist, neutralisiert eine Nachbrennung alle in der Verbrennungskammer auftretenden Giftstoffe.«

»Was denn für Giftstoffe?«, wollte ich wissen und war mittlerweile so neugierig geworden, dass ich beinahe vergaß, warum ich eigentlich hierhergefahren war.

»Giftstoffe, die aus der Verbrennung von Kunststoffprothesen oder im Gewebe angesammelten Arzneimittelrückständen resultieren und die während der Einäscherung in Form von Gasen den Körpern entweichen.«

»Aus Prothesen?«, fragte ich.

»Natürlich nicht solche Prothesen, an die Sie denken«, meinte er abschätzig. »Es geht nicht um künstliche Gliedmaßen. Vielmehr um Kunststoffvenen, Herzschrittmacher und so weiter. Na ja, so funktioniert unsere Anlage. Unnötig zu erwähnen, dass ein pietätvoller Umgang mit dem Verstorbenen auch bei uns selbstverständlich ist«, beendete er seinen Vortrag.

»Die Gliedmaßen. Ja richtig, deswegen bin ich zu Ihnen gekommen. Sie äschern hier ja auch amputierte Gliedmaßen ein. Gibt es dafür auch Einäscherungsverzeichnisse?«, fragte ich, denn ich hatte nun genug gestaunt und hoffte, von hier etwas in Richtung Ermittlungsfortschritt mitnehmen zu können.

»Sehen Sie, Frau Kommissarin. Um Ihre Frage gleich richtig zu beantworten. Wir führen die Einäscherungsverzeichnisse nicht im Hinblick auf den eventuellen Diebstahl eines Leichnams, sondern, weil nach einer Einäscherung eine Identifizierung eines Verstorbenen nicht mehr möglich ist und wir den Angehörigen gern die richtige Asche aushändigen. Welcher Arm, Blinddarm oder sonst etwas hier wann und von welchem Menschen stammend, jemals eingeäschert wurde, vermag ich Ihnen nicht zu sagen. Darüber unterhalten wir auch keine Jahrbücher.« Der junge Mann wirkte jetzt säuerlich, und ich fragte mich einen Augenblick lang, welche meiner Bemerkungen ihn wohl so bitter gestimmt hatte.

»Sie müssen schon verstehen, dass meine Kollegen und ich jeder Spur in der merkwürdigen Armgeschichte nachgehen müssen. Und eine Spur führt nun einmal auch zu Ihnen, hier ins Krematorium«, versuchte ich in ruhiger Tonlage zu erläutern und hoffte, seine Erregung zu mäßigen.

»Zu uns ins Krematorium? Das heißt, Sie glauben, dass ich oder einer meiner Kollegen für diese wahnsinnigen Taten in Oberhausen verantwortlich sind? Das ist unerhört«, meinte er nun sichtlich aufgebracht.

»Das behaupten wir nicht. Ich möchte nur wissen, wie die Verbrennung von OP-Abfallstoffen vonstattengeht. Und das jetzt und hier von Ihnen«, gab ich zurück und pfiff auf eine pietätvolle Ausdrucksweise.

»Das ist ganz einfach. Die Amputate werden hier in Sammelbehältern demselben Einäscherungsprozess zugeführt wie die Körper der Verstorbenen auch. Nur das eben kein Einäscherungsverzeichnis angelegt wird. Weiter kann ich Ihnen leider auch nicht helfen. Bedauere.«

»Na, sehen Sie. Es geht doch. Nur keine Aufregung«, zischte ich schnippisch zurück und wusste nicht, ob ich mich mehr über die erneute Enttäuschung oder den patzigen Nasenringträger ärgerte. Es stand für mich aber fest, dass ich den Kreis der Tatverdächtigen nicht um den Einäscherer erweitern musste, was ich an diesem Tag zumindest als Teilerfolg meiner Arbeit wertete. Gleichzeitig war aber auch klar, dass sich nicht mehr ermitteln lassen würde, wo und wann Werners Arm gemopst worden war.

* * *

Ich parkte meinen Wagen vor Christas Kneipe. Zwar warnte mich meine innere Stimme mit dauernden Erinnerungen an die Exzesse in Pattaya vor baldigem Exitus durch Alkoholkonsum, doch nach einem solchen Arbeitstag schrie mein Gemüt nach Betäubung.

»Die Jungs enn Pils und mich enn Asbach«, hörte ich die Stimme von Mettwurst Hubert vom anderen Ende der Theke aus herüberschallen, und mir wurde klar, dass ich nicht der einzige Mensch war, der den heutigen Dienstagabend in Vollrauschlaune verlebte.

Andi hatte ich den ganzen Tag über nicht zu Gesicht bekommen und ihn nur telefonisch ins *Haus Ostermann* bestellen können. Bis zum verabredeten Zeitpunkt war es noch eine gute Stunde hin, was bei meinem aktuellen Fassungsvermögen in etwa dem Verzehr von fünf Pils und zwei Pfläumchen gleichkam.

Andi betrat den Laden mit etwas Verspätung, und ich hatte sieben Pils auf, als er mich schadenfroh grinsend begrüßte. »Paul hat mir von deinem tollen Besuch und seinem wohlriechenden Gastgeschenk berichtet«, spottete er, nachdem er sich ein großes Alt und einen Uerdinger geordert hatte.

»Mann, hör bloß auf. Dieter ist vollkommen durchgeknallt. Gott sei Dank hält er sich diesmal nicht für einen Mörder. Sonst hätte ich den Blödmann noch hoppnehmen müssen.«

»Ich habe auch was Tolles. Das Labor hat angerufen. Die Haare und der Arm stammen von ein und derselben Person. Keniawerner ist unser Mann. Und da er noch lebt, bedeutet dies, dass er nicht ermordet worden ist und dass es sich nicht mehr um einen Fall für die Mordkommission handelt. Ich äußere nunmehr die Hoffnung, dass wir den ganzen Scheiß bald los sein werden«, sprach er und zog das Altbier auf einen Zug weg.

»Nix da, ob Morde oder nicht. Irgendwer wirft hier Gliedmaßen durch die Gegend, und den Kerl schnappen wir uns. Du und ich. Das ziehen wir durch, mein Freund.«

»So oder so, Grund zu feiern haben wir allemal«, erwiderte Andi und bestellte gleich noch eine neue Rutsche Bier.

* * *

Der positive Genabgleich von Werners Haaren ließ mir keine Ruhe mehr. Kaum hatte ich meine Wohnung erreicht, durchsuchte ich mein Urlaubsportemonnaie, und dort fand ich sie auch wieder, die Visitenkarte von Hühner-Willi, die er mir noch vor dem Start in Frankfurt in die Hand gedrückt hatte.

Über ihn konnte ich die Nummer von Kläuschen Krämer bekommen und von meinem alten Klassenkameraden die Direktdurchwahl aufs Handy von Keniawerner. Es war kurz nach halb drei in der Früh, und obgleich ich die Wirkung von Andis Runden spürte, vermochte ich es dennoch, sechs Stunden hinzuzuaddieren, und kam zu dem Schluss, dass Hühner-Willi um halb neun schon in seinem Laden sein könnte. Immerhin einen Versuch war es wert.

Ich wählte die Nummer, von der ich nie gedacht hätte, dass sie mir dienstlich einmal von Nutzen hätte sein können.

»Sawasdee Khaa«, eine Frauenstimme meldete sich am anderen Ende der Leitung.

»Hello, this is Thi Fischer from Germany. I like to talk to Hühner-Willi«, stellte ich mein Anliegen vor.

»No english«, kam es prompt zurück.

»Willi, telephone«, rief ich in die Sprechmuschel, und zwanzig Sekunden später hatte ich ihn auch schon in der Leitung.

»Mensch, die Frau Kommissarin. Bist du in Thailand?«, wollte Willi wissen.

»Nee, Willi, ich rufe aus Deutschland an und wollte dich eigentlich um die Telefonnummer von Kläuschen Krämer bitten.

»Was willst du denn von Kläuschen, haste vor, mal wieder herzukommen? Kriegt ihr so viel Urlaub bei der Polente? Das Wetter ist traumhaft im Moment, nicht zu warm. Wir haben gestern bis halb zwei im *Berliner Bistro* getagt«, sprudelte Willi auf mich ein, und mir fiel mit Schrecken ein, dass ich vergessen hatte, eine Predial-Nummer vorzuwählen.

»Nee, Willi, mit dem will ich nur etwas bequatschen wegen eines Klassentreffens«, log ich, denn ich hatte wenig Lust, dem Hühnerwirt die ganze Story zu verklickern.

»Okay, ich habe die Nummer von Klaus auf meinem Handy gespeichert, da muss ich erst einmal nachsehen«, versicherte er mir.

Nach endlos langen Minuten kam Willi wieder zurück in die Leitung und diktierte mir die gewünschte Nummer von Kläuschen Krämers thailändischem Handyanschluss.

Da es in Thailand mittlerweile schon fast halb zehn war, klingelte ich auch gleich bei Kläuschen durch. Von ihm erfuhr ich, dass Werner in Deutschland sei, und zwar zu Besuch bei seiner Schwester in Recklinghausen. Um mein Glück perfekt zu machen, gab er mir auch gleich ihre Adresse und Telefonnummer durch.

Nachdem ich mir Werners deutsche Telefonnummer notiert hatte, quatschte ich höflichkeitshalber noch ein wenig mit Kläuschen und begab mich dann, von der Aussicht beflügelt, einen lebenden Zeugen so greifbar nahe zu wissen, gegen vier Uhr für einen kurzen Schlaf ins Bett.

* * *

»Das Leben ist eine Krankheit, die zum Tode führt. Unwiderruflich, meine Lieben, unwiderruflich!« Doktor Mathes begrüßte uns mit überschwänglicher Begeisterung und wollte uns gerade seinen neuen Paradefall vorstellen, dessen gelbliche Füße unter einer grünen Abdeckplane hervorlugten.

Diesmal war ich jedoch gefasst und wollte nichts von Eiswürfeln in Stammhirnen und ähnlichen Dingen hören. Überhören konnte ich Ernst Mosch und seine Egerländer Musikanten, die uns aus dem Monogerät ein Ständchen brachten, zwar nicht, aber damit ließ sich leben.

»Herr Doktor, wir sind wegen des neuerlichen Armfundes hier. Können Sie uns schon etwas dazu sagen?« Ich war entschlossen, die Pathologie so schnell wie möglich zu verlassen.

»Der Arm ist schwarz. Er stammt von einem Neger.« Andi und ich schauten uns an. »Die Abstammung der Extremität ist negroid. Wir haben es mit einem Leichenteil zu tun, das von einem Afrikaner stammt. Um genauer zu sein, von einem männlichen Afrikaner, circa vierzig Jahre alt und seit etwa fünf bis sechs Wochen tot.«

»Noch etwas?«, drängte ich Mathes zur Eile.

»Ja, ich habe Brotreste daran gefunden. Weiß der Kuckuck, wie die daran gekommen sind. Wollte sich wohl jemand aufs Bütterken schmieren. Ha, ha, ha. Kleiner Scherz. Aber es handelt sich eindeutig um Brotreste.«

Mit dieser Aussage war für mich klar, dass Dieter Broms Plastiktütengeschichte der Wahrheit entsprechen musste. »Ist das alles, Herr Doktor?«

»Ja und nein, der Arm, so viel konnte ich trotz der erheblichen Verwesung feststellen, ist mit chirurgischen Werkzeugen amputiert worden. Aber das ist ja bei Ihren Puzzleteilchen nichts Außergewöhnliches mehr. Wenn ich mir dieses Späßchen erlauben darf.« Während er sprach, kam er einer Aluminiumbox bedrohlich nahe. »Ich habe das Präparat für Sie vorbereitet. Schauen Sie doch mal her, meine Lieben«, er war im Begriff das Behältnis zu öffnen.

»Nein, danke«, brüllten Andi und ich wie aus einem Munde.

»Mehr kann ich im Augenblick dann wohl nicht für Sie tun«, Doktor Mathes war beleidigt. Das war unübersehbar.

Der Besuch war der kürzeste, den wir der Gerichtsmedizin jemals abgestattet hatten. Die Verweildauer war deckungsgleich mit der Abspielzeit eines volkstümlichen Schlagers.

Kaum auf den Flur getreten, schoss mir ein Geistesblitz durchs Hirn. Ich zögerte einen Augenblick, ehe ich Andi in meine Vermutung einweihte. Doch dann entfuhr der entscheidende Satz meinen Lippen: »Wir müssen Dialo exhumieren lassen.«

Andi blieb für einen Sekundenbruchteil wie angewurzelt stehen und schaute mich erstaunt und zugleich voller Mitleid an. »Hast du noch alle stramm oder bist du noch nicht ganz nüchtern?«, fragte er mich mit einem süffisanten Lächeln.

»Muss man dir alles erklären? Du verstehst überhaupt nichts. Der schwarze Arm, der nun noch schwärzer ist, stammt von Doktor Dialo.«

»Doktor was für'n Alo?«

»Der Arzt mit der Leberzirrhose, der sich auf der Nohlstraße den Kopf weggeschossen hat.«

»Wie kommst du denn darauf?«

»Weil Dialo der einzige Schwarze aus der Umgebung ist, von dem wir wissen, dass er tot ist. Im Übrigen passen doch auch die anderen Anhaltspunkte auf ihn. Dialo war doch auch so um die vierzig, die Physiognomie und auch der Verwesungsgrad. Alles passt«, verkündete ich, meiner Theorie nun absolut sicher.

»Und warum sollte jemand einem Selbstmörder den Arm absäbeln und in den Ruhrpark schleudern?«

»Aus denselben logischen Gründen, aus denen er es die anderen Male auch getan hat. Oder siehst du in der Kaisergartensache oder bei dem CentrO-Fund Beweggründe, die du mir bis jetzt verschwiegen hast? Dann bin ich ganz Ohr.«

Andi wirkte etwas verstört. Ich konnte es ihm nicht übel nehmen. Ich hatte einen Monat Zeit gehabt, mich vom alltäglichen Wahnsinn des Tollhauses Kripo zu erholen. Zwar wurde ich durch Broms Besuch ins kalte Wasser zurückgeworfen. Fakt blieb aber, dass ich erholt war und Andi alles andere als entspannt.

»Wir besorgen uns nun einen richterlichen Beschluss und lassen Doktor Dialo ausbuddeln. Wenn die Leiche mehr als einen Arm hat, werde ich mich nie mehr zu den Ermittlungen äußern.«

Andi zuckte nur mit den Schultern.

* * *

»Sie wollen was, Frau Fischer?« Oberkriminaldirektor Reuther wirkte, als hätte er weder meine Worte noch deren Sinn verstanden.

»Die Leiche exhumieren, genau. Ich bin der Meinung, dass es sich bei dem jüngsten Fund um ein Leichenteil von Dialo handelt.«

»Sie glauben doch nicht im Ernst, meine liebe Frau Fischer, dass Teile einer Leiche, die sich im gerichtsmedizinischen Institut befanden und von dort aus einer ordentlichen Bestattung zugeführt wurden, gestohlen werden konnten. Ich bitte Sie, meine liebe Frau Fischer. Nun laufen Sie aber intellektuell Amok.«

»Ich hoffe auch, dass ich im Unrecht bin, wir müssen aber jeder Spur nachgehen. Und allzu viele Spuren haben wir ja bisher noch nicht.«

Ich hatte Reuther bei seiner Dienstehre gepackt. Einer Spur nicht nachzugehen, wäre mit seinem Eifer als Kriminalist unvereinbar gewesen. Es schien für ihn jedoch unvorstellbar, dass etwas, dessen eine deutsche Behörde bereits habhaft geworden war, wieder verlustig gegangen sein sollte, und er wehrte sich, dieser Faktenlage mit all ihren unvorstellbaren Konsequenzen ins Auge zu sehen.

»Schauen Sie doch mal, wie viele Schwarze hier herumlaufen. Frau Fischer, die Stadt wimmelt doch von Ausländern.

Und wer weiß, ob die überhaupt zur Polizei gehen, wenn einer von ihnen ermordet wird. Wer weiß denn, wie diese Schwarzen sind? Frau Fischer, das kann ja auch ein ganz anderer Negerarm sein, den Sie da gefunden haben. Sie sollten zunächst in den Asylantenheimen ermitteln statt auf Friedhöfen.«

»Aber es ist doch wahrscheinlich, dass es der von Dialo ist. Der Verwesungszustand und alle anderen Indizien sprechen dafür. Es wäre sträflich, dieser Spur nicht nachzugehen. Herr Oberkriminaldirektor, ich bitte Sie. Sie müssen der Exhumierung zustimmen.«

Reuthers Gesicht war die Anspannung deutlich abzulesen. Er steckte in der Zwickmühle. Eine Exhumierung ohne Erkenntnisse wäre peinlich – vom geklauten Arm Dialos durch das Geständnis eines in ferner Zukunft ergriffenen Täters zu erfahren, jedoch fatal. Widerwillig griff er zum Telefonhörer und wählte die Nummer der Staatsanwaltschaft. »Das geht aber auf Ihre Kappe, Frau Fischer. Das geht alles auf Ihre Kappe!«

6. Kapitel

Mit einem mulmigen Gefühl in der Magengegend trudelte ich im *Haus Ostermann* ein. Ich wusste nicht, ob meine Entscheidung, mich mit Werner in meiner Stammkneipe zu verabreden, unbedingt gut gewesen war. Schließlich waren wir uns zuvor nur ein einziges Mal im Leben begegnet und dies noch in einer thailändischen Go-Go-Bar. Und nun wollte ich ihn halbdienstlich bei *Ostermann* empfangen. Immerhin konnte ich von Glück sagen, dass Werner in Deutschland war. Eine Dienstreise nach Pattaya hätte Oberkriminaldirektor Reuther wohl niemals genehmigt.

In der Hoffnung, einen Tisch weit entfernt von der Theke zu ergattern, war ich etwa zwanzig Minuten vor dem verabredeten Termin erschienen und war nicht schlecht von den Socken, als ich meinen Gesprächspartner bereits am Tresen sitzend vorfand.

»Hallo, die Frau Kommissarin«, begrüßte mich Werner freudestrahlend. »Ist schön, mal wieder bei Christa zu sein«, fuhr er fort und schien seiner Gesichtsfarbe nach zu urteilen, schon geraume Zeit in Zapfhahnnähe gehockt zu haben.

»Die ganze Welt ist ein Dorf, in dem jeder jeden kennt, nur niemand weiß, wer Arme auslegt«, stellte ich fest, machte aber gute Miene zum bösen Spiel und hegte gleichzeitig die Hoffnung, aus dem angeschossenen Pattayaresidenten das ein oder andere herauszuholen.

»Hallöchen«, war jedoch zunächst alles, was ich herauszubringen vermochte.

»Der Werner war früher Stammgast bei mir. Da war aber noch mehr an ihm dran«, sagte Christa und leerte ein Gläschen Düsseldorfer Killepitsch in einem Zuge.

Werner fand die Bemerkung komisch und bog sich vor Lachen. »Noch mehr dran ... Das ist gut«, wiederholte er die Worte der nicht mehr ganz nüchternen Wirtin.

»Na, schon lange hier?«, wollte ich wissen, und setzte mich zu Werner an die Theke. Also auch die, die zu früh kommen, bestraft das Leben, dachte ich mir und gab meinen Plan, die Unterredung an einem ruhigen Tisch führen zu können, augenblicklich auf.

»Manche Dinge ändern sich nie. Christa öffnet noch immer um vier. Und wie damals nach der Frühschicht bin ich auch heute pünktlich erschienen. Der frühe Vogel fängt den Wurm«, wurde mir albern entgegnet, und ich hatte einen Moment lang den Eindruck, Werner könne Gedanken lesen.

Da es noch relativ früh am Abend war, entschied ich mich dafür, nicht so lange abzuwarten, bis Werner britzebreit sein würde, sondern weihte ihn in die aktuelle Ermittlungssituation ein.

»Werner, es steht nun zweifelsfrei fest, dass es dein Arm war, den wir vor ein paar Wochen im Kaisergarten gefunden haben. Dies ist auch der eigentliche Grund für unsere Verabredung«, begann ich den dienstlichen Teil der Unterhaltung.

»Schon wieder dieser alte Kram. Christa hat mir schon erzählt, dass du von nichts anderem als von abgehackten Armen mehr redest, seit du aus Thailand zurück bist«, meinte er grinsend, woraufhin ich Christa einen grimmigen Blick zuwarf, den sie mit einem unschuldigen Lächeln quittierte.

»Abgehackt eben nicht, Werner. Alle gefundenen Arme wurden fachmännisch amputiert. Und du bist der einzige Zeuge, den wir haben. Dies bedeutet, dass du der einzige Mensch bist, von dem meine Kollegen und ich uns die eine oder andere Information erhoffen, wenn du verstehst, was ich meine.«

»Die Sache ist ganz einfach. Ich bin auf der Arbeit mit meinem rechten Arm in eine Maschine gekommen, und als ich am nächsten Tag im Krankenhaus erwachte, war der Arm nicht mehr da. Punkt aus! Das ist alles, was ich dir berichten kann. Und gesehen habe ich das Teil auch nie mehr wieder. Prost!«, erklärte er und erhob sein soundsovieltes Glas König Pilsener.

»Das Wiedersehen könnte ich für dich arrangieren. Der Arm liegt noch bei uns in der Gerichtsmedizin. Aber Spaß beiseite, Werner. Kannst du dich vielleicht noch an irgendeine Besonderheit während der Krankenhausbehandlung erinnern?«, wollte ich wissen.

»Na klar! Du stellst Fragen, Herr im Himmel. Kannst du dir vorstellen, wie es ist, wenn man auf der Arbeit einen Fehler macht und danach nur noch mit einem Arm in einem Krankenzimmer wach wird? Meine liebe Frau Detektivin, ich hatte damals weiß Gott andere Sorgen, als auf irgendwelche Armdiebe zu achten«, sagte Werner, ohne dabei sonderlich erregt zu wirken.

»Ja, das kann ich gut verstehen. Wer denkt auch schon daran, dass ihm ein Körperglied geklaut wird. Bei Nieren muss man ja heute vorsichtig sein, aber bei Armen? Vor ein paar Monaten hätte ich mir ein solches Gespräch auch noch nicht vorstellen können«, entgegnete ich.

Einen Augenblick lang schwiegen wir.

»Weißt du was, Thi? Wenn ich dich so von deiner Arbeit erzählen höre, da bekäme ich fast Lust darauf, meinen alten Arm mal wiederzusehen. Ich habe schon ein paarmal daran gedacht, was wohl aus ihm geworden sein könnte. Es ist nicht eben so, dass ich ihn in Acrylharz eingießen lassen möchte für die Wohnstubenanrichte, aber ich möchte ihn halt noch einmal anschauen. Dein Angebot von vorhin ist damit akzeptiert«, meinte er lächelnd.

»Abgemacht Werner! Übermorgen nehme ich dich mit in die Gerichtsmedizin, und wir schauen uns deinen Arm noch einmal an«, versprach ich ihm.

* * *

Der Alstadener Friedhof machte in der Morgendämmerung einen unheimlichen Eindruck, und ich fühlte mich in eine Edgar-Allan-Poe-Verfilmung versetzt, auch wenn ich trotz anstrengendster Bemühungen in Oberkriminaldirektor Reuther nicht Vincent Price zu erkennen vermochte.

Exhumierungen werden stets außerhalb der Friedhoföffnungszeiten durchgeführt, und ich war dankbar dafür, dass man zu spätsommerlicher Morgenstunde nicht auf künstliche Beleuchtungshilfen zurückgreifen musste. Insgesamt waren wir zu siebt. Neben Mathes, Reuther, Andi, dem Staatsanwalt und mir waren zwei städtische Beamte anwesend, die tatkräftig zur Schaufel griffen und etwa zwanzig Minuten nach unserem Eintreffen das Erdreich so weit abgetragen hatten, dass der Sarg zum Vorschein kam. Ich war gespannt wie ein Flitzebogen, zugleich aber auch von enormer innerer Anspannung erfüllt und hatte neben der Hoffnung, endlich eine heiße Spur zu finden, zugleich Angst vor dem Anblick des Toten.

Der Sarg wurde aus dem Grab genommen und neben dem Erdloch auf den Boden gestellt. Die beiden Exhumenten waren nach der anstrengenden Arbeit erschöpft und schweißdurchnässt. Bevor es nun ans Eingemachte gehen sollte, nahmen die Arbeiter erst einmal einen ordentlichen Schluck aus der Wasserpulle. Dann machten sie sich daran, die Kiste zu öffnen. Mit zwei Stemmeisen wurde der Deckel von der Schale gebrochen. Das Holz knirschte und knackte, der Deckel wurde abgehoben. Die frische Morgenluft wich einem infernalischen Gestank. Andi und ich traten angewidert vom Sarg zurück. Reuther und die anderen wirkten völlig unbeeindruckt und schienen dem Ereignis nicht mehr Bedeutung als der Öffnung einer Corned-Beef-Dose beizumessen. Ich wusste nicht, ob ich ins Innere schauen sollte oder mich lieber auf die optischen Erkenntnisse der anderen Anwesenden verlassen sollte. Letztendlich entschloss ich mich doch, mir die Leiche anzuschauen.

Nach gut fünf Wochen unter der Erde ist kein Toter besonders ansehnlich. In unserem speziellen Fall kam erschwerend hinzu, dass Dialo sich mit einer großkalibrigen Faustfeuerwaffe einen Mundschuss versetzt hatte, vier Hochsommertage lang unentdeckt in der Wohnung verweilte und anschließend von Mathes ausgeweidet und nur notdürftig wieder zugenäht worden war. Die perfekte Arbeit des Bestatters trieb meine Neugierde vollends auf die Spitze, denn die in einem entsetzlichen Zustand befindliche Leiche lag wie in einer Kinderwiege mollig zugedeckt, bis an die Schulterblätter in eine weiße Spitzendecke eingehüllt, die nur von gelblichen Flecken durchsetzt war, in der Box der letzten Ruhe.

Wir sahen uns ratlos an. Wer sollte den Mumm aufbringen, das Ruhelaken Dialos zu lüften, um den endgültigen Beweis zu erbringen?

Oberkriminaldirektor Reuthers zaghafte Versuche, das Leichentuch mit der Spitze seines Spazierstocks vom Oberkörper zu lüften, scheiterte am natürlichen Klebstoff, zu dem Dialos ausgetretene Körperflüssigkeit mittlerweile mutiert war und die den Toten nun schwer lösbar mit dem Tuch verband. Es half nichts, wir mussten Hand anlegen. Ich stülpte mir die Einweghandschuhe über, berührte die Decke, versuchte die Luft anzuhalten und – wich sofort zurück. Nur nicht kotzen Mädchen, war alles, was mir noch durch den Kopf ging.

Neues Spiel, neues Glück. Ich atmete zweimal tief durch und hob das Laken ab, ließ es aber gleich wieder fallen. Ich hatte mit meinem Verdacht also recht, denn es kam zum Vorschein, was ich erwartet hatte. Die Leiche war tatsächlich einarmig. Entsetztes Schweigen war alles, was zu fühlen war. Der kurze Augenblick der Erkenntnis schien von allen wahrgenommen worden zu sein, und zugleich schienen wir alle das Gefühl gehabt zu haben, allein gesehen zu haben, was jeder sah. Zur Bestätigung musste das Tuch vollends entfernt werden. Diese Aufgabe übernahm dankenswerterweise Andi.

Als der einarmige Leichnam Dialos vor uns lag, lösten die knappen Worte Reuthers die Spannung:

»Na ja, Frau Fischer, das hätte ich nun nicht gedacht. Dann machen Sie mal ein paar Fotos, und danach können wir den Mann wieder ruhen lassen.«

Ich nahm die Canon Eos aus meiner Handtasche und tat, wie mir geheißen; dabei überkam mich ein seltsames Gefühl, denn das letzte Mal hatte ich durch den Sucher der Kamera gesehen, als mich in Thailand ein kleines Mädchen anstrahlte.

* * *

Am Nachmittag setzte ich meine Ermittlungsarbeit im Beerdigungsinstitut Fischerkeller fort. Ich hatte meinen Besuch zuvor fernmündlich angekündigt und während des kurzen Telefonates bereits feststellen können, dass der Inhaber über die Schändung von Dialos Leichnam fassungslos war.

Ohne irgendwelches Aufsehen zu erregen, führte Herr Fischerkeller mich durch sein Ladenlokal in ein separates Kontor, dessen Türe er sogleich hinter sich verschloss, bevor er das erste Wort an mich richtete.

»Mein Gott, Frau Fischer, das ist ja entsetzlich. Wie konnte denn so etwas passieren?«, wollte er wissen, während er mit einer einladenden Handbewegung andeutete, mir einen Cognac einschenken zu wollen, was ich dankend ablehnte.

Fischerkeller füllte sein Glas mit Cognac, und an seiner Gesichtsfarbe war zu erkennen, dass es nicht der erste an diesem Nachmittag gewesen sein konnte. Mit dem Cognacschwenker in der Rechten nahm er endlich hinter einem edlen Schreibtisch Platz, auf dem sich, neben einer Menge geordneter Papiere und Fachzeitschriften aus dem Bestattungsgewerbe, auch ein Ordner mit der Aufschrift *Bestattung Dr. Musu Dialo* lag.

»Ja, Herr Fischerkeller, das fragen wir uns auch. Wie ich sehe, haben Sie den Ordner Dialo ja bereits herausgesucht. Vielleicht bringen uns Ihre Protokolle ja einen Schritt weiter.«

Statt einer Antwort erhob sich der Bestatter jedoch wieder und wollte von mir wissen, ob ich lieber Tee statt Kaffee tränke. Um endlich zur Sache kommen zu können, erbat ich mir eine Tasse Kaffee mit etwas Milch.

»Frau Fischer, Sie glauben doch nicht etwa, dass mein Institut oder ich etwas mit der Sache zu tun haben, oder?«, fragte er mit äußerst nervöser Stimme, als er die Milch in den Kaffee goss und dabei fast die Hälfte an der Tasse vorbeischüttete.

»Nein, Herr Fischerkeller, das glauben wir nicht. Da können Sie ganz beruhigt sein. Ich bin lediglich hergekommen, um den chronologischen Ablauf von der Einsargung bis zur Bestattung Doktor Dialos nachvollziehen zu können«, versuchte ich Fischerkeller zu beschwichtigen, der mich aber misstrauisch anblickte und sich sogleich mit zittriger Hand einen weiteren Weinbrand einfüllte.

»Was soll ich Ihnen da groß berichten?«, setzte er in lamentierender Tonlage an.

»Alles«, unterbrach ich ihn schnippisch, denn sowohl sein Argwohn als die drohende Gefahr, ihn bald volltrunken und gesprächsunfähig zu sehen, hatten mich ärgerlich werden lassen.

»Na ja, Doktor Dialo hatte doch keine Angehörigen in der Bundesrepublik. Da bestand doch kein Anlass, den Leichnam in der Totenhalle aufzubahren. Und außerdem war sein Gesicht ja vollkommen entstellt. Sehen Sie sich doch mal die Bilder an«, erklärte Fischerkeller und reichte mir die Mappe mit der Bestattungsdokumentation herüber.

»Sie haben Fotos von der Einsargung gemacht?«, fragte ich und war baff erstaunt.

»Ja, das ist ein Steckenpferd von mir. Ich schaffe mir so ein Erinnerungsalbum meines Berufslebens«, gab Fischerkeller zurück, und ich spürte, dass die Anspannung zwischenzeitlich von ihm abgefallen war, denn er rührte sein halbvolles Glas nicht mehr an.

»Wo haben Sie die Bilder gemacht, hier im Institut?«

»Nein, nein, das war im Gerichtsmedizinischen Institut bei Doktor Mathes. Ein feiner Mensch, dieser Doktor Mathes.«

Ich blätterte durch den Aktenordner, konnte aber kein einziges Foto finden, auf dem Dialos Körper etwas fehlte. »Erzählen Sie mal etwas genauer. Wie war das an diesem Tag? Sie haben die Leiche von Doktor Dialo in der Pathologie abgeholt und dann, was taten Sie danach?«

»Nichts weiter. Wir haben den Verstorbenen zur Totenhalle gebracht und ihn dort bis zu seiner Bestattung gelassen«, antwortete er und sah mich dabei merkwürdig an, so als ob er den Sinn meiner Fragen überhaupt nicht verstünde.

»Das bedeutet, Sie haben Doktor Dialo im Gerichtsmedizinischen Institut eingesargt, haben die Leiche zur Totenhalle auf dem Alstadener Friedhof gebracht und bis zur Beerdigung nicht mehr gesehen?«, rekapitulierte ich seine Aussage, um vollkommen sicher zu sein, alles richtig gehört zu haben.

»Ja, was sollten mein Mitarbeiter und ich denn machen, Frau Fischer? Wie ich schon sagte, Doktor Dialo hatte doch keine Angehörigen in der Bundesrepublik. Da kam doch nur eine recht einfache Bestattung infrage. Nicht, dass dies bedeuten würde, wir hätten den Verstorbenen lieblos behandelt. Nein, nein. Aber es war doch völlig unklar, ob irgendwer für die Kosten seiner Beerdigung aufkommen würde. Und da es so aussah, als sollte die Bestattung auf Staatskosten erfolgen, kam eben nicht mehr als ein Standardprogramm in Frage«, erläuterte Fischerkeller und wähnte sich augenscheinlich in einem Erklärungsnotstand.

»Das ist ja alles in Ordnung, Herr Fischerkeller. Niemand unterstellt Ihnen, irgendetwas nicht richtig gemacht zu haben. Uns interessiert einfach nur der Zeitraum zwischen Abtransport aus der Pathologie und Beerdigung«, sagte ich, während ich ihm die Mappe mit den Erinnerungsfotos zurückreichte.

»Lassen Sie mich mal schauen. Soweit ich mich erinnere, lagen zwischen Einsargung und Beerdigung«, Fischerkeller machte eine Pause, während er im Folianten blätterte, »genau vier Tage. Vier Tage lang stand der Sarg in der Kühlkammer der Totenhalle.«

»War der Sarg fest verschlossen?«, wollte ich wissen.

Erneut fühlte sich der Beerdigungsunternehmer in seiner Berufsehre angegriffen. »Selbstverständlich. Der Sarg stand zur Beerdigung bereit. Dies bedeutet natürlich auch, dass alle Schrauben angezogen waren. Warum sollte es anders gewesen sein?«, entgegnete er und leerte das angetrunkene Glas auf einen Zug.

»Das heißt, Sie haben den Sarg, nachdem Sie Doktor Dialo hineingelegt hatten, augenblicklich verschraubt und nach Alstaden transportiert?«

»So war es und nicht anders. Mein Mitarbeiter wird dies bestätigen können«, erwiderte Fischerkeller und griff zum Telefon.

»Ihr Wort genügt mir vollkommen. Herzlichen Dank, Herr Fischerkeller. Sie haben mir sehr geholfen. Falls Ihnen noch etwas einfallen sollte, hier meine Karte.«

»Und hier meine«, gab Fischerkeller zurück, als wir unsere Telefonnummern austauschten. »Merkwürdig dies alles. Äußerst merkwürdig. Ich kann mir das überhaupt nicht erklären. Was ist das für eine Welt, in der nicht einmal die Verstorbenen sicher sind? Hoffentlich ergreifen Sie diesen Unhold recht bald, Frau Fischer.«

Ich verabschiedete mich und stieg in mein Auto. Auf der Heimfahrt ließ mich der Gedanken an das, was ich gehört hatte, nicht los. Wer ist so krank und klaut einen Arm aus der Totenhalle? Da ich wohl so schnell keine Antwort auf diese Frage erhalten würde, fasste ich den Entschluss, mir eine große Tüte Chips zu kaufen und es mir an diesem Abend daheim mit einer Videokassette gemütlich zu machen. Vielleicht würde irgendein Walt-Disney-Schinken meinem angestrengten Hirn etwas Entspannung bereiten.

* * *

Ich hatte mich gerade auf die Couch gehauen, als das Telefon klingelte. Mir schwante nach den Vorfällen der letzten Tage ohnehin nichts Gutes, und so nahm ich, für alle Überraschungen offen, den Hörer ab.

»Fischer, hallöchen«, jubilierte ich in die Sprechmuschel.

Das Präsidium war am anderen Ende der Leitung, ein Hauptwachtmeister Püttmann. »Frau Fischer, die Mülheimer Kollegen haben einen Toten aus der Schleuse Raffelberg gezogen. Der Leiche fehlt ein Arm. Die Kollegen meinen, dass es für Sie interessant sein könnte.«

»Hat das nicht Zeit bis morgen?«, wollte ich wissen und hatte Mühe, meine Begeisterung im Zaum zu halten.

»Mir egal. Ich sollte Ihnen nur Bescheid geben. Das habe ich hiermit getan. Wenn Sie Lust haben, können Sie ja zum Fundort fahren. Schönen Tag noch«, dann hatte Herr Püttmann aufgelegt.

Statt unter die Dusche zu springen, hüpfte ich in meinen Golf und machte mich auf den Weg zur Schleuse Raffelberg. Zum letzten Mal war ich diese Strecke an jenem Glückssonntag gefahren, als es darum ging, meinen vom Fürsten Ippi ergaloppierten Gewinn aus den Händen von Klumpen-Hugo zu kassieren. Vielleicht konnte ich ja auch jetzt ein großes Los ziehen. Einarmige hatten es mir angetan, und ich fragte mich allmählich, ob der Mann meiner Träume überhaupt mit allen Gliedmaßen ausgestattet sein müsste. Ich verwarf diese Sehnsüchte nach privaten Armouren aber sogleich, denn zunächst einmal ging es einzig und allein darum, diesen unseligen Fall endlich ad acta legen zu können.

An der Schleuse Raffelberg hatte sich eine ansehnliche Menge Schaulustiger versammelt, und die Kollegen von der Mülheimer Kripo hatten um die Leiche einen Sichtschutzzaun aus Baumwolltüchern errichtet.

»Hallo, Frau Fischer. Schön, dass Sie vorbeikommen konnten«, begrüßte mich Hauptkommisar Oppenkamp von der Mülheimer Mordkommission.

Oppenkamp gehörte zu jener Spezies Mensch, die man getrost der Gattung Widerling zurechnen durfte. Er hatte ohne Zweifel zu viele Krimis gesehen und sein Vorbild offensichtlich am Miami-Vice-Genre orientiert. Dunkles, halblanges und mit Gel gestyltes Haar umrandete sein geistloses Gesicht, in dessen Mitte eine gewaltige Hakennase thronte, auf der eine Sonnenbrille ihren Platz gefunden hatte, die Heino alle Ehre gemacht hätte. Seinen schlanken Körper umhüllte ein blütenweißer Seidenanzug von der Stange. Alles in allem handelte es sich bei Oppenkamp um ein einen Meter achtzig hohes und fünfundsiebzig Kilo schweres Stück menschliches Elend im lebenslangen Beamtenverhältnis. Gott sei Dank hatte ich selten mit ihm zu tun. Die wenigen Male aber, die ich gezwungen war, mit ihm dienstlich zu verkehren, kam mir stets der Gedanke, ihm in die Fresse zu hauen. Heute wollte ich diese Gefühle erst gar nicht aufkommen lassen und beschloss, meine Stippvisite am Fundort so kurz wie eben möglich zu halten.

»Herr Oppenkamp. Lange ist es her. Sie haben was für mich?«, erwiderte ich flüchtig seinen Gruß.

»Ja, ein Angler hat hier, gleich oberhalb der Schleuse, einen dicken Fisch an Land gezogen und uns gleich benachrichtigt. Aber schauen Sie selbst.«

»Mein Gott. Was ist das denn?«, fragte ich eher mich selbst als Oppenkamp.

Vor mir lag der Körper eines etwa Siebzigjährigen, dem außer dem rechten Unterarm auch die Haut des Gesichts fehlte.

»Das fragen wir uns auch, Frau Fischer. Es sieht alles danach aus, dass der Täter uns nicht wissen lassen möchte, mit wem wir es bei dem Toten zu tun haben. Neben der Gesichtshaut fehlen unserem Freund hier nämlich noch die Beißerchen und die Fingerkuppen der linken Hand. Die rechte Hand ist wohl schon länger weg. Spuren von äußerer Gewalt sind jedoch Fehlanzeige. Ich tippe bei aller Vorsicht auf einen Giftmord«, klärte er mich ruckzuck auf.

»Haben Sie schon eine Idee, wie lange die Leiche im Wasser gelegen hat? Sieht ja alles danach aus, dass es nicht allzu lange war.«

»Unser Pathologe meint, höchstens zwei oder drei Stunden. Genaueres wird dann die Obduktion ergeben. Ich schicke Ihnen eine Kopie des Berichtes. Ich wollte nur, dass Sie sich die Sache hier mal vor Ort ansehen. Kann ja sein, dass Sie den fehlenden Arm bald in Oberhausen finden.«

»Würde mich nicht wundern, Herr Oppenkamp. Den schicke ich Ihnen dann per Express. Danke für die schnelle Information und Waidmanns Heil.« Ich verabschiedete mich und machte mich wieder auf den Weg zu meinem Ruhelager vor dem Fernseher.

* * *

Durch die geschlossene Tür des Obduktionsraumes erklang volkstümliche Blasmusik, ein sicheres Indiz dafür, dass Doktor Mathes bei der Arbeit war.

Werner und ich hatten uns vor dem Gerichtsmedizinischen Institut zur Besichtigung des Armes verabredet und betraten nun unangemeldet das Reich des Pathologen. Die gekachelten Wände und die spärliche Einrichtung des Arbeitsplatzes mussten auf meinen Begleiter einen gespenstischen Eindruck gemacht haben, denn Werner sagte nichts, und ich erkannte an seinem Adamsapfel, dass er mehrfach schlucken musste.

»Guten Tag, Herr Doktor. Ich möchte Ihnen ein Opfer unserer Armdiebstahlsache vorstellen. Dies ist Herr Kothes, dessen Arm wir im Kaisergarten gefunden haben. Herr Kothes hat großes Interesse an der Aufklärung der Geschichte bekundet«, stellte ich Werner vor.

Mathes schaute etwas irritiert, sagte aber kein Wort und nickte uns nur zu.

»Herr Kothes möchte gern einen Einblick in unsere Ermittlungsarbeit erhalten. Ich habe ihm berichtet, dass Sie es waren, der herausgefunden hat, dass es sich bei dem Fundstück um seinen Arm handelt«, erklärte ich weiter.

»Das ist selten! Herzlich willkommen in meinem bescheidenen Reich, mein lieber Herr Kothes. Außer einer Schulpraktikantin vor zwei Jahren hatte ich noch nie einen fremden Besucher hier«, brach der Doktor sein Schweigen, und ich glaubte Begeisterung in seinen Augen erkannt zu haben.

Werner sah sich noch immer verwundert in den Räumen der Gerichtsmedizin um. Sein Blick blieb auf den sterblichen Überresten eines Unfallopfers hängen, dessen Schädel offensichtlich mit der Stoßstange eines schweren LKWs in direkten Kontakt gekommen war.

»Sehen Sie, mein lieber Herr Kothes. Dieser arme Mensch ist das Opfer von übermäßigem Alkoholkonsum geworden.

Statt auf den Toten zu blicken, schaute Werner aber nur den Doktor an.

»Der Mann ist freilich nicht seiner eigenen Trunksucht anheimgefallen, meine Lieben. Nein, er ist ein warnendes Beispiel dafür, wie gefährlich Alkohol am Steuer werden kann. Der Kraftfahrer, der ihn überfuhr, hatte mehr als ein Glas Bier getrunken, das können Sie mir glauben. Und er hier? Was glauben Sie? Null Promille Blutalkohol. Der arme Mensch war nur zur falschen Zeit am falschen Ort«, wurde uns erläutert.

»Herr Kothes möchte gern seinen Arm besichtigen«, versuchte ich die Leichenshow zu beenden.

»Ach ja, richtig, der Arm mit der markanten Tätowierung. Ich erinnere mich«, meinte Mathes und streifte sich seine grünen Gummihandschuhe von den Fingern, um ein Laptop einzuschalten und – dies war ein Novum – das Röhrengerät auf der Fensterbank auszuschalten.

Werner blieb weiter stumm.

»Asservat 19/20, das haben wir gleich. Einen Augenblick bitte«, murmelte er vor sich hin und machte dabei einen äußerst fröhlichen Eindruck.

Werner und ich schauten uns an.

»Aha, da haben wir ihn ja. Ich bin sofort mit dem guten Stück zurück«, fuhr Mathes fort und war schwuppdiwupp aus dem Sektionssaal verschwunden.

Werner und ich waren nun mit dem Obduktionsgegenstand allein im Raum. Nur das Ticken einer altmodischen Plastikwanduhr war zu hören.

»Ich weiß nicht. Ob wir nicht doch einen Fehler gemacht haben?«, beendete Werner die Totenstille, und in seiner Stimme klang eine gewisse Unsicherheit.

»Es ist bestimmt kein Fehler, ab und an mal einen Blick auf Teile seiner Vergangenheit zu werfen«, versuchte ich seine Zweifel zu zerstreuen und hoffte gleichzeitig auf eine baldige Rückkehr des Doktors, der aber erst seit zwanzig Sekunden fort war.

Werner lächelte gequält.

Nach etwa einer Minute, die wir damit verbrachten, uns nicht weiter anzuschauen und auch nicht mehr miteinander zu sprechen, kehrte Mathes mit einem blauen Plastiksack zurück. »So, mein lieber Herr Kothes, da hätten wir Ihren Arm. Seien Sie versichert, dass er in unserer Obhut nicht gelitten hat«, meldete er sich zurück.

So, wie man es von der Eisbeinhandhabung in Metzgereien kennt, nahm er den steifgefrorenen Arm aus der geräumigen Tüte und wuchtete ihn mit einen lauten Knall auf einen Beistelltisch aus Aluminium. Eiskristalle bröckelten ab, und ich glaubte, am Knöchel und am Daumen Gefrierbrand erkannt zu haben. Durch die extreme Tiefkühlung hatte sich die Behaarung des Armes steil aufgerichtet, und nachdem er wenige Sekunden mit der warmen Raumtemperatur in Verbindung war, hatte sich ein leichter Raureif über ihn verteilt. Mit einen Löffel kratzte der Doktor die Vereisung ab, woraufhin das Tattoo mit der Aufschrift *Ratry loves you Susi Bar* zum Vorschein kam.

Behutsam lenkte Werner seinen Blick auf das Gefriergut. Sein Körper zitterte leicht, und seine Atemfrequenz schien zu steigen.

»Ist der Arm nicht wunderbar erhalten, mein lieber Herr Kothes?«, fragte Mathes, und ich hatte nicht geringste Ahnung, nach welcher Art Anerkennung er haschen wollte.

Werner antwortete nicht. Stattdessen betastete er sein ehemaliges Körperglied vorsichtig.

»Ja, du gehörtest einmal zu mir«, flüsterte er in einem ergriffenen und fast feierlichen Ton, so als ob er allein mit der Extremität gewesen wäre.

Ich wusste nicht mehr, was ich sagen sollte. Zwar hatte ich mir auch vor unserem Gesuch in der Gerichtsmedizin keine rechte Vorstellung davon machen können, wie die Begegnung zwischen Werner und seiner Ex-Extremität hätte verlaufen können, war nun aber vollends perplex. Immerhin konnte ich mir vorstellen, dass in Werner heftige Emotionen freigesetzt worden waren, auf ein solch inniges Rendezvous war ich jedoch nicht gefasst.

Nach etwa drei Minuten ließ Werner von dem Amputationsstück ab. »Haben Sie herzlichen Dank, mein lieber

Herr Doktor Mathes. Sie wissen gar nicht, welch große Freude Sie mir bereitet haben«, sagte er und deutete mir mit einer Kopfbewegung an, dass er die Pathologie verlassen wollte.

Ohne uns von Mathes zu verabschieden, ließen wir ihn mit dem Wernerschen Arm zurück.

»Was wird eigentlich aus meinem Arm, wenn du den Fall abgeschlossen haben wirst?«, fragte mich Werner, als wir wieder draußen waren.

»Ich denke, er wird eingeäschert. Genauso wie es eigentlich schon vor zwei Jahren hätte geschehen sollen«, erklärte ich ihm.

»Bestünde vielleicht die Möglichkeit, dass ich meinen Arm von der deutschen Regierung zurückkaufen könnte? Ich habe nämlich seit Langem die Idee, in Pattaya eine Cocktailbar zu eröffnen. Und wenn ich da meinen ausgestopften Arm ausstellen könnte, dass wäre doch der Hit. Ich meine, so in der Art eines Schrumpfkopfes«, erklärte er, und seine Beklemmung schien einer fabelhaften Geschäftsidee gewichen zu sein.

»Ich kenne die aktuellen Eigentumsverhältnisse deiner Extremität nicht, kann mir aber auch nicht vorstellen, dass irgendeine öffentliche Stelle Besitzansprüche anmelden wird. Ich werde mal Erkundigungen einholen«, versprach ich, hatte aber in Wirklichkeit nicht die geringste Absicht, Werner in seinen Bemühungen auch nur ansatzweise zu unterstützen, denn ich hatte von Armen in der Zwischenzeit satt und genug, und allein die Vorstellung, einen Singapore Sling in Gesellschaft eines ausgestopften Männerarmes zu schlürfen, gefiel mir nicht.

* * *

»Der Bericht aus Mülheim ist da. Oppenkamp schreibt, dass die Gesichtshaut des Opfers mit chirurgischen Werkzeugen und mit dermatologischer Präzision abgezogen wurde. Auch die Fingerkuppen wurden von fachkundiger Hand entfernt. Gestorben ist der Mann vor etwa fünf Tagen allerdings an einem Herzinfarkt. Fremdverschulden vollkommen ausgeschlossen.« Andi sprach es und schaute mich ratlos an.

Ich war alles andere als überrascht. Statt zu antworten, goss ich mir einen Kaffee ein und lächelte Andi an.

»Fragt sich nur noch, wer der Tote ist«, beendete Andi seine morgendliche Ausführung und begab sich ebenfalls zur Kaffeemaschine.

»Der einzige Vorteil für uns, den ich bei der Sache sehe, ist der, dass sich der neuerliche Fund im Gebiet des Mülheimer Sheriffs ereignet hat. So haben wir wenigstens vor der Lokalpresse Ruhe«, entgegnete ich, während ich die Füße auf den Schreibtisch legte und einen Blick in die *WAZ* warf.

»Vor der Presse vielleicht, nicht aber vor Chefchen. Reuther ist wieder auf hundertfünfzig und hat eben schon mächtig Dampf abgelassen. Er hat gedroht, uns von der Sache abzuziehen«, informierte mich Andi, und sein Gesichtsausdruck verriet, dass ihm ein Entzug des Falls alles andere als unangenehm gewesen wäre.

»Das wäre doch mal ein Angebot. Ich habe bald eh den Pudding auf.« Gerade wollte ich zu jammern beginnen, als das Telefon läutete.

»Für dich, Herr Fischerkeller«, Andi reichte mir den Hörer herüber.

Fischerkeller ließ mich überhaupt nicht zu Wort kommen. »Frau Fischer. Ich weiß nicht, was ich tun soll. Herr Boll ist weg. Herr Boll ist verschwunden. Frau Fischer. Frau Fischer, was soll ich tun?«

»Nun beruhigen Sie sich erst mal, Herr Fischerkeller. Wer ist Herr Boll? Wie könnte ich Ihnen helfen?«, versuchte ich ihn zu beruhigen und fühle instinktiv neues Ungemach herannahen.

»Herr Boll ist die Elfuhrbestattung in Alstaden. Ich wollte gerade die letzten Vorbereitungen für die Trauerfeier treffen, als ich feststellen musste, dass Herr Boll verschwunden ist. Der Sarg ist noch da, aber er ist leer. Herr Boll ist weg, spurlos verschwunden!«

»Langsam, Herr Fischerkeller, langsam. Wo sind Sie jetzt?«

»Auf dem Alstadener Friedhof. Mein Gott, die Beerdigung ist um elf. Was soll ich jetzt nur tun, Frau Fischer?«

Ich blickte auf die Uhr. Es war zehn Uhr dreißig. »Ich komme sofort, Herr Fischerkeller. Bitte warten Sie auf mich.«

Kaum hatte ich aufgelegt, da saßen Andi und ich auch schon im Dienstwagen und rasten mit Blaulicht zum Alstadener Friedhof.

Fünfzehn Minuten später erreichten wir die Leichenhalle, vor der sich bereits die Schar der Trauergemeinde versammelt hatte. Fischerkeller erwartete uns in Gesellschaft von Pfarrer Knochenhauer, der die Trauerpredigt um elf eröffnen sollte und sich nun um den völlig konsternierten Bestatter bemühte.

»Frau Fischer, da sind Sie ja endlich. Ich weiß überhaupt nicht, was ich machen soll. Die Leiche von Herrn Boll ist spurlos verschwunden. Und die Beerdigung soll in zehn Minuten beginnen. Was erzähle ich jetzt den Angehörigen. Frau Fischer, ich brauche Ihre Hilfe.«

Fischerkeller konnte einem leid tun.

»Guten Tag, mein Name ist Knochenhauer. Ich bin der zuständige Gemeindepfarrer und halte den Trauergottesdienst für den verstorbenen Herrn Boll ab«, stellte sich der Geistliche vor.

»Aber Herr Pfarrer, wir kennen uns doch. Ich bin Thi Fischer, erinnern Sie sich nicht mehr an mich?«

Ich versuchte die Situation etwas zu entspannen, und schließlich kannte ich ihn noch aus meiner Schulzeit, als er vergeblich versuchte, mich in Deutschland auch religiös zu sozialisieren. Er hatte jahrelang als Religionslehrer am Bertha-von-Suttner-Gymnasium gewirkt, und wir Schüler fanden ihn cool, weil er die Raucherecke nie bei der Direktorin angeschwärzt hatte. Der Pfarrer war über die Jahrzehnte von optischen Veränderungen verschont geblieben und sah noch immer wie Erik Ode aus, obgleich ich mich für den Vergleich nicht hundert Prozent verbürgen konnte, denn schließlich gibt es keine einzige Folge von *Der Kommissar* in Farbe.

»Ach ja, richtig. Ich erinnere mich«, log der Geistliche.

Fest stand aber für den Augenblick sowieso, dass für ein großes Wiedersehen nun keine Zeit war. Knochenhauer wollte auf jeden Fall einen Skandal vermeiden und suchte nun nach einer tragbaren Lösung für die Angehörigen, die vom Verschwinden der Leiche noch keine Ahnung hatten und die nun einer nach dem anderen die Trauerhalle betraten, in der man den leeren Sarg vorsorglich aufgestellt hatte.

»Wir, das heißt Herr Fischerkeller und ich, wissen nicht ganz, wie wir uns verhalten sollen. Wir möchten weitere seelische Belastung von Familie Boll fernhalten; wenn Sie verstehen, was ich meine«, setzte der Pfarrer an.

»Ich verstehe vollkommen, was Sie meinen, Herr Pfarrer, aber im Augenblick würde ich es für das Beste halten, wenn Sie die Trauerfeier und die Beerdigung wie geplant vollziehen würden«, versuchte ich im Hinblick auf den Umstand, dass es nur noch fünf Minuten bis zum Beginn der Trauerfeier waren, eine Lösung zu finden.

»Ausgeschlossen. Ich kann keine Leichenpredigt ohne Leiche halten«, warf Knochenhauer ein, und seine Miene deutete nicht darauf, dass er von diesem Entschluss abzubringen sei – zumindest nicht innerhalb der nächsten vier Minuten.

»Und wie stellen Sie sich das vor, Herr Pfarrer. Ich kann doch nicht zu Frau Boll gehen und ihr erzählen, dass ihr Mann verschwunden ist. Ich bitte Sie, Herr Pfarrer? Das können Sie mir nicht antun!« Der Bestatter war nun dem Wahnsinn nahe.

»Herr Pfarrer. Bitte denken Sie an die öffentliche Sicherheit und Ordnung. Stellen Sie sich vor, was morgen in der Zeitung steht. Dieser Fall bedarf äußerster Diskretion. Ich appelliere an Sie als Mann der Kirche«, versuchte es Andi auf der moralischen Schiene.

»Die Sakramente verbieten mir ein solches Tun.« Knochenhauer blieb hart.

Ich sah nur noch eine Chance. Ich musste den Pfarrer beschwindeln und konnte so auch gleichzeitig den Bestatter vor einem Schlaganfall bewahren.

»Wahrscheinlich haben wir die Leiche Herrn Bolls bereits wiedergefunden. Wäre es möglich, dass Sie den Trauergottesdienst abhalten, während wir den Toten herschaffen lassen?«

Knochenhauer zögerte einige Augenblicke, dann sagte er: »Na schön, ich beginne mit der Trauerfeier, aber nur unter dem Vorbehalt, dass Sie den Toten wiederherbringen!« Sprach's und verschwand in die Kapelle.

Die erste Hürde war damit geschafft. Nun ging es darum, die eigentliche Arbeit in Angriff zu nehmen und die Mülheimer Kanalleiche so schnell wie möglich nach Alstaden verfrachten zu lassen.

Wir setzten uns gemeinsam mit Fischerkeller in den Wagen und versuchten ihn zu beruhigen, was sich jedoch als sehr schwierig erwies, denn der Bestatter sah sich beruflich und geschäftlich bereits vollends ruiniert. Vollkommen apathisch nahm er im Fond des Ford Mondeo Platz und stammelte zusammenhangloses Zeug.

»Herr Fischerkeller, haben Sie noch dasselbe Sargmodell wie das von Herrn Boll in Ihrem Lager?«, Andi band den Konsternierten nun in die praktische Nothilfe ein, denn die Zeit drängte.

»Eberesche rustikal, Modell Waldfrieden?«, stammelte Fischerkeller fragend.

»Genau. Eberesche rustikal, Modell Waldfrieden«, wiederholte Andi seine Worte.

»Ja, davon sind noch zwei Modelle in meinem Institut. Allerdings mit brünierten Messingtragegriffen. Frau Boll entschied sich für polierte.« Der Bestatter war nun aus seiner Lethargie erwacht und hatte wohl seine letzte Chance erkannt.

»Egal, lassen Sie sofort einen Sarg herschaffen. Ich organisiere derweil die Leiche von Herrn Boll«, unterbrach ich das Geplänkel und griff zu meinem Handy, um den Kollegen Oppenkamp anzurufen.

Oppenkamp zeigte sich sofort einsichtig, berichtete aber, dass sich der Leichnam aus dem Kanal noch immer in der Gerichtsmedizin bei Doktor Mathes befinden würde.

Gott sei Dank hatte ich Mathes gleich an der Strippe. Er kam rasch mit mir überein, dass Boll und die Wasserleiche ein und dieselbe Person sein müssen und hatte auch nichts dagegen, den Körper, eingepackt in einen Zinksarg, zur raschen Umquartierung und einstweiligen Bestattung umgehend nach Alstaden zu entsenden. Mittlerweile hatte sich auch Fischerkeller um die Herbeischaffung eines Austauschsarges bemüht und versicherte, dass Erdmöbel stünde in spätestens zehn Minuten am Hinterausgang der Leichenhalle zur Aufnahme des Toten bereit. Ein Blick auf die Uhr verriet, dass wir noch etwa eine Viertelstunde bis zum Ende der Trauerfeier Zeit hätten, unseren Plan in die Tat umzusetzen.

Blaulichtsirenen verkündeten das Eintreffen von Herrn Boll, zeitgleich bog der Werkstattwagen des Bestattungsinstitutes Fischerkeller auf das Friedhofsgelände ein.

Die Umbettung Herrn Bolls musste nun ruckzuck gehen. Aus der Trauerhalle ertönte bereits das Lied *Nun nimm meine Hände,* und in weniger als drei Minuten sollten sich die Flügeltüren des Hinterausganges öffnen, um den Sarg aus der Halle ans Grab zu transportieren. Fischerkeller warf einen Blick auf den antransportierten Leichnam.

»Herr Boll ist wieder da«, bemerkte er erleichtert. »Aber da fehlt ja ein Arm. Oh mein Gott Frau Fischer.«

»Das erkläre ich Ihnen später, Herr Fischerkeller. Dazu haben wir nun keine Zeit.«

Von Fatalismus getrieben, gehorchte Fischerkeller, machte keine weiteren Anstalten, das Fehlen des Körpergliedes zu beanstanden, und ließ zu meiner Überraschung auch die abgezogene Gesichtshaut Herrn Bolls völlig unkommentiert. Immerhin standen über achtzig Prozent Körpermasse zur Umbettung bereit. Mit dieser stolzen Zahl gab sich der Bestattungsunternehmer zufrieden.

Im Nu hatten Andi und Fischerkeller Herrn Boll umgebettet und den Sarg auf ein Rollwägelchen gestellt, welches baugleich mit dem aus der Trauerhalle war. Der letzte und vielleicht schwierigste Akt unseres Unterfangens stand nun auf dem Programm. Die Trauergemeinde würde den sterblichen Überresten des Verschiedenen bis an die Stätte der letzten Ruhe folgen, und dies, ohne den Sarg einen Augenblick lang aus den Augen zu lassen. Um den Austausch der Wägelchen hatten wir uns bis dahin keine Gedanken gemacht. Und ich war nicht schlecht erstaunt, als ich sah, wie Fischerkeller, wohl vom erfinderischen Genius der Existenzbedrohung geleitet, die Initiative ergriff und die Flügeltüren des Hinterausganges mittels des Sargtrollies blockierte, sich sogleich zum Vordereingang begab und eine Minute später in Begleitung von vier Sargträgern wieder bei uns erschien. Er teilte uns mit, keine Zeit für Erklärungen zu haben und tuschelte etwas mit den Herbeigeeilten. Zwei oder drei knappe Sätze wiesen die zylindertragenden Bestattungshelfer in ihre neue Aufgabe ein, und die vier älteren Herren taten, ohne weitere Verwunderung zu zeigen, wie ihnen geheißen.

Die Trauerfeier für Herrn Boll war nun beendet, und die Beerdigungsgäste schoben sich zum Vorderausgang der Kapelle hinaus auf das Friedhofsgelände. Hatten sie noch vor wenigen Sekunden den aufgestellten Sarg, von Kränzen und letzten Grüßen umrahmt, auf der Empore der Trauerhalle erblickt, so sahen sie ihn nun, von den vier würdig dreinblickenden Herren auf einem Trolly gezogen vom Hinterausgang aus auf sich zukommen. Auch für diejenigen, die sich eventuell über die Geschwindigkeit des Auszuges von Herrn Boll wundern mochten, gebot der Ernst der Situation, dies nicht zu thematisieren. Und spätestens, als der Gemeindepfarrer Knochenhauer Andi und mir einen wohlwollenden Blick zukommen ließ, war mir klar, dass dieser Husarenritt geglückt war.

Am offenen Grab intonierte ein einsamer Trompeter das Stück *Alte Kameraden*: Ich war fix und fertig. Andi und ich blickten uns an. Es fiel uns beiden schwer, ein Lächeln zu verkneifen.

* * *

Man hat täglich die Möglichkeit sich zu ärgern, ist dienstlich jedoch nicht dazu verpflichtet. Wenn man jedoch bei der Mordkommission der Oberhausener Kripo beschäftigt ist, verspürt man einen instinktiven Antrieb, sich über die Borniertheit seiner Vorgesetzten mehrmals täglich zu echauffieren. Heute bot Oberkriminaldirektor Reuther gleich zu Dienstbeginn eine vortreffliche Gelegenheit, um aus der Haut zu fahren. Natürlich hatte er von den Ungereimtheiten anlässlich der Bestattung von Herrn Boll gehört, mochte sich aber nicht mit unserer unbürokratischen Lösung des Problems anfreunden und bat Andi und mich gleich zu sich ins Büro.

»Meine lieben Kollegen, ich erhielt gestern den Anruf eines Geistlichen. Einen Anruf von Herrn Pfarrer Knochenhauer, um genau zu sein. Der Herr Pfarrer informierte mich über Ihr, wie soll ich sagen, über Ihr, nennen wir es einmal vorsichtig ausgedrückt, etwas unkonventionelles Verhalten anlässlich einer feierlichen Bestattung in Alstaden. Nicht nur der Umstand, dass ich über den Vorfall von Dritten informiert wurde, empört mich. Nein, die Art und Weise, wie sich zwei Beamte der Oberhausener Kripo auf einer Beerdigung verhalten, ist zutiefst beschämend und macht mich sprachlos.«

Für einen Sprachlosen quatschst du aber ganz schön viel, ging es mir durch den Kopf, ich hielt mich aber zunächst mit Äußerungen zurück, weil ich das Chefchen zu gut kannte, um ihm nicht wenigstens die Möglichkeit einzuräumen, vollständig Dampf abzulassen, bevor Andi und ich die Chance zur Abgabe einer Stellungnahme eingeräumt bekämen.

Andi kannte unseren Boss wohl weniger gut und fuhr ihm gleich in die Parade. »Was wollen Sie denn überhaupt? Der blöde Pfaffe hat sich geweigert, einen leeren Sarg zu bestatten. Hätten wir die Sache offiziell machen und den Angehörigen mitteilen sollen, dass ihr geliebter Verblichener geklaut worden ist und wir ihn mit einem fehlenden Arm aus dem Kanal gefischt haben? Ich bitte Sie, Chef, was wollen Sie überhaupt von uns? Wir waren es doch, wir haben die Ehre der Oberhausener Polizei gerettet!«

Andis Kopf glühte vor Wut, und ich befürchtete einen Augenblick lang, dass er Reuther seinen Polizeiausweis inklusive Kanone vor die Füße werfen würde, um den Dienst für immer zu quittieren.

»Unabhängig davon, dass ich es nicht dulde, in meiner Gegenwart von Herrn Pfarrer Knochenhauer, der ein zutiefst anständiger Mensch ist, als von einem blöden Pfaffen zu sprechen, muss ich Ihnen im Hinblick auf Ihre Interpretation des unerhörten Skandals widersprechen. Und was ich von Ihnen will, kann ich Ihnen in einem Satz sagen. Schaffen Sie uns endlich den Armfall zu den Akten, aber bitte geklärt. Im Übrigen verhalten Sie sich endlich wie ein deutscher Beamter und nicht wie eins Ihrer lächerlichen Fernsehvorbilder. Für freche Komiker ist in der Mordkommission kein Platz.«

Bevor Andi etwas erwidern konnte, nutzte ich die Ruhephase in der Hoffnung, durch einige bedachte Worte die Wogen wieder etwas zu glätten. Obgleich ich natürlich voll auf Seiten von Andi stand, hielt ich mir die ganze Zeit über vor Augen, dass es nur noch drei Jahre bis zu Reuthers Pensionierung waren. »Ich glaube, schreien führt uns nicht weiter. Wir sollten uns etwas beruhigen. Chef, die Sache war höchst eilig, wir hatten keine Zeit, Sie vorher zu informieren. Spätestens heute hätten wir Sie in alles eingeweiht«, versuchte ich anzusetzen, wurde aber gleich vom Boss unterbrochen.

»Ach, wie gnädig, derjenige, der für alle den Kopf hinhält, soll eingeweiht werden. Frau Fischer, ich bin gespannt, eingeweiht in was? Wenn ich mir als Leiter der Mordkommission diese bescheidene Frage erlauben darf.«

Ich schilderte Reuther den Vorfall so, wie er sich zugetragen hatte, spürte aber im Verlaufe meines Berichtes, dass meine Ausführungen den Zorn des Oberkriminaldirektors nur steigerten. Die Frage, die mir seit Beginn der Unterredung unter den Nägeln brannte, nämlich die nach dem Grund des Knochenhauerschen Anrufes, traute ich mich kaum zu stellen, entschloss mich aber angesichts der fatalen Lage zu einer Politik der verbrannten Erde und schloss meine Rede mit eben dieser Frage.

»Der Herr Pfarrer rief mich an, um sich zu bedanken. Er hat die ganze Situation, zu unserem großen Glück, wie ich betonen möchte, gründlich missverstanden. In seiner christlichen Nächstenliebe hat er Sie beide sogar zur Beförderung vorgeschlagen. Man stelle sich dies einmal vor, zwei Rowdies als Oberkommissare!«

Andi und ich blickten uns sprachlos an. Die Bemerkungen von Reuther, noch einmal Gnade vor Recht ergehen zu lassen sowie über den Vorfall ein peinlich genaues Protokoll zu erbitten, erklang für mich wie aus weitester Ferne. Wir verließen sein Büro und wussten nicht, ob wir lachen oder heulen sollten.

Für beides hatten wir keine Zeit, denn schließlich wollte Reuther ja noch ein Protokoll von uns.

* * *

»Der Bollsche Arm ist aufgetaucht. Ein Schäfer hat ihn in den Ruhrwiesen entdeckt. Paul und der Rest der Spurensicherung sind schon vor Ort, um mal wieder nix zu sichern«, höhnte Andi mir anstelle eines Grußes entgegen.

Unverzüglich machten auch wir uns auf den Weg zum Fundort, an dem sich schon eine Traube von Joggern und Gassigehern versammelt hatte.

»Moin, Frau Fischer. Haben Se wieder nen Arm gefunden? Dat wird noch en ganz böses Ende nehmen mit die Arme. Hoffentlich kriegen Se den fiesen Kerl bald, der dat dauernd macht.« Bauer Henkel von der Ruhraue, bei dem wir Friedensdorfkinder immer zum Ponyreiten waren und der mich seit Beginn meiner Dienstzeit bei der Kripo siezte, schien mächtig stolz darauf zu sein, die anderen Maulaffen mit seinen intimen Einblicken in die Arbeit der Mordkommission beeindrucken zu können.

»Moin, Herr Henkel. Sieht ganz so aus. Sie wissen ja, wir tun unser Bestes. Gesehen haben Sie hier wohl nix, oder?«

»Wie denn, Mädchen? Ich bin ja nun auch schon über achtzig«, gab der kauzige Landwirt zurück.

»Na, Paul, wie schaut's aus?«, wollte Andi wissen.

»Wie es aussieht, haben wir es hier mit dem Arm von Herrn Boll zu tun. Oder besser gesagt, mit dem, was davon noch übrig ist, denn es haben sich bereits Fuchs und Wasserratte daran gütlich getan. Da beide Tierchen nachtaktiv sind, können wir davon ausgehen, dass der Arm hier gestern Abend abgelegt wurde. Wo genau kann ich euch leider noch nicht sagen, denn er wurde von den putzigen Aasfressern hin und her getragen. Wir haben eine Leichenhundestaffel aus Wesel angefordert, um den ursprünglichen Ablegeplatz zu eruieren. Die müsste in etwa einer Stunde hier sein. Eins steht aber mal fest. Das Ding hat nicht im Wasser gelegen. Weder im Kanal noch hier in der Ruhr. Angeschwemmt worden ist der Arm nicht.«

»Ist es sicher, dass es der Arm von Herrn Boll ist?«, fragte ich Paul.

»Nicht hundertpro. Aber so, wie ich das im Augenblick angesichts der Arbeitsspuren unseres Meisters peilen kann, würde ich glatt meinen eigenen Arm darauf verwetten. Mathes wird meine Thesen jedoch noch gentechnisch absichern. Wollt ihr noch auf die Leichenhunde warten oder traut ihr meinen Erzählungen heute Abend bei Christa?«

Andi und ich beschlossen, den Paulschen Erzählungen am Abend zu lauschen, dann hätten wir auch die Möglichkeit, die Details mit dem einen oder anderen Kurzen hinunterzuspülen.

Zunächst ging es einmal zurück zum Präsidium. Im Auto schauten Andi und ich uns an. Gleichzeitig schien sich derselbe Gedanke in unseren Köpfen auszubreiten.

»Du Andi, was machen wir eigentlich mit dem Arm, wenn es tatsächlich der von Boll ist? Ich meine, die Familie Boll weiß doch noch nicht einmal, dass wir ihr verblichenes Oberhaupt nur zu achtzig Prozent bestattet haben.«

»Das Gleiche wollte ich dich gerade fragen. Scheiße. Hätten die Ratten das Ding doch ganz aufgefressen. Ich habe keine verdammte Ahnung, was wir mit dem zerfressenen Arm von Herrn Boll machen sollen. Die Friedhofsspezialistin bist ja schließlich du.«

Wir waren uns darüber einig, erst einmal das gerichtsmedizinische Gutachten abzuwarten und unsere Überlegungen bezüglich der Armabwicklung auf einen späteren Zeitpunkt zu verschieben. Wir hofften jedoch beide, dass wir eine Idee haben würden, bevor Oberkriminaldirektor Reuther eine Lösung fände.

* * *

Ein gemopster Arm und ein entwendeter Leichnam boten Anlass genug, die vermeintliche Stätte des Diebstahls etwas genauer in Augenschein zu nehmen. Paul Pfannkuche und ich fuhren also zum Alstadener Friedhof, wo wir die Totenhalle auf eventuelle Einbruchsspuren hin unter die Lupe nehmen wollten. Um kein unnötiges Aufsehen zu erregen, begleitete uns der Bestattungsunternehmer Fischerkeller auf dieser Exkursion und übernahm dankenswerterweise auch die Rolle des fachkundigen Führers.

Ich kannte den vorderen Teil des kleinen Gebäudes schon von einigen Beerdigungen, und hier war auch die Kapelle untergebracht, hinter der wir die Umsargung von Herrn Boll durchgeführt hatten. Was sich jedoch in zwei kleineren Anbauten befand, konnte ich zwar erahnen, es war jedoch niemals Gegenstand meines tieferen Interesses gewesen. Herr Fischerkeller führte uns durch die Kapelle zu einem Seiteneingang und schloss die versperrte Türe mittels eines Schlüssels auf, den er zielsicher aus mindestens fünfzehn anderen an einem großen, an seinem Hosengürtel getragenen Ring trug.

»Wer hat denn eigentlich einen Schlüssel für alle Räume hier?«, fragte Paul.

»Alle Oberhausener Bestattungsunternehmer und ein paar Herrschaften vom Friedhofsamt. Soweit ich das weiß«, sagte Herr Fischerkeller und wirkte sogleich wieder nervös und besorgt.

»Also doch schon eine ganze Menge von Leuten«, meinte Paul und nickte hin und her, so als ob dies ihm erheblich zu denken gebe.

»Ich habe den Schlüssel immer bei mir. Schließlich müssen wir zu allen Tages- und Nachtzeiten Zugang zu den Kühlkammern haben. Der Tod kennt keine Feiertage und Ruhezeiten«, belehrte er uns.

Angesichts der sommerlichen Hitze war es wohltuend, den etwa sechs bis acht Grad kühlen Raum zu betreten, in dem ein unter der Decke angebrachtes Aggregat einen dumpf klingenden Ton von sich gab und mir bei unserem Eintritt einen eisigen Zug in den Nacken blies. Auf dem gekachelten

Fußboden standen zwei verschlossene Särge, und der Raum war von einem merkwürdigen Geruch erfüllt, der mich irgendwie an Mottenkugeln oder Bohnerwachs erinnerte.

Während Herr Fischerkeller und ich etwas überflüssig in dem etwa zwanzig Quadratmeter großen und allein durch eine Neonröhre erhellten Raum herumstanden, machte Paul sich an die Untersuchung des Türschlosses, indem er den Zylinder durch eine riesige Lupe betrachtete.

»Thi, die Sache mit einem Einbruch können wir knicken. An dem Türschloss hat sich außer dem passenden Schlüssel nichts zu schaffen gemacht. Nun wollen wir doch mal sehen, ob wir hier irgendwelche Blutspuren finden«, erklärte Paul, während er seine Utensilien auspackte.

»Blutspuren? Wieso Blutspuren?«, fragte der Bestatter. Aber eigentlich war es mehr ein Ausruf des Entsetzens als eine Frage.

»Ist doch ganz klar. Wenn hier jemand den Arm von diesem Dialo abgesäbelt hat, dann finden sich hier irgendwo Blutspuren. Völlig egal, wie lange das schon her ist«, versuchte Paul Herrn Fischerkeller zu beruhigen, erreichte aber offensichtlich nur das Gegenteil, denn unser Begleiter begann nun nervös mit seinem Schlüsselbund zu spielen.

»So, Kinder, dafür brauche ich aber eure Hilfe. Ich muss ein bisschen Platz haben. Also stellt die Kiste mal einen Augenblick nach draußen. Der Boden hier muss frei sein«, fuhr Paul fort, und Fischerkeller und ich taten, wie uns geheißen, und versuchten die Särge hinauszutragen, wobei ich feststellen musste, dass ein Sarg samt Inhalt bedeutend schwerer ist, als man gemeinhin annimmt. Zu dritt gelang es uns nur unter Ächzen und Stöhnen, die Kühlkammer freizuräumen, indem wir die zwei Kisten vorübergehend in der Kapelle zwischenlagerten.

»Meine Güte, wenn uns jemand sieht, wenn das jemand sieht«, jammerte Herr Fischerkeller, packte aber gleichzeitig tüchtig mit an.

Paul begann nun damit, den Boden und die Wände mit einer chemischen Flüssigkeit zu besprühen.

»Was machen Sie denn da bloß in Gottes Namen? So war das aber nicht abgemacht!«

»Der Kollege Pfannkuche sucht nach eventuellen Blutspuren. Die kann er mit Hilfe eines chemischen Verfahrens sichtbar machen. Das Ganze funktioniert recht simpel und beruht auf dem Prinzip der Chemolumineszenz«, erklärte ich Herrn Fischerkeller, denn Paul machte keinerlei Anstalten, zu antworten.

»Wird das auch alles wieder sauber?«

»Das wird noch nicht einmal schmutzig, und nun machen Sie mal das Licht aus«, meinte Paul barsch.

Bevor Fischerkeller noch irgendwelche Fragen oder Einwände von sich geben konnte, hatte ich bereits den Lichtschalter betätigt und wartete zusammen mit Paul gespannt auf das Ergebnis.

»Wir müssen uns einen Augenblick gedulden. Wenn wir hier überhaupt was finden, dann müssen es ja Spuren von altem, schon zuvor geronnenem Blut sein. Gewissermaßen heruntergefallene Krümel. So wie beim Aufschneiden von Brötchen. Das Luminol muss dieses geronnene Blut erst aufweichen«, erklärte mir Paul.

Nach ein paar Minuten leuchtete er den noch immer stockfinsteren Raum mit einer UV-Lampe aus, woraufhin auf den weißen Bodenfliesen ein grünlich-blau schimmernder Film zu erkennen war. »Aha, blaues Blut, wer sagt es denn. Zumindest schon mal Blut auf dem Boden«, stellte Paul nüchtern fest.

»Sehr gut, Paul. Dann wollen wir mal abwarten, ob es sich um das Blut von Dialo oder Boll handelt.«

»Das bedeutet, dass hier geschnibbelt worden ist«, erklärte ich Herrn Fischerkeller, den jedoch unserer Ermittlungserfolg eher erschreckte denn erfreute.

»Das ist ja alles nur entsetzlich«, war der einzige Kommentar des Bestatters.

Da die Blutreste mikroskopisch klein waren, hatte Paul seine liebe Mühe damit, die Spuren einzusammeln, um sie zur Untersuchung ins Labor schaffen zu können. Schwitzend und keuchend, kratzte er den Film von den Bodenfliesen und füllte die klebrige Lösung in kleine Glasbehälter.

Nach getaner Arbeit trugen wir die Särge wieder zurück in die Kühlkammer. Paul und ich dankten dem verstörten Herrn Fischerkeller, der uns wortlos die Hände schüttelte und wohl selig darüber war, dass wir keine weiteren Wünsche mehr an ihn herantrugen und ihm versprachen, niemandem zu erzählen, dass er uns Einlass in die Diensträume des Alstadener Friedhofes gewährt hatte.

* * *

»Mathes sagt, der Arm aus den Ruhrwiesen ist der von Boll. Zweifel vollkommen ausgeschlossen. Da sitzen wir mit unser Blitzbestattung nun ganz schön in der Scheiße«, eröffnete Andi die Dienstbesprechung an der Theke des *Hauses Ostermann*.

»Ich bin nicht gerade platt«, erwiderte ich und weihte Andi unverzüglich in meine Verschleierungspläne ein, denn ich hatte mir angesichts des aufziehenden Ungemachs schon meine Gedanken gemacht und hoffte nun, dass mein Partner auch mitziehen würde.

»Ich glaube, die kleine Sabine könnte unsere Rettung sein«, fuhr ich fort.

»Die kleine Sabine, wer ist denn das?«, wollte Andi wissen.

»Doktor Sabine Brandtstätter, die Anfängerin aus der Pathologie im Josefhospital. Die frisst mir aus der Hand.«

»Du meinst, du willst den Arm dort in einer der Kisten verschwinden lassen?« Andi schaute mich mit schlecht geschauspielertem Entsetzen an, und ich merkte gleich, dass er meiner Idee gegenüber nicht abgeneigt war.

»Dies und nichts anderes habe ich vor. Ich weiß nur noch nicht genau, wie ich das angeknabberte Ärmchen aus Mathes' Krallen loseisen soll.«

»Wir müssen den Doktor zu unserem Komplizen machen«, meinte Andi, wobei er gedankenverloren an seinem Bierchen nippte.

»Wie meinst du das?«

»Ich meine, wir gehen zu ihm und fordern die Herausgabe des Arms. Wir sagen ihm, dass die Familie Boll darum gebeten hätte, um ihn zu bestatten. Wir machen ihm den inoffiziellen Charakter unseres Anliegens klar und nehmen das Ding einfach mit. Punkt aus.«

»Nix da«, warf ich ein. »Wir klauen das Ding. Genauso wie jemand den Dialo-Arm gemopst hat. Gleich morgen früh gehen wir zu Mathes und ziehen das Ding durch.«

Wenn es hart auf hart kam, wurde Andi zuweilen zu einem Nasenbohrer, das wusste ich, und auch jetzt konnte ich erkennen, dass er den Plan nicht mehr ganz so überzeugend fand wie noch einige Augenblicke zuvor. »Schon morgen?«, sagte er.

»Meinst du, übermorgen ist unser Tun abgesegnet und legalisiert?«, zog ich ihn auf.

Andi wollte gerade einen weiteren Einwurf machen, als Paul Pfannkuche sich zu uns an die Theke gesellte. »Na, ihr

Meisterdetektive, was macht die Kunst?«, frohlockte er statt eines Grußes.

»Alles bestens, Paul«, log ich und hatte ein schlechtes Gewissen, meinen Freund nicht an unserem konspirativen Gespräch teilhaben zu lassen.

»Wie ich höre, habt ihr eure Wasserleiche ja nun wieder komplett«, spottete er, und mein schlechtes Gewissen wich augenblicklich der Gewissheit, dass Andi und ich wohl am besten allein mit der Entsorgung des Bollschen Armes betraut sein würden, obgleich Andis Gesichtsfarbe nun blasse Züge angenommen hatte.

»'tschuldigung, morgen wird ein anstrengender Tag«, sagte er, legte einen Geldschein auf den Tresen und verließ ohne Abschiedswort die Gaststätte.

7. Kapitel

Na, schön geschlafen?«, fragte ich Andi, als er zu mir in den Wagen stieg.

»Ich habe mir die Sache noch einmal durch den Kopf gehen lassen«, setzte er an.

»Zwei Kripobeamte schummeln gestohlenen Leichnam in Alstadener Grab«, zitierte ich die imaginäre Zeitungsschlagzeile und machte ihn damit bis zu unserem Eintreffen am gerichtsmedizinischen Institut mundtot.

»Ich habe eben in der Pathologie angerufen. Mathes ist noch nicht da. Du wirst die Sekretärin ablenken und ich stecke mir den Arm ein und dann nix wie weg. Ein geklautes Teil mehr oder weniger fällt doch gar nicht auf.« Ich versuchte Andi zu beruhigen, der – erkennbar von Bauchweh geplagt – Mühe hatte, das Fahrzeug zu verlassen.

Als wir das Institut betraten, hätte meine Enttäuschung nicht größer ausfallen und Andis Erleichterung nicht offensichtlicher sein können.

»Guten Morgen, guten Morgen, meine Lieben«, schallte es uns aus Mathes' Mund entgegen.

»Guten Morgen, Doktor Mathes. Ich komme wegen des Armes aus den Ruhrauen zu Ihnen. Gibt es irgendwelche neuen Erkenntnisse?«, fragte ich und war gleichzeitig von meiner Geistesgegenwart überrascht.

»Der Arm stammt von der Leiche aus dem Kanal, das hatte ich doch bereits gestern dem Präsidium übermittelt«, entgegnete er fröhlich, während er das Transistorradio auf Empfang stellte und wir sogleich vom WDR über die aktuelle Verkehrslage informiert wurden.

»Wir würden uns den Arm gern noch einmal ansehen«, schwindelte ich, um unseren, nun sinnlos gewordenen Besuch in irgendeiner Form zu rechtfertigen.

»Ein berechtigtes Anliegen, meine Lieben. Ein berechtigtes Anliegen«, entgegnete Doktor Mathes und deutete mit einer Handbewegung an, ihm in den benachbarten Kühlraum zu folgen.

Dort angelangt, machte er sich an einem Schubfach zu schaffen. »Frau Schneiders, wo ist denn Asservat 23/17?«, fragte er verstört und gleichzeitig ein wenig empört.

Frau Schneiders trat aus dem Sekretariat hervor und zuckte mit den Schultern. »Keine Ahnung, Herr Doktor. Ist es nicht mehr in Kühlbox 7a?«, entgegnete die stämmige Schreibkraft, der nur ein Kopftuch zu fehlen schien, um ihr rustikales Äußeres mit dem einer LPG-Fachkraft nach dem Modell sozialistischer Propagandaplakate der Fünfzigerjahre gleichzusetzen.

»Nein, die Kammer ist leer«, kam es trocken zurück.

Wer mag uns da zuvorgekommen sein?, ging es mir durch den Kopf, und ich konnte ein Lächeln nur mit Mühe unterdrücken.

Mathes' Empörung hatte sich sofort wieder gelegt. Er schaute in die restlichen Kühlkammern und schien nicht im Geringsten beunruhigt.

»Meine Lieben, wie es aussieht, sind wir Opfer eines Diebstahls geworden«, verkündete er und erinnerte mich dabei ein wenig an den jungen Eddi Arendt und dessen goldigen Humor in Edgar-Wallace-Verfilmungen.

»Na ja, dann gibt es für uns ja im Augenblick nichts zu gucken«, sagte ich, und wir verabschiedeten uns von Mathes.

»Ach, Frau Fischer, wären Sie so gut und würden Ihre Kollegen vom Raubdezernat über diesen Verlust informieren. Ich habe heute noch einiges zu tun«, sagte Mathes und entfernte ein hellgrünes Tuch von Tisch zwei, woraufhin eine entsetzlich zugerichtete Leiche zum Vorschein kam.

»Der will uns doch verarschen«, sagte Andi, als wir wieder im Wagen saßen.

»Das denke ich auch. Keine Einbruchsspuren an den Türen. Die merkwürdige Contenance, mit der er den vermeintlichen Diebstahl trug. Dazu die fachmännische Amputationsarbeit an allen Leichenteilen. Mathes ist unser Mann. Den schnappen wir uns.«

Andi und ich waren nun im Jagdfieber. Es würde schwierig werden, dem psychopathischen Pathologen ein Bein zu stellen, noch schwieriger würde es jedoch sein, Oberkriminaldirektor Reuther von unserem Verdacht zu überzeugen und grünes Licht für Ermittlungen gegen Doktor Mathes von ihm zu erhalten. Trotz unseres Verdachts verspürte ich im tiefsten Innern aber den Wunsch, dass Andi und ich einen falschen Eindruck gewonnen hatten und dass sich Mathes' Unschuld bald herausstellen würde.

* * *

Bildungsbürgerliche Haushaltungen ohne Lakaien und Dienstmädchen, in denen die Hausherrin neben ihrer Rolle als Gattin die fehlenden Domestiken zu kompensieren hat und dies daseinserfüllend lebt, waren mir schon immer ein Graus – ob im Kino oder im wahren Leben. An jenem Abend aber sollte es kein Entrinnen für mich geben. Reuthers hatten zum ungezwungenen Abendessen geladen. Neben Andi und mir waren allein Paul und Mali gebeten. Auf meine Freundin konnte ich trotz des gemeinsam verlebten Urlaubs nicht bauen, denn ich war reisend der anthropologischen Tatsache wahrhaftig geworden, dass ein voller Teller der eigentliche Lebenssinn des Asiaten ist. Mali hatte sich schon seit Tagen auf den Fressabend gefreut, und Frau Reuther erwartete sie wohl ebenso ungeduldig. Wenn es um Kochen und Essen ging, waren die zwei unterschiedlichen Frauen ein Herz und eine Seele.

Bei allen Gegensätzlichkeiten verband auch Andi und den Chef eine geheime Liebe zu Prozentigem und Hochprozentigem. Paul war der Völlerei sowohl in flüssiger als auch in fester Form hoffnungslos verfallen. Den Besuch im Hause Reuther musste ich nun, physisch und mental, allein durchstehen, wobei ich mich schon ein wenig darüber ärgerte, dass Andi kein bisschen Energie darauf verwendete, unseren Chef in der Mathes-Ermittlung zu becircen und stattdessen Ilse Reuthers Kochkünste anbiedernd lobte.

»Frau Reuther, Sie sind eine Künstlerin. Ein solches Süppchen war meinem Gaumen zu kosten noch nie vergönnt«, sprudelte es bereits nach dem ersten Löffel Steinbuttbrühe aus ihm heraus.

Ilse Reuthers Hausfrauenstolz war unübersehbar, und sie blickte, nach weiteren Lobesbekundungen haschend, in die Runde, die jedoch in gefräßiger Stille vereint über ihren Tellern hing und angesichts der dargebotenen Köstlichkeit in Sprachlosigkeit verfallen war.

Der Hauptgang erschien mir ebenso verlockend wie schaurig; an einem Potpourri von grünem Spargel und Wildpreiselbeeren wurden auf der Haut gebratene Brustfilets vom erdrosselten Täubchen gereicht, und ich schien die Einzige zu sein, die sich den Erdrosslungsvorgang bildlich vorstellte. Ich wollte aber nicht negativ auffallen und schob mir das Taubenstückchen hinein.

Zwischen den Gängen wurden gegenseitige Belehrungen und Gemeinplätze ausgetauscht.

»Thailand hat eine sehr alte Kultur«, hörte ich Oberkriminaldirektor Reuther gegenüber Mali dozieren.

Die in andalusischem Olivenöl geschwenkten Morcheln verursachten einen kollektiven Aufschrei der Begeisterung, und ich fragte mich allmählich, ob die hier versammelte Fressgesellschaft noch bei Sinnen war.

Spätestens beim Mitternachtssüppchen hatte ich die Faxen dicke, Oberkriminaldirektor Reuther wollte und wollte nicht auftauen. Wenn es nun nicht gelingen sollte, ihn in die erschreckenden Anhaltspunkte unserer Verdächtigungen einzuweihen, würde es am nächsten Tag auf der Dienststelle umso schwieriger werden. Ich war bereit, in die Offensive zu gehen und ihn aufzuklären, musste dazu aber den richtigen Zeitpunkt abpassen.

»Chef, ich glaube allmählich, dass wir den Täter in der Armangelegenheit in unseren eigenen Reihen suchen müssen. Zumindest deutet einiges darauf hin. Wir suchen doch ein Individuum, das beste Beziehungen zu Pathologien, Krankenhäusern und Bestattungsunternehmen hat und das dazu noch den Polizeiapparat in- und auswendig kennt«, wagte ich endlich nach dem Merlot in der Bibliothek zu bemerken und tat dies, obgleich Ilse Reuther schon einen Blick auf unsere Jacken und Mäntel, die an den Garderobenhaken hingen, geworfen hatte.

»Den Täter in unseren Reihen? Meine liebe Frau Fischer. Nun galoppiert aber Ihre Fantasie. Wie kommen Sie denn auf eine solche Vermutung? Ein deutscher Beamter und so etwas. Wo denken Sie hin, meine Liebe?«

Ich war mehr als erstaunt. Reuther war weder empört noch überrascht. Er schien meine Aussage für einen Scherz zu halten.

»Und was meinen Sie, mein lieber Herr Pfannkuche, zu dieser interessanten Theorie?«, fragte er Paul, wohl in der Hoffnung, eine spaßige Antwort zu erhalten.

»Nun ja, Herr Reuther. Es deutet einiges darauf hin, dass es sich beim Täter um einen Gerichtsmediziner oder um jemanden handeln kann, der Zugang zur Gerichtsmedizin hat. Es könnte jemand von uns sein, der uns seit Monaten zum Narren hält. Die nötigen Beweise werden Thi und Andi bald liefern. Vertrauen Sie den beiden. Der Fall ist so gut wie geklärt«, erwiderte Paul, ohne nur einen Augenblick lang zu zögern; und ich wunderte mich etwas über seine Zuversicht und sein Vertrauen, fragte mich aber zugleich, ob Andi nicht aus dem Nähkästchen geplaudert hatte.

»Das ist ein sehr schwerwiegender Verdacht, den Sie da erheben, Frau Fischer. Sehr schwerwiegend«, sagte Reuther, während er die Stirn in Falten legte und seinem Gesicht einen ernsten und nachdenklichen Ausdruck verlieh. »Andererseits sind die Indizien, die für die Täterschaft eines Eingeweihten sprechen, nicht von der Hand zu weisen«, fuhr er fort und sah nun wirklich besorgt aus.

»Dieser arme, einsame Mensch. Was mag ihn zu solch einem Tun verleiten?«, sinnierte Frau Reuther halblaut.

»Ilse, das geht dich gar nichts an. Was hier besprochen wird, ist dienstlich und bedarf keinerlei Mutmaßungen von deiner Seite«, wurde die Hausfrau von ihrem Gatten gemaßregelt, worauf sie sofort verstummte.

»Meine liebe Frau Fischer, mir wäre ein anderer Verdächtiger, nennen wir ihn einmal Mister X, weiß Gott lieber, ich gebe Ihnen für die weiteren Ermittlungen freie Hand. Ich hoffe, Sie sind sich der Verantwortung bewusst und gehen entsprechend behutsam an die Sache heran«, verabschiedete mich Reuther an der Haustüre und entließ mich wieder ins ungezwungene Privatleben.

Kaum auf dem nächtlichen Trottoir stehend, begann ich mit mir zu hadern und fragte mich, warum ich meinen Mund nicht halten konnte. Der Chef hatte mir freie Hand gegeben, schön und gut, aber die hatte ich auch schon zuvor.

»Meinst du, ich habe zu viel gequatscht?«, fragte ich Andi.

»Ach was, haste nicht. Aber sag mal, war die Steinbuttbrühe nicht ein Traum?«, lautete seine Gegenfrage, und ich fühlte mich nun noch einsamer als im Hause der Reuthers.

Ich sehnte mich nur noch nach einer Tüte Kartoffelchips auf dem heimischen Sofa.

* * *

Wo, um alles in der Welt, bekommt man einen fachmännisch amputierten männlichen Arm her, den man noch dazu als Köder für einen psychopathischen Amputateur in einer Oberhausener Grünanlage auslegen möchte? Diese Frage beschäftigte mich das ganze Wochenende über und kostete mich fast zwei schlaflose Nächte des Grübelns, welches mich keinen Deut weitergebracht hatte.

Am Montagmorgen fand ich mich entsprechend übermüdet im Präsidium ein und wähnte mich außerstande, auch nur einen klaren Gedanken zu fassen.

»Wenn der Frühling kommt, dann schick ich dir Tulpen aus Amsterdam.« Aus dem Büro von Heinz-Caspar Unglaub tönte Radiomusik auf den Flur.

»Andi, ich hab's. WDR 4. Wir schlagen Mathes mit seinen eigenen Waffen. Erinnerst du dich noch an den Flop mit den runden und den eckigen Nägeln?« Ich war über meinen Geistesblitz mehr als überrascht.

»Was denn für Nägel, bist du nun unter die Heimwerker gefallen?«, fragte Andi, und er schaute mich besorgt an.

»Fingernägel meine ich, du Sherlock Holmes. Die Sache aus Amsterdam, als wir glaubten, der Erlösung schon nahe zu sein und den Fall abgeben zu können. Ich hab da so eine Idee. Wir sollten die holländischen Kollegen um Amtshilfe bitten; vorausgesetzt, die haben das Teil noch. Ist ja nun auch schon ein Weilchen her.«

»Und welcher Art sollte diese Amtshilfe sein?«, fragte Andi und schien noch immer keine Idee zu haben, auf was ich hinauswollte.

»Überleg doch mal, wenn wir Mathes einen Arm anschleppen, den er selbst nicht ausgelegt hat, besteht doch zumindest die Chance, dass er etwas Verräterisches unternimmt. Der Mann ist doch irre. Der kann doch bestimmt nicht fassen, dass jemand sein Spiel abkupfert.«

»Du meinst, du willst den Arm aus Holland hier in Oberhausen auslegen, dann zu Mathes bringen und seine Reaktion beobachten?« Andi guckte mich an, als ob ich etwas Unerhörtes von mir gegeben hätte.

»Genau dies und nichts anderes«, klärte ich ihn auf.

»Da wird der Chef nicht mitspielen. Das kannst du vergessen«, hörte ich Andi lamentieren, während ich den Computer anwarf, um die Telefonnummer des Polizeipräsidiums in Amsterdam herauszusuchen.

Um Reuther nicht sofort auf unsere Fährte zu bringen, erschien es mir ratsam, das Diensttelefonat vom heimischen Apparat aus zu führen und auch den Kollegen Andi erst am abendlichen Biertisch über eventuelle Fortschritte in Kenntnis zu setzten. Ich verabschiedete mich also vorzeitig aus dem Präsidium, um zu Hause zum Hörer zu greifen.

* * *

Als ich im *Haus Ostermann* eintraf, saß Andi allein an der Theke und blickte nachdenklich auf ein Glas König Pilsener, welches unangetastet vor ihm auf dem Tresen stand. Ich nahm an einem der Ecktische Platz und winkte ihn zu mir herüber.

»Was soll denn die Geheimniskrämerei?«, wollte er wissen, während er widerwillig Platz nahm.

»Ich habe heute Mittag mit dem zuständigen Kollegen von der Amsterdamer Rijkspolitie gesprochen, der Mann heißt Jan van de Berg, und der Arm ist noch da. Er hat großes Verständnis für unsere Situation. Aber die Sache ist etwas heikel. So ohne Weiteres will er uns den Fund nicht ausleihen«, klärte ich Andi auf, der ein recht verdutztes Gesicht machte und sich mit meinem Plan noch immer nicht angefreundet zu haben schien.

»Ich werde am Wochenende nach Amsterdam fahren und das Problem mit Minher van de Berg vis-à-vis besprechen. Möchtest du mich auf dieser inoffiziellen Dienstreise begleiten? Ich fürchte allerdings, dass wir die Spesen selbst tragen müssen.«

Andi sah mich nur an und sagte gar nichts. Sein Gesichtsausdruck verriet mir aber, dass er mich für geistig umnachtet hielt.

»Also nicht«, fuhr ich fort. »Dann hast du bestimmt nichts dagegen, wenn ich am Freitag schon um zehn Feierabend mache. Ich möchte nämlich nicht mit all den Campern und Kiffern im Stau stehen.«

»Wie willst du das denn dem Chef erklären?«, wollte er wissen und schien nun endlich begriffen zu haben, dass es mir mit meinem Reiseplan bitterer Ernst war.

»Überhaupt nicht, mein Lieber. Ich werde ihm überhaupt nichts erklären. Der Zweck heiligt die Mittel. Wenn wir Mathes dingfest gemacht haben, wird kein Hahn mehr danach krähen, wie wir das geschafft haben. Oder vielmehr, wie ich das geschafft habe, denn du hast dich ja wohl aus der Ermittlungsarbeit zurückgezogen.«

»In diesem Punkt, ja. Da mache ich auf keinen Fall mit. Du spinnst ja, ein gerichtsmedizinisches Asservat aus den Niederlanden entführen zu wollen. Weiß der Geier, ob es für solche Fälle überhaupt ein Rechtshilfeabkommen gibt. Und wenn es ein solches geben sollte, was ich stark bezweifle, dann läuft das über Monate und über Tonnen von Papier und nicht über einen Wochenendbesuch bei einem Minher van Berg in Amsterdam. Wie stellst du dir das vor? Meinst du, der sagt: Bitte schön Frau Kollegin, nächste Woche aber schön sauber wieder zurückbringen? Von den Hygienebestimmungen einmal ganz zu schweigen. Thi, hast du eigentlich noch alle stramm? Der Kollege in Holland ist ein Kollege, kein Komplize.«

»Lass nur, ich werde das Ding schon schaukeln«, sagte ich abschließend, und wir gingen gemeinsam zur Theke, an der mittlerweile Bodo Bugenhagen Platz genommen hatte und uns misstrauisch beäugte.

Andi schied erst einmal aus. Wenn er in dieser Sache auch Manschetten hatte, so kannte ich ihn doch so gut, dass ich sicher sein durfte, auf sein Schweigen bauen zu können. Von ihm würde Reuther auf keinen Fall etwas erfahren. Es ging nun darum, einen verlässlichen Partner für den großen Showdown zu finden. Ein weiteres Problem, dessen Inangriffnahme ich auf die kommende Woche verschob.

Erst galt es, mit Minher van de Berg ins Geschäft zu kommen.

* * *

Bei einem frisch gezapften Heineken und einem Gläschen Bessen Genever sahen die Grachten geradezu romantisch aus. Der Anlass, der mich nach Amsterdam geführt hatte, ließ solchen Träumereien aber wenig Spielraum, denn ich musste mir eingestehen, innerlich doch sehr angespannt zu sein. Am Telefon hatte der niederländische Kollege einen recht sympathischen Eindruck gemacht, und vor meinem geistigen Auge sah ich bereits einen wohlwollenden älteren Herrn, der dem armen Mädchen aus Deutschland gern bei der Aufklärung ihres kniffligen Falles behilflich sein würde. Doch dann fiel mir ein, dass es in Holland auch eine Pensionsaltersgrenze gab.

Minher van de Berg und ich waren im *Café van Eiymeren* verabredet und hatten als Erkennungszeichen gelbe Rosen ausgemacht. Pünktlich zur verabredeten Zeit stieg ein etwa vierzigjähriger Mann in beigefarbenem Tweedanzug von einem Fahrrad. Er trug eine ockerfarbene Schlägermütze, und in seinem Revers steckte eine gelbe Rose. Er hatte meine Blume, die in einem Cola-Glas auf dem Cafétischchen stand, gleich erspäht und schien nicht im Geringsten darüber verwundert gewesen zu sein, eine deutsche Asiatin vorzufinden.

»Guten Mittag, Frau Fischer. Schön, dass Sie gekommen sind«, sagte er beinahe übertrieben freundlich, und ich hatte den Eindruck, als ob er sich wirklich darüber freuen würde, mir bei meinem tollkühnen Plan unter die Arme greifen zu können.

Ich erwiderte seinen Gruß und war augenblicklich erleichtert, einen solch umgänglichen Kollegen vorgefunden zu haben. Ich überlegte eine Weile, wem er ähnlich sah, und kam dann darauf, dass er dem jungen Klaus Kinski glich, jedoch durch seinen sanften Akzent bedeutend freundlicher wirkte.

Minher van de Berg stopfte sich eine Pfeife, und ich fand, dass diese Verhaltensweise nur zu gut zu dem von ihm gepflegten Gehabe des klassischen Detektivs passte, den ich mit dem Ableben von Jean Gabin eigentlich für ausgestorben hielt.

»Frau Fischer, Sie möchten sich unseren Unterarm ausleihen. Das ist eine gute Idee«, eröffnete er die dienstliche Unterredung.

Ich war nun vollends ruhig. So einfach hätte ich es mir in meinen kühnsten Träumen nicht vorgestellt, die Extremität zu ergattern.

»Das ist bei uns in den Niederlanden nicht ganz legal«, fuhr er fort, und einen Augenblick lang wartete ich auf ein Aber in seinen Ausführungen, doch das Wörtchen fiel nicht.

»Wie Sie bereits wissen, Minher van de Berg, haben meine Vorgesetzten in Oberhausen keine Ahnung von meinem Plan. Aber ich sehe beim momentanen Ermittlungsstand keine andere Möglichkeit, als ...«

Der Kollege unterbrach mich sanft. »Ich habe das schon mit meiner vorgesetzten Behörde geklärt. Sonst hätte ich Sie doch nicht in die Niederlande eingeladen. Wir möchten Ihnen gern helfen. Und außerdem wollte ich sowieso nach Oberhausen ins CentrO. Das trifft sich alles sehr gut. Wir holen übermorgen das Fundstück aus dem Institut und fahren dann gemeinsam nach Oberhausen.«

Wir stießen mit einem Glas Genever an, und ich war guten Mutes. Der holländische Nick-Knatterton-Verschnitt und ich waren nun Partner, und ich glaubte, den Fall schon so gut wie gelöst zu haben.

Nach dieser prächtigen Unterredung verabredeten wir uns für den Sonntagnachmittag im Gerichtsmedizinischen Institut zu Amsterdam.

* * *

Bis zur Übernahme des Armes hatte ich noch einige Stunden Zeit, und so begab ich mich am Sonntagvormittag an Bord eines Touristenschiffes, um mich über die Amsterdamer Grachten schippern zu lassen, danach sah ich mir die Kunstwerke des Rijksmuseums an.

War die Sammlung in der Gemäldegalerie schon äußerst beeindruckend, so kam ich angesichts der im Gerichtsmedizinischen Institut gehorteten Stücke kaum aus dem Staunen heraus. In begehbaren Kühlschränken lagerten menschliche Gliedmaßen in allen Größen und Hautfarben. Die Leichenteile waren in transparente Plastikfolien gewickelt, an denen jeweils ein maschinenlesbarer Aufkleber angebracht war. Die Extremitäten waren völlig blutleer und sahen daher auf sonderbare Art künstlich aus. Insgesamt glich der Fundus mehr einem Ersatzteillager für Schaufensterpuppen als einem kühltechnischen Behältnis.

Der niederländische Pathologe, den mein neuer Partner mir als alten Freund und verschwiegenen Komplizen vorstellte, war sehr zuvorkommend und schien bereit, einen Arm ohne großes Brimborium herauszurücken. Wie Minher van de Berg sprach auch er ein exzellentes Deutsch.

Aus welchem Grund können Deutsche und Holländer sich eigentlich nicht ausstehen?, fragte ich mich angesichts der Freundlichkeit und Hilfsbereitschaft meiner niederländischen Kollegen. Eine Antwort hierauf wollte mir nicht einfallen, und so gab ich es auf, mir weitere Gedanken darüber zu machen; schließlich war ich nicht nach Amsterdam gekommen, um an den Grundfesten der Völkerfeindschaft zu rütteln. Vielmehr wurde es Zeit für mich, Überlegungen über die Veränderung meines eigenen Wesens anzustellen, denn die Ereignisse der vergangenen Wochen hatten mein Auge so sehr an amputierte Arme gewöhnt, dass ich ohne zu zögern bei deren Anblick einige Cookies zum angebotenen Kaffee naschte.

»Wir haben mehrere männliche Arme im Angebot. Welchen darf ich Ihnen mitgeben, gnädige Frau?«, fragte mich der Pathologe.

Ich sah mich nun vor die Aufgabe gestellt, den richtigen Köder auszuwählen. Obgleich mein Fall mir bereits exotisch genug erschien, entschied ich mich für einen Herrenarm mit leicht dunklem Teint, der von einem libanesischen Mordopfer stammte, mich aber irgendwie an den eines Indianers erinnerte. Der Umstand, dass Doktor Mathes vom alten Schlag war, worunter manche Leute eine unterschwellige rassistische Einstellung verstehen, spielte bei der Wahl meines Armes aber keine Rolle.

Nach weniger als zehn Minuten hatte das Körperglied, wenn auch nur vorübergehend, den Besitzer gewechselt, und ich war restlos von der niederländischen Toleranz überzeugt, als Minher van de Berg und ich das Institut mit dem Arm verlassen konnten, ohne dass irgendwer eine Unterschrift haben wollte.

Den Wochenendrückreisestau nutzten wir dazu, uns ein bisschen intensiver zu beschnuppern. Minher van de Berg saß auf dem Beifahrersitz des Golf, und der holländische Männerarm ruhte, auf Trockeneis gebettet, in einer Styroporbox des Pizzaservice *De Angelo* im Kofferraum meines Kleinwagens.

Gespräche verlaufen bekanntlich dann etwas einfacher, wenn die Partner nicht gezwungen sind, sich in die Gesichter zu schauen. Der Sitzanordung in Personenkraftwagen kommt somit auch eine wichtige soziale Komponente zu, die mit einem Männerarm im Rücken noch bedeutsamer wird.

Minher van de Berg erzählte mir ein wenig aus seinem Privat- und Familienleben und was er für die Zeit nach seiner Pensionierung vorhätte. Er berichtete von seinen Kindern und davon, dass Amsterdam keine gute Stadt zum Heranwachsen sei.

»Ich bin mir noch nicht ganz sicher darüber, ob wir nicht vielleicht doch gegen das Berliner Abkommen verstoßen«, meinte Minher van de Berg.

Dafür, dass wir höchstwahrscheinlich gegen irgendein Abkommen verstießen, wirkte er recht ruhig und gelassen. »Was für ein Abkommen?«, fragte ich, obgleich ich schon ahnen konnte, welche Verhaltensweisen in diesem Abkommen festgeschrieben stehen.

»Gegen das Berliner Abkommen aus dem Jahre 1937, das den Transport von Leichen über Staatsgrenzen hinweg regelt«, klärte mich der Kollege auf.

»Na ja, eine ganze Leiche transportieren wir ja nicht«, gab ich lässig zurück, denn wir hatten die Staatsgrenze zehn Minuten zuvor überschritten und standen nun auf deutschem Terrain im Stau.

»Genau. Das haben meine Vorgesetzten und ich uns auch überlegt. Im Übrigen wäre der Verstoß gegen diese Abkommen von nun an auch allein Ihr Problem, Frau Kollegin, denn, wie Sie bestimmt wissen, habe ich in der Bundesrepublik Deutschland keine Amtsgewalt«, erwiderte er in ebenso cooler Tonlage, lehnte sich auf dem Beifahrersitz zurück und zündete sich eine Pfeife an.

* * *

»Olaf, wir haben einen kleinen Anschlag auf dich vor«, sagte ich wie beiläufig, als ich dem Kühlschrank eine Flasche Grauburgunder entnahm, und mich überkamen gleichzeitig

Zweifel darüber, ob ich den Kühlschrank jemals wieder für seinen eigentlichen Zweck gebrauchen würde. Gleichzeitig beschlich mich eine Art schlechtes Gewissen, als ich die Umrisse des holländischen Arms durch die Plexiglasscheibe des Gefrierfaches schimmern sah. Obgleich ich nie sonderlich vergesslich war, schien die Zwischenlagerung des Leichenteils im heimischen Küchenmöbel irgendeinem Verdrängungsprozess anheimgefallen zu sein.

Olaf schaute gespannt zu Petra hinüber.

»Olaf, hast du Lust darauf, morgen früh beim Joggen einen Arm zu finden?«

»Ich soll was finden?«, fragte Olaf belustigt.

»Einen Arm sollst du finden, wenn du morgen deine Runden im Park drehen wirst. Wir möchten dich bitten, den Fund zu machen und die Eins-Eins-Null anzurufen.«

Minher van de Berg goss die Gläser noch einmal voll, so wie man es aus zweitklassigen Spielfilmen kennt, wenn es darum geht, einen Trottel zu überreden. Natürlich erkannte mein Nachbar die psychologische Komponente der van de Bergschen Handlung, allein der Grauburgunder war zu gut, um sich über dieses Tun zu echauffieren.

»Warum nicht. Wo soll ich denn darüber stolpern?«, erkundigte er sich, während er das Glas in einem Zuge leerte, um es sodann dem holländischen Kollegen zur erneuten Auffüllung anzureichen.

Etwas verschämt goss van de Berg nach.

»Olaf, deine Hilfe wäre für mich unwahrscheinlich wichtig. Minher van de Berg und ich haben einen Männerarm aus Amsterdam mitgebracht. Den wollen wir nun als Köder im Ruhrpark auslegen. Wenn du verstehst, was ich meine.«

Olaf verstand nichts. Guckte mich aber erwartungsvoll an und nippte an seinem Weißwein.

Aus dem Augenwinkel konnte ich beobachten, wie Petra langsam nervös wurde und auf dem Sofa hin und her rückte. Van de Berg schenkte ihr sicherheitshalber nach.

»Na ja, es ist so, dass die ganze Sache nicht so hundert Prozent legal ist«, fuhr ich fort.

Olaf wurde neugierig, und ich glaubte in seinem Gesicht erkannt zu haben, dass er nur zu gern mitspielen wollte.

»Du brauchst dir da aber keine Gedanken zu machen«, versuchte ich den letzten Widerstand zu brechen, den ich eigentlich auch nur noch im Gesicht von Petra zu erkennen glaubte. »Du rufst einfach die Eins-Eins-Null an und sagst den Kollegen, dass du einen Leichenteilfund gemacht hast. Du brauchst ihnen ja nicht auf die Nase zu binden, dass dies nicht so ganz zufällig geschehen ist. Die fragen sowieso nicht viel und lassen dann auch Andi und mich gleich kommen.«

»Kann Olaf denn da auch nichts passieren? Ich meine wegen Leichengift oder so etwas ...«, wollte Petra wissen.

»Ach was. Nur nichts anfassen«, meinte Minher van de Berg, worauf Petra ihn entsetzt anblickte, so als ob diese kurze Bemerkung die Bestätigung ihrer schlimmsten Befürchtungen gewesen sei.

»Nein, nein, ich meine nur wegen der Spuren. Wir wollen ja, dass alles so realistisch wie möglich ist. Wie im Krimi eben«, versuchte er Petra augenblicklich zu beruhigen.

»Ach so, ich dachte schon ...«, fügte sie sich ins unausweichliche Schicksal ihres Verlobten.

»Also, du drehst dann morgen früh wie immer deine Runden im Ruhrpark und wirfst dabei dann mal einen Blick in den Abfallkorb am Ruhrdeich«, gab ich Olaf die letzten Instruktionen.

»Okay, werde ich machen«, meinte er abschließend und hielt Minher van de Berg sein leeres Weinglas entgegen.

»Und dein Handy nicht vergessen«, schärfte ich ihm ein.

Van de Berg und ich waren zufrieden. In Olaf hatten wir einen zuverlässigen Partner gefunden. Nun ging es zunächst darum, den Köder für Mathes an einer günstigen Stelle im Park auszulegen. Da der Weißweinabend ein wenig länger gedauert hatte als ursprünglich geplant, mussten Minher van de Berg und ich uns zu Fuß auf den Weg machen, denn ich wollte weder Führerschein noch Männerarm verlieren.

Von meiner Wohnung bis zur Grünanlage war es nicht allzu weit, und ein kleiner Spaziergang durch die nächtliche Luft konnte uns beiden nicht schaden. Ich entnahm dem Eisschrank die niederländische Leihgabe, packte sie in eine Aldiplastiktüte, und Minher van de Berg und ich machten uns gehfein. Olaf schaute mir etwas irritiert zu, als er sah, wie ich eine angebrochene Flasche Grauburgunder in eben den Kühlschrank legte, aus dem ich gerade noch das Leichenteil entnommen hatte. Dann lächelte er mir aber versöhnlich und zugleich verschwörerisch zu. Danach komplimentierte ich die Verlobten mit dem Hinweis darauf, dass Olaf am nächsten Tag seine Sinne beisammen haben müsse, hinaus.

Kurz nach Mitternacht machten wir uns auf den Weg. Van de Berg trug die Plastiktüte, ich hatte mir eine Taschenlampe eingesteckt.

Für eine kurze Zeit hegte ich Bedenken darüber, dass es von Nachteil sein könnte, am Vorabend eines erneuten Fundes in der Nähe der Ablagestelle gesehen zu werden, verwarf diese Sorge jedoch recht bald, da es in Oberhausen mittlerweile wohl keine Stätte mehr geben würde, an der nicht mit dem plötzlichen Auffinden irgendwelcher Leichenteile zu rechnen wäre.

»Gott verdamm mi, wat is dat klebrig«, schimpfte mein Komplize, als er versuchte, den mittlerweile angetauten Arm aus der Plastiktasche zu nehmen, wobei dieser immer wieder an deren Wänden haften blieb.

Ich spürte, dass van de Berg sich ein wenig davor ekelte, das Körperglied anzufassen. Schließlich drehte er die Einkaufstüte auf links, worauf der Arm mit einem dumpfen Knall in den metallenen Abfallbehälter plumpste. Im Schein der Taschenlampe wirkte die blutleere Extremität gespenstisch, und ich glaubte für einen Moment lang die Emotionen mancher Finder nachvollziehen zu können.

»Hier drinnen müsste er eigentlich vor Ratten und Füchsen sicher sein«, stellte ich fest.

»Wir müssen nun nur noch hoffen, dass bis morgen früh nicht irgendein Spaziergänger mit einem Hund das Ding hier findet. Aber eigentlich ist es ja egal, wer den Fund macht. Hauptsache, der Finder ruft im Präsidium an«, verdrängte van de Berg seine Sorge, er könne das pathologische Asservat nicht mehr zurück in die Niederlande führen.

Nach vollzogener Ablage rollte er die Alditüte zusammen und steckte sie in die Außentasche seiner Tweedjacke.

Auf dem Rückweg kehrten wir noch auf zwei Schnäpse in die Gaststätte *Hiberniastübchen* ein. Mehr konnten wir an diesem Abend nicht mehr tun.

* * *

Ungedeutete Träume sind wie ungeöffnete Briefe; ein alter jüdischer Kalauer kam mir in den Sinn, als ich schweißgebadet aufwachte. Ich hatte einen Traum, der alles andere als schön gewesen war und in dem eine Vielzahl ehemaliger Freunde und Bekannte aufgetreten waren, von denen ich schon lange nichts mehr gehört hatte – zum Teil, weil ich den Kontakt zu ihnen verloren hatte, zum Teil, weil sie nicht mehr am Leben waren. Das ganze Wochenende hindurch verspürte ich ein ungutes Gefühl. Es gefiel mir nicht, den Doktor aufs Glatteis zu führen. Zwar wusste ich, dass wir dem Spiel ein Ende setzen mussten, gleichzeitig war mir aber auch die Tatsache gegenwärtig, dass ich bei der Staatsanwaltschaft und vor Gericht wohl kaum die letzten Schritte der Ermittlungsarbeit als Schlussglieder der Beweiskette vortragen könnte. Ich wusste nicht einmal, ob ich das Versprechen, das ich Olaf gegeben hatte, ihn nicht als Zeugen der Anklage vor den Kadi zu schleifen, überhaupt halten konnte.

Für Gefühle war nun aber weder die richtige Zeit noch der richtige Ort, denn ich saß mittlerweile mit Minher van de Berg beim Frühstück und wartete auf das Klingeln des Telefons. Als das ersehnte Signal endlich ertönte, bestellte mich das Präsidium allerdings nicht in den Ruhrpark, sondern auf die Nohlstraße. Erneut wurde ein Leichenfund von dort gemeldet. Dieses Mal handelte es sich bei dem Toten zwar nicht um einen kenianischen Mediziner, doch dafür um einen Wiener Klubbetreiber. Eines seiner Madeln hatte Josef Dornetshuber, den Inhaber des *Horse Club*, mit geöffneten Pulsadern im Hinterzimmer des Lokals entdeckt.

Der Joschi, wie er von seinen Spezis genannt wurde, hatte reichlich Wiener Blut rinnen lassen und lag nun — bereits erkaltet – vor seinem Mahagonischreibtisch. Wie es sich für einen echten Zuhälter gehört, war er auch im Tod mit den Insignien seines Berufsstandes ausgestattet, wozu neben der standesgemäßen Rolex Yacht Master und braunen Krokostiefeln auch ein weißer Seidenanzug gehörte. Eine wirklich schöne Leich eben. Wie Dornetshuber es geschafft hatte, die Schnitte am linken Unterarm unter das Metallband der Yacht Master zu führen, interessierte allein Paul. Fest stand auf jeden Fall, dass der Mittsechziger schon mehr als zwanzig

Stunden nicht mehr zum Kreis der Lebenden gerechnet werden durfte. Ein Umstand, der sich recht deutlich im ockerfarbenen Teint seines ehemals solariumgebräunten und fleischigen Kahlschädels manifestierte.

»Selbstmord. Klare Sache und damit hopp«, meinte Paul, der bereits alle Spuren gesichert hatte und zu dem beruhigenden Ergebnis gekommen war, dass für uns hier nichts zu tun sei.

Ich entschied mich, die Gunst der Stunde zu nutzen und Minher van de Berg den Kollegen vorzustellen.

»Der Joschi! Wenn ich so eine Scheiße schon höre. Ein ordinärer Jupp war der Kerl«, herrschte Andi die Zeugin Chantal Pengkowsky an, die ihren Arbeitgeber aufgefunden und uns benachrichtigt hatte. Ohne sich um die Tränen der Zeugin zu scheren, warf er dem Leichnam einen verächtlichen Blick zu.

Minher van de Berg schaute etwas verwundert zu ihm hinüber, wirkte aber alles in allem angesichts der pietätlosen Äußerung nicht sonderlich schockiert. »Darf ich mich vorstellen? Meine Name ist Jan van de Berg. Ich bin hier, um euch bei der Armermittlung zu helfen.«

Zugegeben, Kottan und seine Freunde vom Sicherheitsbüro ermittelten hier nicht, aber ich konnte eine gewisse innerliche Angespanntheit nicht verleugnen. Schließlich waren Paul und Andi stets für Überraschungen gut. Und bei Andi musste man immer besonders vorsichtig sein. Heute deutete jedoch alles darauf hin, dass sie den niederländischen Kollegen nicht gleich vor den Kopf stoßen würden, denn sowohl Paul als auch Andi lächelten ihm zu und schüttelten sogleich seine Hand.

Ich war heilfroh, Jan van de Berg während unserer Arbeitszeit in den Kollegenkreis einführen zu können und nicht Gefahr zu laufen, dies an der Ostermannschen Theke tun zu müssen, wenn Paul und Andi schon den einen oder anderen Obstler intus hätten. Der Joschi hätte den Zeitpunkt seines Freitodes nun wirklich nicht trefflicher wählen können, und ich war dem verblichenen Wiener irgendwie dankbar.

Endlich erlöste das Handyklingeln mich aus meiner Spannung. Allerdings war nicht Olaf am anderen Ende der Leitung, sondern ein Kriminalobermeister, dessen Namen ich nicht verstehen konnte, der mir dafür aber verdeutlichte, mir eine Unfallstelle auf der Mülheimer Straße in Höhe des Kaisergartens anzusehen.

»Ist denn niemand anderes von der Kripo im Präsidium zu erreichen? Ich bin gerade beim toten Joschi Dornetshuber«, versuchte ich den lästigen Kerl abzuwimmeln und schob noch ein halblautes »Verdammte Scheiße« hinterher.

»Doch, das schon ... aber Herr Oberkriminaldirektor Reuther hat mir gesagt, Sie bearbeiten die Armsachen«, kam es aus dem Fernsprecher zurück.

»Ja, das tue ich. Aber was hat das mit Ihrem Verkehrsunfall zu tun? Greifen die Arme nun schon gefährlich in den Straßenverkehr ein?«

»Es scheint so. Ich kann mir die Sache auch nicht erklären. Wir haben hier ein Opfer mit drei Armen. Und das Tollste ist, einer liegt auf der Rückbank, in Zeitung geschlagen«, wurde mir knochentrocken mitgeteilt.

»Okay, meine Kollegen und ich sind sofort zur Stelle, und halten Sie uns, wenn es eben geht, die Presse vom Leib. Vorläufig wenigstens«, versuchte ich den Wachtmeister zu instruieren, obgleich ich selbst nicht recht wusste, was nun zu tun war.

Kaum hatte ich dieses Gespräch beendet, hatte ich auch schon Olaf in der Leitung.

»Hi Thi, ich stehe hier im Ruhrpark, kann aber nichts entdecken. Wo habt ihr das verdammte Ding denn hingepackt?«

Tausend Gedanken schossen mir durch den Kopf. Ich fragte mich, ob wir zu voreilig gewesen waren und das Unfallopfer von der Mülheimer Straße sich unseres Köders bemächtigt hatte. Ob Mathes in der verunfallten Karre saß?, überlegte ich weiter. Schließlich besaß er keinen Führerschein, und als Radfahrer mit Beutestück in einem PKW hätte es schon gut sein können, dass er einen Crash gebaut hatte. Und was sollte ich van de Berg erzählen, wenn jemand uns zuvorgekommen wäre?

Ich war der Panik nahe.

»Guck noch einmal richtig nach. Er muss da sein«, flüsterte ich. »Sag noch mal genau, wo ich suchen soll«, hörte ich aus der Leitung.

Olaf klang alles andere als nervös.

»Ich kann jetzt nicht sprechen«, murmelte ich.

»Sieh an, sieh an, unsere Kleine hat einen Verehrer. Wird ja auch allerhöchste Zeit«, feixte Paul, der mich belauscht hatte.

»Thi, ich hab das Ding! Liegt aber noch eine ganze Menge anderer Müll drin. Soll ich alles so lassen?«, fragte Olaf.

»Lass alles, wie es ist, und ruf die andere Nummer an«, sagte ich knapp und beendete das Gespräch.

»So, so ... die andere Nummer«, meinte Paul, und es war mir angesichts meiner Erleichterung völlig egal, dass er meine Nervosität falsch interpretierte.

»Wir müssen zur Mülheimer Straße. Es gibt wieder einen Arm«, informierte ich stattdessen die Kollegen und war gleichzeitig von der Sorge getrieben, dass Olaf den alarmierten Kollegen im Ruhrpark irgendwelchen Quatsch erzählen würde.

* * *

Es war so, wie ich es befürchtet hatte. Bei unserem Eintreffen an der Unfallstelle mussten wir uns zunächst einen Weg durch das Heer der Maulaffen bahnen, von denen allerdings, wie es schien, noch keiner eine Ahnung von der kriminalistischen Tragweite dieses Verkehrsunfalls hatte.

»Hallöchen. Da sind Sie ja«, begrüßte mich ein Schupo, an dessen Stimme ich erkannte, dass er derselbe war, den ich kurz zuvor am Handy hatte.

»Weiß man schon Genaueres?«, erkundigte sich Andi und warf dabei einen Blick auf einen völlig zerstörten weißen Polo, der sich mit der Fahrerseite um eine der uralten Akazien vor dem Schloss Oberhausen gewickelt hatte.

»Die Feuerwehr musste den einzigen Insassen mit Blechscheren herausschneiden. Der Fahrer kann von Glück sagen, dass es sich bei der alten Karre um einen Diesel handelt. Ein Benziner wäre hundertpro hochgegangen«, lautete die knappe Antwort des Beamten, dessen Namen ich noch immer nicht kannte.

»Haben Sie schon eine Ahnung, wie es zu dem Unfall gekommen ist?«, mischte ich mich ein.

»Fremdverschulden ausgeschlossen. Der Polo ist mit über hundert Sachen von der Fahrbahn abgekommen und hier direkt vor den Baum geknallt. Bei dem Fahrer handelt es sich um einen jungen Mann in Krankenhausklamotten, die Karre ist zugelassen auf die städtischen Kliniken«, kam es protokollartig zurück.

»Und wissen Sie vielleicht auch schon, wie der Fahrer heißt?«, insistierte ich genervt und erwischte mich immer wieder dabei, wie meine Gedanken in den Ruhrpark abwanderten, wo ich vor meinem geistigen Auge bereits Olaf sehen konnte, der den Kollegen die ganze Wahrheit über den ausgelegten Köder vorplappern würde.

»Der Mann heißt Thorben Voßkühler, ist neunzehn Jahre alt und Zivildienstleistender im Josefhospital. Die Kollegen von der Unfallrettung haben ihn auch genau wieder dorthin gebracht. Der Notarzt sagt, es sieht schlecht aus«, wurden wir weiter informiert.

Thorben, so hatte doch das Fräulein Doktor den Kisten schleppenden Heinoverschnitt bei meinem Besuch in der Pathologie des Josefhospitals genannt, glaubte ich mich zu erinnern, war mir aber nicht mehr ganz sicher. Außerdem hatte ich sowieso keine Ahnung mehr, wo mir der Kopf stand, denn jeden Augenblick musste ich mit der fernmündlichen Abberufung in den Ruhrpark rechnen, um dort den ersten Löffel einer Suppe zu kosten, die ich mir selbst eingebrockt hatte.

»Aber nun zu der Sache, wegen der wir Sie hergebeten haben. Bitte folgen Sie mir. Den Arm haben wir dort im Bulli für Sie aufgehoben«, sagte der noch immer Namenlose und deutete uns mit einer Handbewegung an, ihm zu folgen.

Jan van de Berg, der, seit wir den verblichenen Joschi verlassen hatten, kein Wort mehr gesprochen hatte, blickte mich verschwörerisch an und ich konnte mir denken, was sich in seinem Gehirn abspielte. Mit einer solch turbulenten Entwicklung war nun auch beim besten Willen nicht zu rechnen gewesen.

»Das hier ist nicht unserer«, flüsterte ich ihm leise zu, während wir uns dem Mannschaftswagen näherten.

Der niederländische Kollege steckte sich ein Pfeifchen an, wohl um so die veränderte Situation besser durchdenken zu können, und anstelle einer Antwort erhielt ich lediglich ein Stirnrunzeln.

Der eifrige Kollege ohne Namen hatte uns unterdessen zum mobilen Leichenteillager geführt, wo das Fundstück auf einer kleinen Ablage ruhte.

»Das ist der Arm, den die Feuerwehrleute auf der Rückbank des Polo gefunden haben«, sagte er und wies voller Stolz auf die erbärmliche Extremität, wobei er mich an einen Museumsführer vor einer Vitrine erinnerte.

»Na ja, so sehen die Teilchen eben aus«, meinte Andi.

»Davon haben wir in den letzten Wochen reichlich zu Gesicht bekommen«, ergänzte ich und verdarb so dem Beamten den Vorführspaß.

»Stammt von einer männlichen Person, Mitte dreißig, Haut und Gewebe verraten uns dies, meine Lieben. Haut und Gewebe«, äffte Andi unseren Doktor Mathes nach, und der uniformierte Kollege schien nun überhaupt nichts mehr zu kapieren.

Dieses Mal klingelte Andis Handy. Noch mit dem klingenden Gerät in der Hand verließ er den Bulli, und ich konnte ihn nur durch die Fensterscheibe beobachten, ohne zu hören, mit wem er über was sprach. Nach etwa einer Minute, die ich allein mit zwei Schupos damit zugebracht hatte, auf einen männlichen und wohl fachmännisch amputierten Arm zu starren, kam Andi zurück in den VW-Bus.

»Auf geht's, wir müssen los. Im Ruhrpark ist der nächste Arm aufgetaucht. Wenn es heute so munter weitergeht, bekommen wir vielleicht noch einen ganzen Kerl zusammen«, informierte uns Andi über den Inhalt seines Telefonates.

»Ja, dann müssen wir jetzt wohl nach Alstaden. Ach ja, bitte schicken Sie den Arm doch zu Doktor Mathes ins Institut. Den anderen bringen wir hin«, verabschiedete ich mich von dem Kollegen, der uns nur fragend ansah.

* * *

Im Ruhrpark eingetroffen, fanden wir einen coolen Olaf vor, der den Kollegen einer Streifenwagenbesatzung die ausgemachte Geschichte bereits aufgetischt hatte und sofort damit begann, Andi dasselbe noch einmal zu berichten. Jan van de Berg und mich beachtete er nicht weiter und spielte im Großen und Ganzen seine Rolle einfach prächtig.

Ich stand nun urplötzlich vor dem Problem, einen Arm zu viel zu haben. Mein niederländischer Kollege und ich schauten uns ratlos an, und ich hätte mich am liebsten gleich an Ort und Stelle von Jan van de Berg verabschiedet und ihn zusammen mit der Leihgabe zurück nach Amsterdam entlassen.

»Na, dann hätte ich mir die Amtshilfe ja sparen können«, flüsterte Minher van de Berg und konnte sich ein süffisantes Lächeln nicht verkneifen.

»Ach was, nur weil irgend so ein Bengelchen einen Arm mopst und dann einen Verkehrsunfall baut, brauchen wir unseren ganzen Plan doch nicht über den Haufen zu werfen. Ich habe diesen Köder ausgelegt, und nun möchte ich auch sehen, ob jemand anbeißt oder nicht«, erwiderte ich trotzig, hatte in Wirklichkeit aber keine rechte Ahnung, wie ich auf die veränderte Sachlage reagieren sollte.

Paul Pfannkuche hatte seine Arbeit in Windeseile erledigt und berichtete das Übliche. Der Arm sei nicht am Fundort abgetrennt worden, es gäbe keine Blutspuren und so weiter. Dann wünschte er uns einen guten Tag und bat die Besatzung des Streifenwagens, ihn und die Extremität bis zum Gerichtsmedizinischen Institut mitzunehmen.

»Und wie war ich?«, fragte Olaf, nachdem Paul mit den Schupos verschwunden war.

»Einfach Klasse, umwerfend! Ich bin stolz auf dich«, sagte ich anerkennend und verschwörerisch zugleich, während wir uns eine High Five gaben.

Andi guckte einen Moment lang wie vor den Kopf gestoßen. »Du hast es also wirklich gebracht. Bis eben wollte ich mir ja noch einreden, dass die Nummer mit dem holländischen Kollegen eine Verarsche wäre. Aber nun ...«, meinte er kopfschüttelnd, und ich konnte mich des Eindrucks nicht erwehren, dass er nun erst begriff, dass ich tatsächlich gehandelt hatte.

»Ja, ich habe mir einen Köder besorgt. Es blieb angesichts des Ermittlungsstaus wohl auch nicht viel anderes übrig, oder?«, gab ich zurück.

»Dann können wir Mathes ja ruhigen Gewissens von der Liste der Verdächtigen streichen. War wohl ein bisschen übereifrig, einen Arm aus dem EU-Ausland zu importieren«, bemerkte Andi bissig. Und ich konnte sogleich erkennen, dass seine Äußerung dem Amsterdamer Exporteur überhaupt nicht gefiel, denn van de Berg zog an seiner Pfeife und warf Andi einen mitleidigen Blick zu.

»Ihre Kollegin arbeitet eben modern, Minher«, bemerkte er.

»Und wen möchtest du an Mathes' Stelle auf die Liste setzen, du Experte?«, giftete ich Andi an.

Andi sagte überhaupt nichts mehr, und angesichts der miesen Stimmung beschloss ich, den Arbeitstag zu beenden und mit meinem Gast ins CentrO zu fahren.

8. Kapitel

Bravo, Frau Fischer! Dann wäre der Fall ja nun endlich geklärt. Dieser arme junge Mensch, was hat er sich nur dabei gedacht? Schuld an allem ist nur dieses verflixte Fernsehen. Ja, und diese Sender wie RTL und wie sie alle heißen. Käme doch kein Mensch ohne diesen Schweinkram auf solche Ideen. Dieser arme, dieser einsame junge Mensch. Was hat er sich nur dabei gedacht?! Was hat er sich nur gedacht?! Berühmt wollte er wohl werden. Ja, berühmt! Eine Vorstellung von Ruhm ist dies heutzutage. Wer nicht halbnackt auf einer Bühne steht, zerstückelt eben Menschen. Auch schön ...«

»Warum Ruhm? Hat er schon etwas ausgesagt?«, versuchte ich Oberkriminaldirektor Reuthers' Redeschwall sanft zu unterbrechen.

»Ach was, kann froh sein, wenn er die ganze Sache überlebt. Ist ja noch nicht einmal bei Bewusstsein, der arme Teufel.«

Ich hatte zwar keine Ahnung, warum der Chef nun im Sprachduktus eines grundanständigen Frontoffiziers zu mir sprach, beschloss aber weiter zu insistieren, schließlich brannte mir der Verbleib des niederländischen Armes unter den Nägeln.

»Der Junge hat meines Wissens einen Arm aus dem Josefhospital mitgehen lassen, mehr können wir ihm im Augenblick nicht nachweisen. Der Kollege Pfannkuche von der Spurensicherung ist gerade dabei, die Wohnung des Unfallopfers zu durchsuchen. Aber wenn Sie mich fragen, Chef, da wird er nicht viel finden. Ich glaube, dass der Zivildienstleistende die Gunst der Stunde genutzt hat und uns als Trittbrettfahrer einen Streich spielen wollte. Vielleicht hatte er die Absicht, einen Arm irgendwo auszulegen, das scheint ja in diesem Sommer die große Mode zu sein«, versuchte ich den Chef auf den Boden der Realität zurückzuholen.

»Ihren merkwürdigen Humor können Sie mir getrost ersparen. Trittbrettfahrer, so ein Quatsch. Fahren Sie lieber ins Josefhospital, und erkundigen Sie sich nach dem aktuellen Zustand des Jungen«, herrschte er mich an.

Mit dem Chef war nicht zu reden, das stand für mich fest. Statt mich weiter über sein Verhalten zu ärgern, begab ich mich in mein Büro und rief in der Praxis Molitor an. Die tiefenpsychologische Dimension des Voßkühlerschen Tuns ließ mir keine Ruhe, und ich wollte von Doktor Molitor erfahren, ob die Unfallursache möglicherweise auf eine Panikattacke des Jungen mit dem Arm im Auto zurückzuführen sei.

Ich klärte ihn über den jüngsten Stand der Ereignisse auf und erläuterte ihm auch, dass es sich bei Thorben Voßkühler nur um einen Trittbrettfahrer handeln könne.

»Gerade für junge Menschen, die am Anfang ihrer Entwicklung stehen, ist gesellschaftliche Anerkennung ein kostbares Gut. Ihre Überlegungen sind mit Sicherheit nicht falsch«, ließ er mich in einer ersten Stellungnahme wissen, die wie aus der Pistole geschossen formuliert wurde.

»Aber der Junge hätte doch nichts von seiner Tat, vor wem hätte er prahlen sollen, Herr Doktor?«

»Selbstbestätigung ist ein innerer Wert, der als Triebfeder jedes gesellschaftlichen Handelns unentbehrlich ist. Wer um seine Kostbarkeit weiß, der wird sein Wissen nicht ohne Weiteres mit anderen teilen wollen«, belehrte er mich weiter.

»Aber, Herr Doktor. Ich komme so nicht weiter. Männliches Ego, Selbstbestätigung in spätpubertärer Phase, alles schön und gut. Aber der Junge ist Zivi, warum klaut er einen Arm?«

»Warum essen Kannibalen Menschen? Bestimmt nicht um ihren Proteinvorrat aufzufüllen, meine liebe Frau Fischer, sondern um sich der geistigen und körperlichen Kräfte des Verspeisten zu bemächtigen. Und der männliche Arm ist ein Symbol der Kraft.«

Ich war einen Moment lang platt und wusste nicht recht, was ich erwidern sollte, nahm aber innerlich den leisen Verdacht wahr, bei meinen bis dahin angestellten Überlegungen eine wichtige Motivationskomponente völlig außer Acht gelassen zu haben.

Bevor ich weiterfragen konnte, setzte Molitor seine Ausführungen fort: »Und schauen Sie, meine liebe Frau Kommissarin; für Ihren jungen Zivildienstleistenden konnte es durchaus in einer bestimmten, einer ganz konkreten Situation verlockend gewesen sein, sich des Armes zu bemächtigen, der in diesem Augenblick für ihn zu einem Fetisch wurde.«

»Und als er diesen Fetisch dann auf der Rückbank seines Auto liegen hatte, wurde ihm die gesellschaftliche Verwerflichkeit seiner Tat bewusst, und er spürte gewissermaßen die Faust im Nacken?«, wollte ich wissen.

»So könnte man es laienhaft ausdrücken, meine liebe Frau Fischer. Wobei die Faust, wie Sie den Fetisch nennen, nicht vom zum Fetisch stilisierten Arm, sondern vom gesellschaftlich geformten Über-Ich gebildet wird. Es scheint so zu sein, dass unser Täter in zwei parallelen Welten zu Hause ist, die sich von Zeit zu Zeit überlappen. Die eine Welt ist die Realität der Arbeit, Familie und Gesellschaft, die andere die des Fetischismus. Jede dieser zwei Welten ist für ihn auf ihre Art kostbar.«

»Dies würde dann im konkreten Fall bedeuten, dass die reale Welt die Fetischwelt von einem Moment auf den anderen dominieren beziehungsweise ablösen könnte. Und in einem solchen Wechselmoment kam es dann bei dem Jungen zu einer Panikattacke mit anschließendem Verkehrsunfall?«, vergewisserte ich mich.

»So könnte es gewesen sein. Und der bis zu diesem Moment als Kostbarkeit eingestufte Fetisch war plötzlich nichts mehr als ein so schnell wie möglich zu entsorgendes Leichenteil«, erklärte er mir die Unfallursache, und ich überlegte, was wohl ein Verkehrsrichter zu diesem Unfallhergang sagen würde.

* * *

Gleich von zwei Wünschen beseelt, machte ich mich auf den Weg ins Josefhospital. Zum einen hoffte ich, den jungen Voßkühler aus dem Koma erwacht vorzufinden, zum anderen erwartete ich die eine oder andere Auskunft über den Lebenswandel des Zivis. Bevor ich mich also auf die medizinische Intensivstation begab, lenkte ich meine Schritte ins Dienstzimmer von Fräulein Doktor Sabine Brandtstätter.

»Guten Morgen, Doktor Brandtstätter. Ich möchte Ihren Patienten und Zivi Thorben Voßkühler besuchen. Ich hoffe, dem steht nichts im Wege«, versuchte ich die Jungchirurgin zu übertölpeln, die mich offenbar nicht hatte kommen sehen und sich erschreckt von ihrem Schreibtisch erhob, an welchem sie gerade mit dem Lesen irgendeines Schriftstückes beschäftigt war.

»Ach so, Sie sind es wieder. Guten Morgen. Das ist ausgeschlossen, Herr Voßkühler liegt im Koma und schwebt in Lebensgefahr. Wir werden wohl sein linkes Bein oberhalb des Knies amputieren müssen.«

»Darf ich ihn wenigstens sehen?«, erkundigte ich mich.

»Sehen dürfen Sie ihn natürlich. Ich glaube aber, dass Ihnen sein Anblick nicht gefallen wird und Sie davon auch weiter nichts haben werden«, versuchte mich die Blondine zu belehren.

»Das lassen Sie getrost meine Sorge sein und führen mich nun bitte zum Patienten Voßkühler«, befahl ich schnippisch.

Am Krankenbett angekommen, traute ich kaum meinen Augen. Herr und Frau Fischerkeller standen, von einer Legion medizinischer Hightechapparaturen umringt, vor dem komatösen Unfallopfer und hielten sich bei den Händen. Als sie das Fräulein Doktor und mich neben sich bemerkten, wandte sich Herr Fischerkeller zu mir und blickte mich aus traurigen Augen an.

»Thorben ist unser Neffe, Frau Fischer. Wir haben ihn nach dem Tode meiner Schwester und ihres Mannes an Sohnes statt angenommen. Thorbens Eltern sind vor siebzehn Jahren bei einen tragischen Verkehrsunfall im Taunus gestorben. Und nun so etwas. Bitte verzeihen Sie uns, wir können nun kaum sprechen«, erklärte er, und seine Stimme klang dabei so, als kämen seine Worte automatisch über die Lippen. »Komm, Hilde. Wir können im Augenblick nichts für den Jungen tun. Frau Doktor, Frau Fischer, meine Gattin und ich empfehlen uns«, erklärte Fischerkeller, und schon war das Ehepaar verschwunden.

»Haben Sie gewusst, dass einer Ihrer Zivis aus einer Bestatterfamilie stammt?«, fragte ich Sabine Brandstätter, während auch wir die Intensivstation verließen.

»Thorben hat nie viel gesprochen. Wissen Sie, wir haben hier meistens sehr viel zu tun. Da bleibt nur wenig Zeit für Privates. Ab und zu mal eine Tasse Kaffee im Schwesternzimmer, und dann redet man über Belanglosigkeiten«, entgegnete sie, und ich spürte, dass die Ärztin über das steife

Verhalten von Herrn Fischerkeller ähnlich erstaunt war wie ich. »Darf ich Sie auch etwas fragen, Frau Fischer?«

»Natürlich, was möchten Sie wissen?«, entgegnete ich und hatte den Eindruck, dass sie mir mein schnippisches Auftreten im Ärztezimmer zwischenzeitlich verziehen hatte.

»Glauben Sie, dass Thorben für die Diebstähle der Extremitäten verantwortlich ist? Sie sagten doch bei Ihrem letzten Besuch hier, dass einige der Fundstücke seit Jahren in einer Tiefkühltruhe gelagert waren. Wie sollte Thorben denn die Diebstähle begangen haben? Er ist doch erst seit wenigen Wochen hier tätig«, sagte sie und schaute mich dabei an, als sähe sie in mir eine ermittlungswütige Stasi-Tante, und der Eindruck, sie hätte mir verziehen, entschwand sogleich.

»Nun ja, in Thorbens Dienstfahrzeug wurde ein hier im Krankenhaus amputierter Arm gefunden. Wir müssen in alle Richtungen ermitteln. Thorben könnte durchaus Mitglied einer Tätergruppe sein, die seit Jahren operiert«, versuchte ich ihr zu erläutern.

»Operiert? Sie haben auch die Ärzteschaft in Verdacht?«, unterbrach sie mich und sah mich schockiert an.

»Es könnte sich dabei beispielsweise um religiös fanatisierte Jugendliche, Satanisten oder sonstige Spinner handeln«, fuhr ich fort, ohne dabei die Absicht zu haben, sie hinsichtlich ihrer Sorgen um die Sauberkeit der Ärzteschaft zu beruhigen.

Sie schaute mich fassungslos an.

»Meine Kollegen kennen die Motive der Täter oder des Täters noch nicht. Aber vielleicht ist es ja auch eine Täterin oder eine Mittäterin«, gab ich ihr den Rest und verabschiedete mich mit der Ankündigung, nochmals auf ihre Aussagen zurückzukommen.

* * *

Trotz der bedrückenden Situation für die Familie Fischerkeller blieb mir keine andere Wahl, als das Bestatterehepaar aufzusuchen, um dort Erkundigungen über den verunglückten Pflegesohn einzuholen. Nachdem ich bereits im Institut Fischerkeller einen bleibenden Eindruck von dem bizarren Fotohobby des Inhabers gewinnen konnte, war ich nun gespannt darauf, einen Einblick in die Wohnatmosphäre der Privatleute zu erhalten.

Das schmucke Einfamilienhaus in der Nähe des Fröbelplatzes ließ von außen keine Schlüsse auf seine Bewohner zu. Vielleicht stand meine Fantasie zu sehr unter den Einflüssen der vergangenen Monate, denn ich hatte eigentlich eine Art Spukschloss à la Nosferatu erwartet und sah mich nun enttäuscht. Frau Fischerkeller öffnete mir die Haustüre, ihr Mann stand neben ihr.

»Meine liebe Frau Fischerkeller, mein lieber Herr Fischerkeller, es ist mir zutiefst unangenehm, Sie belästigen zu müssen, aber ich habe einige Fragen zur Person Ihres Sohnes. Zunächst möchte ich Sie aber dahingehend beruhigen, dass ich Thorben nicht für den Haupttäter der aktuellen Körperteilverbrechen halte«, versuchte ich den Schrecken meines Besuches abzumildern, wunderte mich aber gleichzeitig auch darüber, wie mir das Wort Körperteilverbrechen so unversehens über die Lippen gleiten konnte.

Statt einer Antwort bat mich Frau Fischerkeller hinein und führte mich ins Wohnzimmer, das sich mit seiner altdeutschen Einrichtung kaum von den Guten Stuben früherer Zeiten unterschied. Sie bot mir eine Sitzgelegenheit auf einem der zwei dunkelgrünen, samtbezogenen Sessel einer Polstergarnitur an, auf deren geräumigem Dreisitzer sie neben ihrem Gatten Platz nahm. Zwar äußerten Herr und Frau Bestatter Verständnis für meine Arbeitsweise, ich verspürte an diesem Abend jedoch einen gewissen Argwohn ihrerseits, den ich ihnen nicht verübeln konnte.

»Noch einmal, ich glaube nicht, dass es sich bei Ihrem Sohn um unseren Hauptverdächtigen handelt, wegen dessen Taten wir vor einiger Zeit miteinander zu tun hatten«, verkündigte ich erneut.

»Thorben ist ein recht verschlossener Junge, müssen Sie wissen, Frau Fischer. Er spricht nicht viel«, meinte Frau Fischerkeller und war den Tränen nahe.

»Können Sie sich vorstellen, warum er so etwas getan haben könnte?«, wollte ich wissen.

Frau Fischerkeller schluchzte. »Kann es nicht sein, dass es jemand anderes war, der unserem Thorben so einen bösen Streich spielen wollte? Der Junge hat nie etwas Unrechtes getan, das können Sie mir glauben, Frau Kommissarin«, meinte sie mit fast erstickter Stimme.

»Die Sache mit dem Leichenteil wäre höchstens eine Ordnungswidrigkeit, Frau Fischerkeller. Bitte machen Sie sich darüber keine Sorgen«, schwindelte ich, denn ich wusste selbst nicht ganz genau, ob es sich bei Armunterschlagung um eine Straftat oder um eine Ordnungswidrigkeit handelte.

»Bitte glauben Sie einer Mutter! Der Junge war es nicht. Er hat den Arm nicht genommen«, flüsterte sie.

»Ich habe immer gehofft, dass der Junge mal unser Institut übernehmen würde«, unterbrach ihr Gatte sie, während er eine Flasche Gewürztraminer entkorkte und zwei Glaser füllte.

»Hat Thorben Interesse daran, Bestatter zu werden?«, fragte ich.

Mein Gastgeber reichte mir eines der Weingläser, seine Frau beobachtete ihn dabei misstrauisch, und ich glaubte in ihrem Gesicht eine gewisse Anspannung erkannt zu haben.

»Er beabsichtigt, nach dem Zivildienst das Studium der Betriebswirtschaftslehre aufzunehmen. Der Beruf des Bestattungsunternehmers muss sich der Moderne anpassen. Moderne Marketingstrategien sind in einem Institut wie dem unsrigen wichtiger denn je«, erklärte er, und ich konnte mich des Eindruckes nicht erwehren, dass er den schweren Unfall und die begangene Untat Thorbens vollkommen verdrängt hatte.

»Thorben wohnt nicht mehr bei Ihnen, richtig?«, lenkte ich das Thema wieder auf den Punkt.

»Nein, er hat eine kleine Wohnung auf der Düppelstraße. Ihre Kollegen waren heute hier, um die Schlüssel für eine Hausdurchsuchung bei mir abzuholen«, stammelte Frau Fischerkeller unter Tränen, wobei sie die letzten Worte beinahe verschluckte.

Herr Fischerkeller schenkte die Gläser nach.

»Hat Thorben schon irgendwelche Erfahrungen in Ihrem Institut gesammelt, Herr Fischerkeller?«

»Natürlich, seit seinem sechzehnten Lebensjahr geht der Junge mir prächtig zur Hand. Natürlich kann er sich noch nicht um die Mandantenpflege kümmern, aber in der praktischen Pietätsarbeit ist der Bengel eine Wucht. Das können Sie mir glauben«, prahlte Herr Fischerkeller und nahm einen ordentlichen Schluck Gewürztraminer.

»Ich muss es Sie so direkt fragen, mein lieber Herr Fischerkeller, hatte Thorben freien Zugang zur Totenhalle auf dem Alstadener Friedhof?«

Frau Fischerkeller schluchzte hysterisch.

»Nein, Institutsleitung und Schlüsselgewalt obliegen allein mir! Nicht wahr, Hilde?«, antwortete er mit beinahe militärischem Ernst – und ich glaubte ihm.

»Mit wem hat er denn gewöhnlich zu tun? Kennen Sie Thorbens Freunde?«, wollte ich von Frau Fischerkeller wissen.

»Thorben hat sehr guten Umgang«, erwiderte sie beinahe feindselig.

»Das stelle ich ja auch nicht in Frage. Ich hätte nur gern ein paar Namen, Adressen und Telefonnummern von Freunden und Bekannten. Wer weiß, vielleicht wollte ja jemand Thorben wirklich etwas Böses. Solche Leute finden wir dann meist im sogenannten Freundeskreis«, versuchte ich Frau Fischerkeller wieder zu beruhigen und so wenigstens ihr Mitspielen zu erreichen.

»Wirklich?«, fragte sie erleichtert.

Herr Fischerkeller füllte noch einmal die Gläser, während Hilde zögerlich einige Namen auf ein Blatt Papier schrieb.

Mit drei Namen auf einem Notizzettel und drei Gläsern Gewürztraminer im Blut machte ich mich dann auf den Weg zum *Haus Ostermann*.

* * *

Paul und Mali saßen schon an der Theke, als ich eintraf. Noch bevor ich meine Bestellung aufgab, erkundigte ich mich nach dem Ergebnis der Hausdurchsuchung bei Thorben Voßkühler.

»Nix war da zu finden. Wie wir es schon vermutet hatten: Der Typ ist ein Trittbrettfahrer. Es gab da nichts direkt Tatbezogenes zu finden und auch nichts indirekt Verwertbares. Hat den Steuerzahler mal wieder unnötige Knete gekostet«, meinte Paul lapidar und orderte einen Steinhäger und eine Frikadelle, kalt mit Senf.

»Also auch nichts in Richtung Satanismus, Teufelszauber oder ähnlichem Zeug?«, fragte ich sicherheitshalber nach.

»Außer ein paar Heavy-Metall-CDs und ein paar Sadomasopornoheften haben wir nix gefunden. Und nun Feierabend, Frau Kollegin«, beendete Paul die Besprechung und schmierte zwei Briefchen Düsseldorfer Löwensenf auf den industriell gefertigten Fleischklops.

Obgleich mich dieses Statement beruhigte, verunsicherte mich die Anwesenheit von Bodo Bugenhagen, der aus Pauls Äußerungen gleich seine eigenen Schlüsse gezogen hatte und nun ungefragt seinen Senf zu unserer Ermittlungsarbeit beitrug.

»Es handelt sich wohl um den verunglückten jungen Mann, der den schweren Unfall in der Nähe des Schlosses hatte, meine liebe Frau Fischer«, setzte er an.

Zwar hatte ich keine Ahnung, auf welcher Informationsgrundlage der Ex-Geistliche seine Schlüsse zog, doch seinen behäbigen Ausführungen zu lauschen, erschien mir allemal weniger unangenehm, als Paul beim Verzehr seiner mit Mostrich eingeschmierten Bulette zuzuschauen, und so ließ ich den verkrachten Pfaffen ungestört weiterplappern.

»Haben Sie sich schon einmal Gedanken über die verführerische Wirkung der Armgeschichten auf Jugendliche gemacht?«, flüsterte Bugenhagen, ohne mich dabei anzusehen.

»Offen gestanden habe ich dies noch nicht getan, mein lieber Herr Pfarrer. Wie nachahmungswürdig ist denn das Tun unseres doch etwas verhaltensgestörten Täters auf junge Menschen? Ich bitte um Aufklärung.«

»Nun, Frau Fischer, die Sache ist doch wohl die, dass es den jungen Menschen heutzutage an Werten mangelt. Sie suchen den Kick, etwas, was sie cool wirken lässt. Die Sehnsucht nach einem besseren und aufregenderen Leben; einem Leben, das es für sie niemals zu geben scheint. Die Jugend fühlt sich durch das Fernsehen und das Internet verhohnepipelt, meine liebe Frau Kommissarin, sie möchten selbst tun und nicht nur konsumieren. Und ein Typ, der

Arme in den Kaisergarten wirft, ist eben cooler als ein Sachbearbeiter bei der Stadtsparkasse. Wenn das alles so weitergeht, werden wir wohl bald noch mehr Inspirierte haben, und unsere schöne Stadt wird zum Tollhaus werden. Gott bewahre uns vor einer solchen Entwicklung!«

»Sie meinen also, ohne Kabelfernsehen und Computer hätte ich diesen Fall nicht am Halse, Herr Bugenhagen?«

»Haben Sie eine Ahnung, wie hoch das Frustpotenzial in dieser Stadt ist? Wissen Sie, wie groß die Sehnsucht nach Anerkennung ist? Kennen Sie den ungestillten Tatendrang der arbeitslosen Massen?«, setzte er seinen Monolog fort.

»Wollen Sie Ihr Geständnis gleich jetzt ablegen, Herr Bugenhagen, oder kommen Sie morgen zu uns aufs Präsidium?«, beendete ich das Gespräch und erntete einen bitterbösen Blick.

Paul hatte seine Frikadellenmahlzeit beendet, und lediglich sein nach Zwiebeln riechender Atem erinnerte noch an das unappetitliche Schauspiel. »Herr Pastor, Sie haben nicht alle stramm«, sagte er zu Bugenhagen, ohne ihn dabei eines Blickes zu würdigen.

»Das verbitte ich mir, Herr Pfannkuche«, entgegnete Bugenhagen sanft.

»Sie belauschen hier dienstliche Gespräche und wagen es obendrein, uns noch ermittlungstaktische Anweisungen zu geben. Das ist Amtsanmaßung«, erklärte Paul ihm, und die versammelte Thekengesellschaft brach in schallendes Gelächter aus.

Bugenhagen wagte keine weiteren Kommentare mehr, legte einen Fünfeuroschein auf den Tresen und verließ das Lokal mit feuerrotem Gesicht.

Auch ich hatte für diesen Tag genug und entschied mich dafür, noch ein Fläschchen Bier vor der heimischen Glotze zu nippen, denn, wenn Bugenhagen recht gehabt haben sollte, dann hätten wir die ganze Zeit über in die völlig falsche Richtung ermittelt, und ich hätte darüber hinaus auch noch einen Mitarbeiter der Strafverfolgungsorgane, quasi einem Kollegen, unrecht getan. Dieser Gedanke, obgleich ich ihn abzuschütteln versuchte, beschäftigte mich die ganze Nacht hindurch und ließ mich nur unruhig schlafen. Obgleich ich Bugenhagen nicht mochte, wurde ich den Verdacht nicht los, bei den Ermittlungen eventuell bei Null beginnen zu müssen.

* * *

Die Erfahrung lehrte mich, dass Einbestellungen aufs Revier die Zungen jugendlicher Zeugen am ehesten zu lösen vermögen. Also bestellte ich die drei Freunde von Thorben Voßkühler in mein Büro, um von ihnen das eine oder andere über das Bestatterkind zu erfahren.

Als ich die pickeligen Knaben vor mir sitzen hatte, überkamen mich jedoch Zweifel an meinem Tun, denn ich wusste nicht recht, was ich überhaupt in Erfahrung zu bringen suchte, war ich mir doch sicher, in Thorben Voßkühler nichts weiter als einen Trittbrettfahrer zu haben.

Felix, Achim und Axel waren, laut Angaben von Frau Voßkühler, die engsten Freunde ihres Pflegesohnes, und alle drei machten einen ordentlichen Eindruck, trug doch keiner von ihnen ein Piercing. Pünktlich erschienen sie im Präsidium und waren auch recht redselig.

»Also Jungs, ich habe euch in erster Linie eingeladen, weil ich etwas über Thorben und sein soziales Umfeld erfahren möchte. Ihr braucht euch also nicht als Verräter oder als schlechte Freunde zu fühlen. Meine Kollegen und ich haben den Eindruck, dass Thorben psychisch nicht ganz auf der

Höhe ist. Ist euch in letzter Zeit etwas Ungewöhnliches an ihm aufgefallen?«, begann ich die Vernehmung.

»In letzter Zeit ist er schon ein bisschen komisch geworden. Er hat nur noch vom Krankenhaus erzählt. Thorben ist uns ganz schön auf die Nüsse gegangen mit seinen blöden Krankenhausgeschichten«, berichtete Felix.

»Was hat er denn genau erzählt? Ich meine, welche Stories hat er denn so zum Besten gegeben?«

»Ach, das waren immer Geschichten von irgendwelchen Unfällen und wie dramatisch die Operationen verlaufen sind«, fuhr er fort.

»Und dann hat er immer nur davon gelabert, dass er Medizin studieren will. Aber sein Alter will eben, dass er Undertaker wird«, ergänzte Achim.

»Undertaker?«, wiederholte ich seine Aussage.

»Bestattungsunternehmer eben. Wer will denn schon so einen Scheißjob machen?«, erklärte er mir.

»Und es ist ja schlimm genug, dass Thorben seinem Alten in jeder freien Minute bei der verfluchten Arbeit helfen muss. Wenn Sie mich fragen, Frau Kommissarin, ist Thorben ein ziemlich armes Schwein. Und ich hoffe, dass sein Alter das erkennt und ihn endlich in Ruhe lässt, wenn er aus dem Krankenhaus und danach aus dem Knast zurückkommt«, unterbrach ihn Axel.

»Seid ihr so sicher, dass Thorben im Knast landen wird?«, fragte ich.

»Er hat doch einen Arm mitgehen lassen«, warf Felix ein.

»Aber ich glaube nicht, dass er hinter der ganzen Männerarmklamotte der letzten Monate steckt«, fügte Axel rasch hinzu.

»Das glauben meine Kollegen und ich auch nicht«, versuchte ich die Jungen zu beruhigen.

»Ich verstehe überhaupt nicht, wie er auf die schwachsinnige Idee kommen konnte, einen Arm zu klauen. So was Bekloppptes hätte ich dem niemals zugetraut«, sagte Felix, und sein Gesichtsausdruck verriet, dass seine Einschätzung von Herzen kam.

»Mensch, Alter, überleg doch mal, für den sind Tote und Leichenteile so normal wie für andere Leute Computer oder Brötchen oder was weiß ich«, meinte Achim, der aber, kaum hatte er den Satz formuliert, erkennen musste, dass er wohl etwas voreilig gesprochen hatte.

»Der größte Lump im ganzen Land, das ist und bleibt der Denunziant«, herrschte Felix seinen Freund an.

»Na, na, schon gut«, versuchte ich, den sich anbahnenden Streit gleich im Keim zu ersticken. »Nach dem, was ihr mir über die Arbeit in seinem Elternhaus erzählt habt, ist die Überlegung von Felix doch nicht böse gemeint. Wir suchen doch alle nach einer Erklärung dafür, warum Thorben einen Arm geklaut hat. Und wenn jemand Schuld daran hat, dann bestimmt nicht er«, ergänzte ich und kam mir dabei vor wie eine Sowi-Lehrerin in der Gesamtschule.

Alle drei sahen mich erstaunt an.

Ich musste einsehen, dass aus den Bengeln nicht viel herauszuholen war, und schickte sie nach Hause. Ich entschied mich außerdem dafür, die weiteren Ermittlungen in der Sache Voßkühler auf ein Gespräch mit Fräulein Doktor Sabine Brandtstätter zu konzentrieren.

* * *

Im Linienbus C-92 Richtung Innenstadt saßen an diesem Spätnachmittag wieder die berüchtigten fünf A: Alte, Ausländer, Alkoholiker, Arbeitslose und Asoziale. Der schwere Autounfall

Thorben Voßkühlers hatte mich sensibel für die Gefahren des Straßenverkehrs werden lassen, und ich kam zu dem Schluss, Kneipen nicht mehr mit dem eigenen PKW anzusteuern.

Koste das Taxi für die Rückfahrt, was es wolle, zumindest nicht das Leben oder die Knochen, dachte ich mir.

Ich hatte mich mit Frau Doktor Brandtstätter zu unserem konspirativen Treffen im Lokal *Schreibers* verabredet, dessen Pächter Meinhardt Schafscherer sämtliche Wirte ehemaliger Szene-Läden versklavt und in feine Anzüge gesteckt hatte. Meinhardt bot den Offenbarungseidigen die Chance, in seinem Lokal zu kellnern und auf geringe Trinkgelder zu hoffen. Unter den Elenden erkannte ich auch das Brüderpaar Lustig. Von der Arroganz, für die die beiden noch in den Achtzigern berüchtigt waren, schien nichts mehr übrig geblieben zu sein. Jürgen, der ältere, hatte an diesem Mittwoch Thekendienst, während der rheumakranke Paul schwere Tabletts schleppen musste. Beide begrüßten mich freundlich und hatten sich offensichtlich in ihr Schicksal gefügt. Ich war, dies mag eine Polizistenangewohnheit sein, zwanzig Minuten vor dem verabredeten Termin mit dem Fräulein Doktor eingetroffen, um die Lage vor Ort zu peilen.

Ich ließ mir von Paul Lustig zunächst einmal die Cocktailkarte geben und entschied mich dann, ohne lange nach Rechtschreibfehlern auf dem Zettel Ausschau zu halten, für einen alkoholfreien Erdbeercocktail. Vier Gläschen später erschien auch schon mein Gast.

»Oh, bin ich etwa zu spät? Ich dachte ...«, räusperte sich die Blondine und schaute dabei auf ihre Uhr, so als ob die Überprüfung der Uhrzeit tief verwurzelte Verhaltensstörungen aus dem Weg zu räumen vermochte.

Die Kleine hatte sich wirklich fein gemacht. Zwar hatte ich sie bisher nur im Chirurgenoutfit zu Gesicht bekommen, doch erschien es mir so, als ob ihr Chanel-Kostümchen für sie kein ungewöhnliches Bestandteil ihres Overdressings war. Zumindest das Chirurgengrün hatte sie beibehalten.

Etwas verstört verharrte sie neben mir an der Theke, und es dauerte wohl einige Sekundenbruchteile, bis ich mich von meinen Gedanken löste und aufhörte, sie anzustarren.

»Hallo, Frau Brandtstätter! Nein, nein, keineswegs. Ich bin etwas verfrüht gekommen, aber setzen wir uns doch an einen Tisch. Ich habe einen Erdbeercocktail, was nehmen Sie?«, wollte ich wissen.

»Eine Cola Light, bitte.«

Wir setzten uns, gefolgt von Peter Lustig mit den Getränken, in Richtung der Ecktische in Bewegung. Als ich dann mein Gegenüber betrachtete, wurde mir klar, dass ich wohl meine gesamte Menschenkenntnis und all mein psychologisches Geschick aufbieten müsste, um dieser süßen Maus die gewünschten Informationen zu entlocken. In medias res konnte ich kaum gehen, und so entschied ich mich für die Smalltalk-Schiene.

»Gefällt Ihnen Ihre Arbeit im Josefhospital?«, begann ich die Unterhaltung.

»Oh, ja. Es ist eine sehr interessante Tätigkeit. Unser Chef ist eine Kapazität auf seinem Gebiet. Da können wir Assistenten sehr viel lernen.«

Die Gebrüder Lustig beobachten unseren Tisch. Besonders der immerscharfe Jürgen schien ein Auge auf Sabine geworfen zu haben, traute sich aber wohl ob seines sozialen Abstieges nicht, die blutjunge Medizinerin an Ort und Stelle anzugraben, und so überließ er auch die weitere Bedienung seinem Bruder.

Sabine Brandtstätter machte alles andere als einen gelösten Eindruck, war aber trotzdem bemüht, meine erste Frage ausführlich zu beantworten.

»Ich komme aus Essen, habe auch dort studiert. Die Stelle hier in Oberhausen bietet mir also auch privat eine Reihe von Vorteilen«, fuhr sie fort, so als ob wir uns zu einem Vorstellungsgespräch getroffen hätten.

»Sie haben in Essen am Uniklinikum studiert? Kannten Sie dann auch den Pathologen Musu Dialo?«, wollte ich wissen.

»Nein, den kenne ich nicht«, lautete ihre knappe Antwort.

»Hätte ja sein können, manchmal ist die Welt klein«, erklärte ich ihr. »Wie geht es denn Thorben Voßkühler? Wie ich hörte, ist er aus dem Koma erwacht.«

»Frau Fischer, es tut mir alles so schrecklich leid. Die ganze Sache mit Thorben. Und heute mussten wir ihm ein Bein amputieren. Ich habe keine Ahnung, warum er das alles gemacht hat. Er machte auf mich nicht den Eindruck, dass er in irgendeiner Form psychisch erkrankt wäre«, erklärte sie.

»Wird er durchkommen?«, erkundigte ich mich.

»Es sieht so aus. Aber die Prognose ist nach wie vor unsicher. Ich denke, ich kann Ihnen in vier Tagen Genaueres sagen«, wurde ich belehrt.

»Könnte es sein, dass Thorben in Sie verknallt ist?«, fragte ich.

»Ich glaube nicht. Wie kommen Sie darauf, dass Thorben mich lieben könnte?«

Von Liebe hatte ich keineswegs gesprochen, den Begriff hatte sie ins Spiel gebracht. »Es könnte doch sein, dass sein überstürzter Diebstahl ein Teil seines Liebeswerbens war. Bei Männern erlebt man zuweilen die tollsten Sachen.«

»Sie meinen, er wollte mich mit dem gestohlenen Arm beeindrucken?«

»Nicht in der Form, dass er ihn anstelle von Rosen überreichen wollte, dies wohl ganz gewiss nicht. Aber ich dachte eher an etwas wie männliches Imponiergehabe. Eine Form von Mutprobe, wenn Sie verstehen, was ich meine.« Ich schaute sie an und musste erkennen, dass sie mich offensichtlich nicht verstand. »Ich möchte nicht lange um den heißen Brei herumreden, Frau Doktor. Ich habe mich nämlich nicht allein mit Ihnen hier verabredet, um etwas mehr über Thorben Voßkühler zu erfahren, sondern, weil ich ganz konkret Ihre Hilfe brauche«, begann ich mein Unterfangen langsam einzustielen.

»Meine Hilfe? Aber ich habe Ihnen doch schon alles, was ich weiß, erzählt«, wunderte sich die Blondine.

»Mein Anliegen an Sie ist auch etwas konspirativ. Ich appelliere dabei auch an Ihr staatsbürgerliches Ehrgefühl, denn ich gehe davon aus, dass auch Sie an der Festnahme des Täters interessiert sind. Und von volkshygienischen Dingen, Seuchen und so weiter, die sich durch die öffentliche Auslage von menschlichen Körperteilen an allgemein zugänglichen Plätzen wie ein Lauffeuer verbreiten können, brauche ich Ihnen als Fachfrau doch wohl kein Schreckbild zu zeichnen«, schmeichelte ich ihr und hatte das Gefühl, dass sie sich in einer mentalen Zwickmühle befand. »Ich möchte, dass Sie mir ein bisschen was aus dem Krankenhaus erzählen.«

Etwas hilflos schaute sie mich an, und nach mehr als einer Minute des Schweigens glaubte ich in ihren Augen so etwas wie innere Zustimmung erkannt zu haben. »Na ja«, begann sie zögerlich, »Thorben hat sich in den letzten Wochen schon etwas verändert. Ich glaube, das hängt aber mehr mit dem Selbstmord eines Pflegers auf unserer Station zusammen.«

»Ein Pfleger hat sich auf Ihrer Station das Leben genommen?«, vergewisserte ich mich.

»Nein, nicht auf unserer Station. Es war ein Pfleger, der bei uns gearbeitet hat. Er hat sich vor drei Wochen in seiner Wohnung in Essen das Leben genommen. Thorben und er schienen ein recht gutes Verhältnis zueinander gehabt zu haben.«

Ein Essener Selbstmord wurde von den dortigen Kollegen bearbeitet. Kein Wunder also, dass ich von der Sache keinen blassen Schimmer hatte. »Können Sie mir etwas über die Lebensumstände des Pflegers erzählen?«, setzte ich die Vernehmung allmählich in Gang.

»Eigentlich weiß ich nicht viel über ihn.«

»Einen Namen hatte der unglückliche Mensch aber, oder?«

»Marco Knoop hat er geheißen, er war so Mitte, Ende vierzig. Mehr weiß ich aber wirklich nicht über ihn. Ich bin doch auch noch nicht so lange auf der Station«, versicherte sie kleinlaut, während sie an ihrer Cola Light nippelte.

»War er verheiratet?«

»Nein, er hat allein gelebt. Auf der Beerdigung war auf jeden Fall niemand von seiner Familie, soweit ich das gesehen habe.«

»Wie hat er sich denn das Leben genommen?«

»Aufgehängt hat er sich, an der Türklinke«, sagte sie und musste dabei tief schlucken.

Ich erwischte mich dabei, wie meine Gedanken abschweiften. Nur zu gern hätte ich nach all dem Frust der letzten Monate einen ganzen Täterring hopsgenommen, der, so malte ich mir vor meinem geistigen Auge aus, mit dem Freitod eines seiner Mitglieder zu zerbrechen begann. Es wäre ja der Knaller, wenn ein Pfleger, ein Zivi und einer von uns ein Tätertrio gebildet hätten. Gewissermaßen einen Oberhausener *Coat of Arms*, stellte ich mir vor – und sah mich schon auf der Spur eines ganzen Syndikats. Es hätte schließlich sein können, dass der verdorbene und nun verblichene Krankenpfleger den jungen Thorben Voßkühler für seine perversen Ideen benutzt und sich den Bestattersohn zum Gehilfen gemacht hatte. So konnte ich mir nun den Zugang des chirurgisch ausgebildeten dritten Mannes zum Leichnam von Doktor Musu Dialo erklären.

Sabine Brandtstätter schien das Klickediklack in meinem Gehirnskasten bemerkt zu haben. »Glauben Sie noch immer, dass Thorben hinter der ganzen Sache steckt?«, fragte sie.

»Na ja, immerhin hatte er ein Amputationsstück aus dem Josefhospital auf der Rückbank seines Dienstfahrzeuges liegen, das eigentlich in eine Metallkiste des Krankenhauses gehörte. Sie werden es mir und meinen Kollegen da doch nicht krummnehmen wollen, wenn wir glauben, dass Ihr Zivi doch ein klitzekleines bisschen mit den ganzen Armgeschichten der letzten Monate hier zu tun haben könnte.«

Sabine Brandtstätter wirkte noch verunsicherter als gewöhnlich, und ich sah die Chance gekommen, doch noch etwas mehr über das Privatleben von Voßkühler herauszubekommen.

»Nun mal raus mit der Sprache. Versuchen Sie mir doch einfach mal Ihren ganz persönlichen Eindruck von Thorben zu schildern, und beschreiben Sie mir doch bitte seine Arbeit auf der Station. Er wird doch noch etwas anderes getan haben, als Amputationsstücke ins Krematorium zu chauffieren.«

»Natürlich war dies nicht seine Hauptbeschäftigung. Er hat sich sehr rührend um die Patienten gekümmert, hat das Essen ausgetragen, die Betten gemacht und so weiter. Wie schon gesagt, er war ein recht zurückhaltender Mensch, der im Übrigen mehr mit Herrn Knoop gearbeitet hat als mit uns Medizinern«, antwortete sie.

»Also, ist Thorben schwul? Was meinen Sie?«, fragte ich ganz unverblümt.

Sabine Brandtstätter lief feuerrot an. »Von homoerotischen Neigungen auf der Station weiß ich nichts«, antwortete sie verlegen.

»Und Herr Knoop, war der homoerotisch geneigt?«, wollte ich wissen.

»Man hat so etwas gemunkelt.«

»Wer hat so etwas gemunkelt?«

»Ein paar von den Schwestern! Aber es wird halt viel geredet. Da hört man nicht immer hin. Marco Knoop war unverheiratet und hat sich aus den Frauen im Krankenhaus nicht viel gemacht. Er ging halt nie auf eine der Parties, soviel ich weiß. Und Sie wissen doch bestimmt, wie das ist. Dann geht das Gerede gleich los. Aber ich bin ja noch nicht solange im Haus. Ich will in das Mobbing-Gerede nicht hineingezogen werden«, versuchte sie mir zu versichern, und ich hatte das Gefühl, als ob ihr das Sprechen über den toten Krankenpfleger leichter fiel, als weiter über Thorben zu reden.

»Sie mögen Thorben sehr«, wollte ich wissen.

»Der Junge tut mir leid, wenn Sie das meinen. Nicht nur wegen seines Unfalls, sondern auch ganz allgemein wegen seiner Lebenssituation. Bestatterkind zu sein, das stelle ich mir entsetzlich vor«, gab sie zu und verriet dabei mehr über sich als über ihr kundgetanes Mitgefühl mit dem Beinamputierten.

Mir wurde augenblicklich klar, dass Fräulein Doktor Brandtstätters ständische Ehre es nicht zulassen würde, noch tiefere Neigungen zum Bestatterkind zuzugeben. Dies konnte mir eigentlich auch recht egal sein. Aber der Umstand, dass sie über die Tat ihres Zivis so wenig verwundert war, versetzte mich in beträchtliches Erstaunen. Wenn ich mit meinen Überlegungen nicht ganz falsch lag, handelte es sich bei der Voßkühlerschen Tat also wirklich um einen wie auch immer gearteten Minnedienst. Und wenn es sich, so überlegte ich weiter, beim populär gewordenen Armdiebstahl tatsächlich um eine gängige Form des Liebesbeweises auf chirurgischen Stationen handeln würde, wäre so mancher Pfleger, Zivi oder Facharzt in den Fokus unserer Ermittlungen geraten. Es schien mir so, als ob ich im Krankenhaus auf eine Mauer des Schweigens gestoßen war. Gleichzeitig wollte ich mir aber auch nicht vorstellen, dass jeder Mitarbeiter der Station über das Fehlen von Gliedmaßen hinwegschauen würde oder – noch schlimmer – es zum guten Ton gehören würde, das eine oder andere Amputationsstück mitgehen zu lassen und es nach Gebrauch an öffentlichen Plätzen zu entsorgen.

* * *

Die ganze Nacht hindurch verfolgten mich bedrückende Träume. Ich sah mich vor dem Krankenbett Thorben Voßkühlers stehen, bei mir waren die Doktoren Mathes und Molitor sowie der Bestattungsunternehmer Fischerkeller. Wir hielten alle Männerarme in Händen, die wir wie Blumensträuße nacheinander in Vasen stellten, die von der Sprechstundenhilfe der Praxis Molitor mit Blut aufgefüllt wurden. »Welch kostbares Arrangement«, hörte ich Doktor Molitor sagen. Dem Patienten ging es allem Anschein nach ausgezeichnet, und er tauschte mit seinem Pflegevater Fotos von Toten, die sie in Poesiealben klebten.

Schweißgebadet erwachte ich für einen kurzen Augenblick, um mich in der nächsten Traumphase zusammen mit Minher van de Berg als Leichendiebin auf einem mir unbekannten Friedhof wiederzufinden, wo wir den Arm von Doktor Dialo in einer Gießkanne davontrugen. Plötzlich tauchte Werner Kothes vor uns auf und sagte: »Wollt ihr wohl Werner geben, was Werner gehört.«

Noch nie in meinem Leben war ich über das Schellen des Weckers erfreuter als an jenem Morgen. Ich hatte allerdings nicht lange Zeit, meine Albträume Revue passieren zu lassen, denn Jan van de Berg hatte seine Einkäufe im CentrO am Vortage erledigt, und ich sollte ihn zum Bahnhof chauffieren.

Ich fühlte mich nicht allzu gut bei dem Gedanken daran, dass ich mich für seine Amsterdamer Gastfreundschaft nicht recht zu revanchieren gewusst hatte, tröstete mich aber damit, dass Oberhausen außer dem *Haus Ostermann* und dem *Aquarium* in der Neuen Mitte eben keine touristischen Attraktionen zu bieten hatte, und so musste ich es nicht allein auf meine Kappe nehmen, wenn mein Gast sich ein wenig gelangweilt hatte.

»Machen Sie sich keine Sorgen, Minher van de Berg. Ich werde dafür sorgen, dass an Ihr gutes Stück nichts kommt. Ich hoffe, Ihnen den Arm bereits nächste Woche zurückgeben zu können«, sagte ich, während ich ihm half, seine Einkaufstaschen aus dem Kofferraum zu laden.

»Lassen Sie sich ruhig Zeit mit der Rückgabe. Wir haben im Augenblick keine dringende Verwendung für das Ding, und wenn der Arm hier noch einen Zweck erfüllt, sollte mich das sehr freuen.«

Kaum hatte ich den Kollegen in die Bahn verfrachtet, machte ich mich zusammen mit Andi auf den Weg in die Pathologie. Ich konnte es kaum abwarten, mit eigenen Augen zu sehen, wie Mathes auf den fremden Arm reagieren würde.

Bereits bei unserem Eintreffen bemerkte ich eine ungewöhnliche und zugleich bedrohliche Ruhe, die schwer wie Blei über dem Obduktionsraum im Gerichtsmedizinischen Institut lag. Als Ursache hierfür machte ich das schweigende Röhrengerät auf der Fensterbank aus, welches uns ausnahmsweise von Beschallung mit bodenständigem deutschen Liedgut verschonte.

»Guten Morgen, Herr Doktor. Wir möchten uns gern nach dem Stand der Erkenntnisse in der jüngsten Fundsache erkundigen«, begann ich das Gespräch mit dem Pathologen, der, anders als bei früheren Besuchen, an diesem Nachmittag lustlos und mürrisch wirkte.

»Ich hatte noch keine Zeit, mir das Stück anzusehen«, erwiderte Mathes.

»Aber es ist doch schon hier – oder?«, wollte Andi wissen.

»Ja, ja. Der Arm ist hier. Der Arm ist bereits hier. Ich werde Sie schon noch über die Ergebnisse meiner Untersuchungen in Kenntnis setzten. Nur Geduld, haben Sie nur etwas Geduld«, informierte er uns knapp.

Konnten Andi und ich es sonst kaum erwarten, die Arbeitsstätte von Mathes zu verlassen, so standen wir nun vor dem Problem, einen Verweilgrund zu finden.

»Gibt es sonst etwas Neues?«, versuchte Andi einen Gesprächsfaden aufzunehmen.

»Nein, keine weiteren ungeklärten Todesfälle. Ich bin heute mit Büroarbeit befasst und habe wenig Zeit«, gab Mathes unterkühlt zurück.

»Na ja, dann wollen wir Sie mal nicht weiter stören, Herr Doktor«, sagte ich, und wir verabschiedeten uns.

Schön und gut. Mathes hatte unseren Köder erhalten und seine erste Reaktion ließ darauf schließen, dass er seine Wirkung getan hatte. Den Doktor hatte das Auftreten eines Trittbrettfahrers offensichtlich verstimmt. Aber die deutliche Wesensänderung bot noch lange keinen tauglichen Beweis für seine Täterschaft, und vor dem Haftrichter würde ich mich mit meiner Beobachtung nur lächerlich machen.

Handfeste Beweise mussten her, das war Andi und mir klar.

9. Kapitel

Die Mordkommission der Oberhausener Kripo ist weiß Gott nicht die Stasi; trotzdem fällt auch uns von Zeit zu Zeit die undankbare Aufgabe der Observation von Tatverdächtigen zu. Wenn es sich dabei noch um einen Kollegen handelt, ist ein solches Tun doppelt schwer. Ich hatte die Beobachtung von Doktor Mathes' Privatleben übernommen, während Andi sich an die Fersen von Fischerkeller haftete.

Die Ahnung, dass Mathes unser Mann sein würde, war mir durch sein merkwürdiges Verhalten beim letzten Besuch zu einer nicht ungefährlichen Gewissheit geworden. Ich konnte – oder wollte – mich mit diesem Umstand aber nicht recht abfinden. Auf der einen Seite war ich von dem Wunsch beseelt, den Fall unbedingt zum Abschluss zu bringen, auf der anderen Seite hoffte ich, dass ich mich getäuscht haben würde und der Doktor kein psychisch gestörter Leichenfledderer war, sondern nur der etwas absonderliche WDR-4-Hörer, mit dem ich seit Jahren zusammenarbeitete und mit dem ich schon so viele schöne Ermittlungserfolge gefeiert hatte.

Da Mathes kein Auto besaß und alle Wege mit dem Fahrrad erledigte, erwies sich seine Beschattung als nicht einfach. Ich hatte mich mit einer Baseballkappe und einer großen Sonnenbrille ausstaffiert und hoffte so, hinter dem Lenkrad meines unauffälligen Wagens von meiner Zielperson nicht erspäht zu werden. In meine Kamera hatte ich einen Schwarz-Weiß-Film eingelegt, den ich selbst zu entwickeln beabsichtigte, denn ich hatte nicht die Nerven, bis zum Montagmittag auf Colorabzüge zu warten. Außerdem war ich der Meinung, dass der Pathologe in Farbe nicht so gut zur Geltung kommen würde.

Bereits um sieben Uhr dreißig hatte ich mich vor seiner Haustüre platziert, musste aber bis kurz nach neun warten, bis er sich auf seinen Drahtesel schwang und das antiquierte Hollandrad in Alstadener Richtung in Marsch setzte. Ich folgte ihm in sicherem Abstand und war nicht besonders erstaunt darüber, dass sein Weg ihn auf den Friedhof führte.

Nun erwartete ich zwar nicht, ihn gleich in flagranti zu ertappen, musste mir aber eingestehen, doch ziemlich enttäuscht darüber gewesen zu sein, dass Mathes sich nach einem kleinen Rundgang um das Gräberfeld in der Nähe der Totenhalle auf eine Bank setzte, um in einer mitgebrachten Zeitung zu lesen. Dies tat er genau drei Stunden lang. Die gleiche Zeitspanne über stand ich abwechselnd mal hinter einer Hecke und mal hinter der Totenhalle und hoffte darauf, etwas von Beweiskraft auf die Platte bannen zu können. Nach Beendigung seiner Nachrichtenlektüre, radelte er wieder heim. Anstatt mich aber sofort wieder vor seiner Haustüre in Lauerstellung zu legen, suchte ich erst einmal die McDonald's-Toiletten auf, um danach, versorgt mit zwei Cheeseburgern und einem Becher Kaffee, vor die Mathessche Pforte zurückzukehren.

Im Autoradio wurde gerade die zweite Halbzeit der Bundesliga angepfiffen, als ich dem Doktor auf die nächste Etappe seiner Samstagstour folgte. Dieses Mal ging es in die Oberhausener Innenstadt. Und ich staunte nicht schlecht, als ich sah, dass Mathes zielstrebig auf den Eingang des Ärztehauses zuradelte, in dem auch Lady de Sade alias Sabine von der Ostermannschen Theke praktizierte. Er stellte seinen Bock vor dem Gebäude ab, und ich hatte Mühe, so unvermittelt einen Parkplatz zu finden. An einem Samstagnachmittag gegen siebzehn Uhr hatte der Pathologe wohl bestimmt nicht die Absicht, sich einem ausführlichen

Gesundheitscheck zu unterziehen oder zu einem Fachgespräch bei einem Standesgenossen zu erscheinen, und so war für mich klar, dass ihn besondere Gelüste ins Erziehungsatelier führten. Gleichzeitig brachte mich die Beobachtung aber auch in eine Zwickmühle, denn unseren Doktor als praktizierenden Sadomasochisten zu outen, gefiel mir überhaupt nicht, und so beschloss ich, das Gesehene erst einmal für mich zu behalten und mich soweit mit meinen Beobachtungen zufriedenzugeben, sodass ich mich am Sonntag nicht an seine Fersen heften würde.

Ich verknipste also meinen Film, indem ich einige Fotos von innerstädtischen Motiven schoss, und begab mich am Abend an die Entwicklung meiner cinematografischen Ausbeute. Doktor Mathes auf der Friedhofsbank landete danach erst einmal an der Pinnwand meiner Küche.

* * *

Als ich am Sonntagabend ins *Haus Ostermann* kam und Sabine mit Mali an der Theke sitzen sah, übermannte mich meine Neugierde. Mir war zwar nicht ganz wohl dabei, mein zweites Zuhause für dienstliche Zwecke zu benutzen, ich entschied mich aber dafür, die Gunst der Stunde zu nutzen, um dem Ergebnis meiner Observation auf den Grund zu gehen, indem ich die Domina einfach ansprach.

»Sabine, du wirst dich vielleicht etwas darüber wundern, dass ich so einfach mit der Tür ins Haus falle, aber ich möchte dich gerne auf einen deiner Klienten ansprechen«, eröffnete ich das Gespräch, während ich Christa verdeutlichte, Sabine, Mali und mir eine Runde zu kredenzen.

»Was willst du? Du glaubst doch nicht im Ernst, dass ich hier an der Theke etwas aus meinem Studio ausplaudern werde. Meine Arbeit beruht auf einem innigen Vertrauensverhältnis zwischen Therapeutin und Klienten. Wenn du mir partout auf den Nerv fallen willst, besorg dir einen Beschluss und lade mich vor. Erzählen werde ich dir dann aber auch nichts. Kapiert? Und nun schwirr ab, Täubchen.«

Sabine wirkte etwas säuerlich, und ich konnte sie auch gut verstehen. An ihrer Stelle wäre ich auch entrüstet gewesen und hätte das Anliegen abgelehnt. »Hör zu, Schwester. Ich ermittele bei der Mordkommission, und ich habe ein paar wichtige Fragen an dich. Wenn du unbedingt möchtest, dass ich dich vorlade, kannst du gern gleich morgen früh um neun auf dem Präsidium antanzen. Aber meinst du nicht, es wäre leichter für uns beide, wenn wir uns wie normale Menschen benehmen würden und uns einfach unterhalten?«

»Was glaubst du, nur weil du eine Freundin von Mali bist, plaudere ich Geheimnisse über meine Klienten in dein Öhrchen? Das haut nicht hin!« Sabine war jetzt auf hundertfünfzig.

Mali hatte das ganze Gespräch hindurch in ihr Bierglas geschaut und schaltete sich nun ein. Sie richtete ein paar leise Worte an Sabine, und ich verzog mich sicherheitshalber auf die Toilette und überließ Sabine Malis Überredungskünsten.

Als ich zurück in den Schankraum trat, war Sabine verschwunden und Mali saß allein am Tresen.

»Okay, du kannst morgen Mittag bei Sabine im Studio auftauchen. Rein privat, hast du verstanden?«, informierte mich Mali und warf mir einen Blick zu, der Vertrauen und Skepsis zugleich beinhaltete und mir bedeutete, dass Sabines Aussagen alles andere als offiziell sein würden.

* * *

Den ganzen Tag über war ich von innerer Anspannung erfüllt und konnte den Termin bei Sabine kaum erwarten. Als Andi am Mittag ins Büro kam, beschloss ich aber, ihm zunächst nicht alle Details meiner Beobachtungen auf die Nase zu binden. »Wie war es bei dir? Wie verlebt denn unser Grubenreiseagent seine Wochenenden?«, fragte ich ihn.

»Hör bloß auf. Der Kerl ist stinklangweilig. Der ist am Samstag von einer Kneipe zur anderen gezogen, und gestern hat er genau dasselbe gemacht. Die ganze Tour zog sich bis halb vier hin. Ich bin hundemüde«, berichtete er und sah auch ziemlich übernächtigt aus.

»Na, dann wollen wir doch erst einmal die Kaffeemaschine anwerfen, damit wir dich wieder wach bekommen«, versuchte ich seine Gegenfrage etwas hinauszuzögern.

»Und was hat Mathes so getrieben?«, kam es aber, wie aus der Pistole geschossen, zurück.

»Der geht früher schlafen. Der ist auf dem Friedhof herumspaziert und hat auch sonst nichts Weltbewegendes getrieben«, lautete meine kurze Stellungnahme, mit der Andi sich auch prompt zufrieden gab. Und so hatte ich erst einmal Ruhe, um meine private Ermittlungsarbeit fortzusetzen.

Als dann mein Telefon klingelte, glaubte ich bereits am Schellen erkennt zu haben, dass es sich um etwas Unangenehmes handeln würde. Der Chef war dran und bat mich, umgehend in seinem Büro anzutanzen.

»Was haben Sie sich bei Ihrer Aktion eigentlich gedacht, Frau Fischer? Wollen Sie mir das bitte erklären?«, begrüßte mich der sichtlich erregte Oberkriminaldirektor und klopfte dabei nervös mit dem Zeigefinger der rechten Hand auf die Arbeitsfläche seines Schreibtisches, während er in der Linken einen Kugelschreiber zwischen den Fingern spielen ließ.

Ich war über seine Reaktion nicht sonderlich überrascht, da ich sie in dieser oder ähnlicher Form bereits vor meiner Abreise nach Amsterdam erwartet hatte. Statt also auf den Redeschwall einzugehen, beobachtete ich weiter das Spiel des Kugelschreibers und wartete darauf, dass dieser endlich auf den Boden fallen würde, was jedoch nicht geschehen sollte.

»Ich wollte unserem Täter eine Falle stellen, Chef. So etwas nennt man im modernen Ermittlungsdeutsch Profiling«, versuchte ich zu erläutern, wurde aber sogleich harsch unterbrochen.

»Profiling? So einen Quatsch habe ich ja noch nie gehört. Sie schauen zu viel fern, meine liebe Frau Fischer. Wir sind hier bei der bundesdeutschen Kriminalpolizei und nicht beim FBI. Hier wird streng nach europäischem Recht ermittelt und nicht auf eigene Faust.«

Ich war fest entschlossen, die Ansprache meines Vorgesetzten an mir abprallen zu lassen. Ich tat, was zu tun war, und ließ das Donnerwetter über mich ergehen. Ich versicherte meinem Vorgesetzten, in Zukunft nichts mehr ohne sein Wissen zu unternehmen, und verließ dessen Dienstzimmer.

Nach dieser vollendeten Darbietung bundesdeutscher Ignoranz wurde es höchste Zeit, mich wieder meiner ermittlungstechnischen Arbeit zuzuwenden. Sabine würde nicht ewig auf mich warten, und ich war gespannt darauf zu sehen, ob ihr Erziehungsatelier bizarrer als die Amtsstube meines Vorgesetzten war.

»Ich muss heute etwas früher Schluss machen. Ich habe noch eine Verabredung mit Sabine«, rief ich Andi aus dem Türrahmen zu, als ich das Büro verließ, um mich auf den Weg zum Ärztehaus zu machen.

»Sabine, welche Sabine?«, fragte er, ohne dabei seinen Blick von den Akten zu heben.

»Lady de Sade. Sie wird ein bisschen aus dem Nähkästchen plaudern.«

Andi sah mich beinahe erschrocken an und wurde puterrot im Gesicht.

Ach, du Scheiße, der etwa auch?, dachte ich und rief ihm ein freundliches »Tschüss« zu.

* * *

Nicht allein die Aussicht auf das, was Sabine mir wohl über Mathes' Sexualpraktiken zu erzählen hatte, ließ mich vor Neugierde beinahe platzen, auch der Besuch in den Räumlichkeiten des Erziehungsateliers de Sade hatte seinen Reiz, schließlich bekommt man als Frau selten die Gelegenheit, ein solches Etablissement von innen zu erkunden.

»Hi, Thi, komm rein«, begrüßte Sabine mich an der Appartementtüre und führte mich in ihr Studio.

Ich war etwas enttäuscht, hatte ich doch gehofft, Sabine mal in ihrer Dienstkleidung zu sehen. Stattdessen trug sie eine schwarze Jeans und ein weißes T-Shirt.

»Ich zeig dir erst mal mein Studio, bevor wir plaudern. Das mache ich mit Erstbesuchern immer so«, erklärte sie mir, und ich wunderte mich ein bisschen über ihre plötzliche Freundlichkeit.

»Sabine, erst einmal herzlichen Dank dafür, dass du mir helfen willst. Du kannst dich auf meine Diskretion verlassen. Ich werde niemandem etwas von unserem Gespräch erzählen«, versicherte ich ihr. Doch dann fiel mir ein, dass ich Andi ja schon gesagt hatte, wohin ich gehen würde. Scheiße, zu spät, dachte ich.

»Das wird wohl nicht ganz hinhauen, Schätzchen. Wenn du einen wichtigen Hinweis von mir kriegen solltest, musst du schon damit rausrücken, woher du ihn hast, oder? Aber Mali hat mir schon erzählt, dass du auf der Suche nach dem Verrückten bist, der dauernd Arme durch die Gegend schmeißt. Wenn der Idiot einer meiner Klienten sein sollte, helfe ich dir natürlich. Ich will hier keine Perversen haben«, meinte Sabine.

»Danke«, entgegnete ich kleinlaut.

»So, dies ist das schwarze Kabinett«, erklärte sie, während sie die Türe zu einem etwa fünfzig Quadratmeter großen Raum öffnete, dessen Wände schwarz gestrichen waren und in dem es ansonsten ausschaute wie in einer mittelalterlichen Folterkammer, so wie man sie auf Besichtigungen von Ritterburgen entlang der Mosel zu sehen bekommt. »Hier fühlen sich die Kriecher und Flagellanten zu Hause«, erläuterte sie die Funktionsweise eines aufgebauten Thrones sowie zahlreicher an den Wänden aufgehängter Peitschen und Rohrstöcke.

»Daneben haben wir das weiße Studio für Leute mit Krankenschwesterkomplexen«, sagte Sabine und deutete an, ihr in ein kleines Zimmer zu folgen, das wie eine gynäkologische Arztpraxis eingerichtet war. »Kennt jede Frau. Manche Klienten lassen sich hier gern auf den Stuhl fesseln. Ist alles völlig steril, kommt aus dem medizinischen Großhandel und kostet mich eine Menge Knete«, meinte sie mit Hinweis auf etliche Pakete von Einweghandschuhen und Spritzen. »Und hier das Wickelzimmer für meine infantilen Gäste. Das hat mich zwölftausend Euro gekostet«, setzte sie ihre Führung fort.

Hatten mich schwarzes Kabinett und weißes Studio noch relativ kaltgelassen, musste ich mich angesichts des Wickelzimmers doch sehr wundern, denn einen Strampelanzug in Größe 56 hatte ich noch nie zuvor gesehen. Ich fühlte mich einen Moment lang wie Gulliver im Lande Brobdingnag. Eigentlich war das Babyzimmer sehr freundlich eingerichtet, an den Wänden klebten bunte Tapeten, von denen die Diddlmaus einen aus allen Richtungen und Ecken anschaute, und von der Decke blickte ein freundliches Mondgesicht auf Laufstall, Wiege und Wickelkommode. Allein, dass es sich bei den hier zu wickelnden und zu stillenden Babys um ausgewachsene Männer handelte und das Interieur eben entsprechend proportioniert war, ließ die Gesamtausstattung des dritten Behandlungsraumes recht bizarr erscheinen.

»Na ja, die Diddlmaus ist ein bisschen out. Die Tapete wird nächste Woche erneuert, da kommt jetzt Winnie Puuh hin«, entschuldigte sich Sabine, und ich hatte den Eindruck, dass sie meinen irritierten Blick vollkommen falsch deutete.

Nach der Besichtigungstour nahmen wir im Salon Platz. Der Wohnraum war mit einer Couchgarnitur, einem schweren Eichentisch und einem Bücherschrank, in dem sich eine Sammlung von Klassikern der erotischen Weltliteratur aufreihte, möbliert. Zwar fehlten der röhrende Hirsch in Öl und die altdeutsche Schrankwand, aber ansonsten konnte man die gute Stube durchaus in die Kategorie Gutbürgerlich einordnen.

»Hier führe ich die Vorgespräche mit meinen Neu-Klienten. Du hast ja gar keine Ahnung, wie schwierig es manchmal ist, die Wünsche von Neulingen zu ergründen. Eigentlich müsste ich eine kassenärztliche Zulassung bekommen«, jammerte sie mir vor, und ich wusste nicht recht, ob sie dies ernst meinte. »Na ja, wie dem auch sei. Wir trinken jetzt erst einmal ein Sektchen«, fuhr sie fort und ließ den Korken einer Flasche *Mumm dry* bis an die Zimmerdecke fliegen.

»Ich bin eigentlich wegen eines speziellen Klienten gekommen. Ein älterer Herr, der am Samstagmittag bei dir gewesen ist«, eröffnete ich den dienstlichen Teil meines Besuches, während wir mit unseren Sektflöten anstießen.

»Am Samstag, da hatte ich überhaupt keinen Klienten. Zumindest nicht nach dreizehn Uhr«, sagte Sabine, und ihr Gesichtsausdruck verriet mir, dass sie die Wahrheit sagte.

»Du meinst, dieser Kerl hier ist nicht am Samstagmittag bei dir gewesen?«, fragte ich und zeigte ihr eines der Bilder, die ich von Mathes geschossen hatte.

»Doktor Mathes? Der wohnt doch hier. Der hat ein Appartement in der vierten Etage. Den treffe ich häufiger im Aufzug. Ein komischer Kerl ist das. Spricht immer so antiquiert.«

Ich konnte meine Enttäuschung kaum verbergen.

»Tut mir echt leid, Schätzchen. Aber der Doktor gehört nicht zu meinen Klienten. Solche Typen sind doch nicht devot«, klärte sie mich auf und füllte gleichzeitig die Flöten nach.

Von einem zweiten Wohnsitz unseres Pathologen hatte ich nichts gewusst. Wie hätte ich auch ahnen können, dass es im Ärztehaus neben Praxen und Erziehungsateliers auch Privatwohnungen gab?

Sabine schien es vollkommen egal zu sein, dass ich wegen einer falschen Spur in ihrem Atelier gelandet war. Munter plauderte sie weiter über die unterschiedlichen Formen devoter Männer und wie sie dies manchmal schon auf den ersten Blick erkennen konnte. Wie aus weiter Ferne hörte ich ihre Erzählungen und überlegte derweil wie besessen, warum Mathes eine zweite Wohnung unterhielt und was sich wohl hinter der Tür verbergen mochte.

* * *

Die Bestandsaufnahme war zum Verzweifeln. Kein Tatmotiv, keine Einbruchspuren an der Türe der Totenhalle, zweieinhalb Tatverdächtige, von denen einer keine chirurgischen Kenntnisse besaß, der andere allein wegen seines Berufsstandes in den Fokus unserer Ermittlungen geriet, und dazu noch meine Lustlosigkeit, die durch die Standpauke des Chefs einen vorläufigen Höhepunkt erreicht hatte. Da ich nun gewaltig in der Sackgasse steckte, wäre es mir am liebsten gewesen, Mathes und Fischerkeller als Teamarbeiter hoppnehmen zu können. Fest stand für mich auf jeden Fall, dass großartige Eigeninitiative nicht zu den gewünschten Qualitäten einer bundesdeutschen Polizeibeamtin gerechnet wurden; Reuthers Worte hatten dies unmissverständlich zum Ausdruck gebracht. Ich war daher fest entschlossen, nur noch Dienst nach Vorschrift zu machen. Schließlich gehörte ich nicht zu der Art von Detektivin, die sich aufgrund ihrer ethnischen Abstammung oder ihres Geschlechts irgendetwas zu beweisen hatte. Mein Chef war ein ängstlicher und altmodischer Beamter, und ich hatte wohl auf dieser Dienststelle mit meiner modernen Art und Weise der Ermittlung nichts zu suchen.

»Was wolltest du eigentlich bei Sabine im Ärztehaus?«, fragte mich Andi, als wir beim abendlichen Pilsbier im *Haus Ostermann* saßen.

»Ach, das war so eine Idee. Ich dachte mir, dass unser Doktor Mathes vielleicht Kunde bei Sabine in ihrer Eigenschaft als Lady de Sade wäre. Ich habe ihn nämlich Samstagmittag ins Ärztehaus gehen sehen.«

»Und, ist er?«, fragte Andi und versuchte dabei cool zu wirken, so als ob es das Natürlichste der Welt sei, zu Sabines Klientel zu gehören.

»Nee, ist er nicht. Sabine hat mir erzählt, dass Mathes ein Appartement im Ärztehaus besitzt. Das ist auch schon alles«, gab ich zurück und überlegte einen Augenblick lang, ob ich angesichts des dienstliches Frustes nicht doch einen Kurzen zum Bier herunterspülen sollte.

»Dann besorgen wir uns eben einen Durchsuchungsbeschluss für seine geheime Stube und nehmen den Blödmann endlich hopp«, sagte Andi und schaute mich dabei so an, als ob es für ihn klar wäre, dass alle Beweislast gegen den Doktor in einem Appartement in der Innenstadt nur darauf warten würde, von uns gefunden zu werden.

»Oh ja, ich habe mir heute erst ein Lob für die Aktion mit Jan van de Berg beim Chef abgeholt. Ich freue mich schon darauf, ihn um den Durchsuchungsbeschluss wegen dringenden Tatverdachtes in der Armfundsache zu bitten. Schließlich hat Doktor Mathes, dieser anständige Mann, doch immerhin das Ärztehaus betreten, und er hat dort auch ein Appartement, und davon hat er noch nie jemandem etwas erzählt. Da wird der Haftrichter gleich mitkommen. Du hast Ideen ...«

»Wir brauchen den Alten doch gar nicht zu fragen. Wir gehen in die Wohnung, weil wir Gefahr im Verzug sehen. Du hast Mathes erst auf dem Friedhof gesehen, und dann hat er sich in ein geheimes Appartement begeben. Da haben wir eben geglaubt, er hätte auf dem Friedhof einen weiteren Arm gemopst. Klare Sache und damit basta.«

»Du hast recht. Genauso machen wir das. Nur, dass ich es alleine mit Paul machen werde. Es reicht ja, wenn ein Partner in der Scheiße sitzt. Ich habe das Ding mit dem Amsterdamer Arm gedreht, da kann ich auch noch in die Wohnung vom Doktor einsteigen. Deinen Leumund können wir noch immer dann aufbrauchen, wenn ich bei Mathes nichts finde«, versuchte ich Andi aus der riskanten Sache herauszuhalten, und gleichzeitig hoffte ich auch darauf, dass er sich nicht abwimmeln lassen würde, denn es war ja seine Idee mit der Gefahr im Verzug.

»Ist okay«, meinte er, und ich musste einsehen, dass ich wahrscheinlich die einzige Person in der ganzen Mordkommission war, die noch ernsthaft an der Aufklärung der Armgeschichten interessiert war. Und auch als ich nach dieser knappen Zustimmung meinen Deckel bezahlte und das Lokal verließ, deutete nichts darauf hin, dass mein Partner irgendetwas von meiner Stimmung wahrgenommen hatte.

* * *

Meine Nerven waren zum Zerreißen gespannt. Was würde ich tun, wenn Mathes nicht unser Mann war? Diese Frage ging mir die ganze Nacht hindurch nicht aus dem Kopf, denn nicht zuletzt würde auch mein weiterer beruflicher Werdegang von der Antwort hierauf abhängen. Ich hätte dem Doktor niemals wieder unter die Augen treten können, würde er von meinem Verdacht und meiner Spionagetätigkeit als völlig Unschuldiger erfahren.

Die Anspannung begann langsam von mir abzufallen, als Paul die Wohnungstüre mittels eines Dietrichs öffnete und wir in das geheime Kabinett des Doktor Mathes traten, das auf den ersten Blick einem Null-Acht-Fünfzehn-Einzimmerappartement glich.

Doch beim ersten Umschauen stellte ich bereits erleichtert fest, dass ich den richtigen Riecher gehabt hatte!

An den Wänden hingen Fotografien von toten Männern, deren Körper sich in unterschiedlichen Phasen der Verwesung befanden. Das gesamte Appartement wirkte gespenstisch und zugleich komisch. Wenn ich nicht gewusst hätte, wer hier sein zweites Zuhause gewählt hatte, so hätte ich glauben können, ins Jugendzimmer eines verkappten Bürgerschrecks geraten zu sein. Auf der Arbeitsfläche des Schreibtisches stand neben einer angebrochenen Flasche Rotwein auch ein in Formalin eingelegtes menschliches Auge, das dem Wohnungsinhaber offensichtlich als Briefbeschwerer diente.

Für welchen eigentlichen Zweck Mathes die Wohnung im anonymen Ärztehaus aber angemietet hatte, wurde beim Öffnen eines Gefrierschrankes deutlich, der in eine Küchenzeile integriert war und bereits von außen durch die aufgeklebte Abbildung eines muskulösen Armes einen Hinweis auf seinen grausigen Inhalt gab.

»Dann wollen wir mal sehen, ob der Sticker hier hält, was er verspricht«, sagte ich zu Paul, meinte aber eigentlich mich selbst und öffnete die Eisschranktüre.

In durchsichtigen Plastiktüten stapelte sich ein gutes Dutzend Männerunterarme, die alle in Höhe des Ellbogens abgeschnitten waren. Einige zeigten feine Amputationsschnitte, andere waren grob abgesägt und harrten wohl noch des fachmännischen Feinschnittes. In der bizarren Kollektion entdeckte ich zu meiner vollkommenen Erleichterung auch das Fragment des gestohlenen Armes von Herrn Boll. Mathes hatte mit Fimomasse versucht, das in den Ruhrwiesen angeknabberte Stück kosmetisch wieder herzurichten, was ihm aber nicht überzeugend gelungen war.

»Schau dir das mal an. Unser Doktorchen hat aber allerhand zusammengerafft«, meine Paul und zog dabei eine anerkennende Miene, so als ob er das merkwürdige Spiel, das Mathes mit uns getrieben hatte, irgendwie wertschätzen würde. »Der hätte uns noch ein paar Jährchen mit Armen versorgen können. Das sind ja mindestens zwanzig Stück«, fuhr er fort und musste angesichts unserer Entdeckung schmunzeln.

Einem merkwürdigen Instinkt folgend, zog ich die Schubladen der Küchenzeile auf und fand, was ich zu finden geahnt hatte. Die Fächer waren allesamt mit chirurgischen Werkzeugen gefüllt.

Ein Süppchen hatte der Doktor sich in dieser Wohnstube wohl nie zubereitet.

Da wir keinen Durchsuchungsbeschluss vorweisen konnten, war meine Freude über die gemachte Entdeckung allerdings nicht ganz ungetrübt. »Nun bleibt noch eine winzige Kleinigkeit übrig. Wer soll die Dinger hier offiziell finden?«, weihte ich Paul in meine Gedankengänge ein und schaute ihn dabei Hilfe suchend an.

»Kein Problem, das haben wir gleich. Erst einmal müssen wir hier wieder raus«, verkündete er vielsagend, und ich war gespannt darauf, welche Idee er ausbrütete.

Bevor wir die Wohnung verließen, wischten wir gründlich alle Fingerabdrücke von Möbeln und Plastiktüten.

»Und was nun?«, fragte ich Paul, als wir wieder auf dem Flur standen.

»Bei Einbruch ruft man doch die Eins-Eins-Null«, entgegnete er cool und trat mit einer einzigen Fußbewegung die Appartementtüre ein. »Du wartest hier oben, bis ich grünes Licht gebe. Ich gehe derweil runter an die Telefonzelle und rufe die Bullen«, informierte er mich über sein weiteres Vorgehen und war ruckzuck verschwunden.

Bereits nach fünf Minuten erlöste mich das Klingeln meines Handys aus der Spannung, und Paul verständigte mich darüber, dass er als anonymer Anrufer den Einbruch gemeldet hatte und die Schupos nun auf dem Weg zum Ärztehaus seien. Uns bliebe noch ausreichend Zeit, einen Kaffee in der gegenüberliegenden Konditorei zu trinken und dort auf den Anruf der Kollegen zu warten.

Mein Irish Coffee war noch untrinkbar heiß, als ich schon die Beamten des Einbruchsdezernates an der Strippe hatte.

»Frau Fischer, Sie werden nicht glauben, was wir gefunden haben«, hörte ich den Kollegen vom Einbruchsdezernat triumphieren.

»Doch wohl nicht etwa einen Arm?«, entgegnete ich süffisant und klopfte Paul derweil anerkennend auf die Schulter.

* * *

Nach der nervlichen Anspannung und dem Frust der vergangenen Wochen fiel es mir nicht besonders schwer, mit Andi ins Gerichtsmedizinische Institut zu fahren und Mathes hoppzunehmen.

Bei unserem Eintreffen war er gerade damit beschäftigt, einem Verstorbenen den Brustkorb zu öffnen. Er hatte dazu volles chirurgisches Ornat angelegt, und nur seine Augen waren hinter der schweren Hornbrille zu erkennen.

Nachdem er Andi und mich erspäht hatte, ließ er von dem Leichnam ab und zog seinen Mundschutz herunter. »Guten Tag, meine Lieben, guten Tag. Schauen Sie mal, was ich hier hereinbekommen habe ...«

Ich war zu erregt, um Mathes zu begrüßen, und mein Handeln war allein diktiert vom Verlangen, den Fall endlich abzuschließen. »Herr Doktor ich verhafte Sie hiermit wegen ...« Ich geriet ins Stocken und musste einen Moment lang überlegen, was ich Mathes nun eigentlich strafrechtlich vorzuwerfen hatte.

»... Leichenfledderei«, versuchte Andi mir auf die Sprünge zu helfen.

»Und wegen Verstoßes gegen das Berliner Abkommen«, ergänzte ich.

»Ha, ha, ha, dann haben Sie meine Spuren also doch endlich zu lesen gelernt, meine Lieben«, entgegnete er und schien kein bisschen irritiert.

Andi und ich schauten uns nur an. Mit einer solchen Reaktion war nun bei Gott nicht zu rechnen gewesen.

»Aber ich hoffe, Sie sind mir nicht gram dafür, dass ich mir ein wenig die Langeweile vertrieben habe und Sie womöglich etwas über die Maßen in Anspruch genommen habe. Wenn Sie verstehen, was ich meine. Aber gleich verhaften? Meine lieben Freunde, nun übertreiben Sie aber ein wenig«, fuhr er fort und wollte sich gleich wieder seiner Arbeit zuwenden, was Andi aber durch das routinierte Anlegen von Handschellen unterband.

»Meine Hände. Nicht meine Hände«, schrie Mathes, und in seinen Augen spiegelte sich blankes Entsetzen.

»Mach sofort den Doktor wieder los«, zischte ich Andi an, der keine rechte Ahnung zu haben schien, was er nun tun sollte. Letztendlich befreite er Mathes aber gleich wieder von den Fesseln.

Der Verhaftete zog sogleich auch seine Gummihandschuhe aus und rieb sich die Handgelenke, so als ob er jahrzehntelang an die Ruderbank einer Galeere geschmiedet gewesen wäre. Er schaute dabei geistesabwesend und irr.

»Kommen Sie, Herr Doktor. Ihr Spielchen ist beendet. Wir nehmen Sie nun erst einmal mit aufs Präsidium. Dann schauen wir weiter«, sagte ich zu Mathes, während ich ihm meine Hand auf die Schulter legte und ihm bedeutete, uns zu begleiten.

Die ganze Autofahrt über sprachen wir kein einziges Wort, und auch als wir uns im Büro gegenübersaßen, brach der Doktor sein Schweigen nicht. Er wirkte so enttäuscht wie ein Kind, dem man befohlen hatte, mit dem Spielen aufzuhören.

»Warum haben Sie das alles getan?«, wollte Andi wissen. Er erhielt jedoch keine Antwort.

Während wir schwiegen, begannen meine Gedanken in polizeiphilosophische Sphären zu entschwinden. Natürlich ist es immer eine Herausforderung, in den eigenen Reihen zu ermitteln. Rückblickend auf den eben abgeschlossenen Fall, drängte sich mir jedoch die Frage auf, wie es so weit kommen konnte, dass wir bis zum Auffinden des Armes von Keniawerner nicht einmal in Erwägung gezogen hatten, dass es sich bei den Fundstücken um ältere Teile handeln könnte oder dass irgendein Pathologe unser Täter sein könnte. Ganz zu schweigen von unserem blinden Vertrauen in Doktor Mathes, dessen gerichtsmedizinische Gutachten wir nie in Frage gestellt hatten.

»Hätten wir schon vorher etwas ahnen können? Wäre es möglich gewesen, Mathes früher auf die Schliche zu kommen? Ach, hätte, wäre, wenn. Hätte der Hund nicht geschissen, hätte er einen Hasen gefangen, dachte ich und musste mich nun mit der Feststellung zufriedengeben, dass unser hornbebrilltes Häschen wohl keine Ostereier mehr verstecken würde – und schließlich hatten wir ihn, wenn auch spät, doch noch zur Strecke gebracht.

Statt den Stummen weiter zu begaffen, griff ich zum Telefon und wählte schweren Herzens die Nummer von Doktor Molitor. Vielleicht würde dieser Sonderling etwas aus Mathes herausbekommen.

* * *

Keine zwanzig Minuten nach unserem Telefonat betrat Molitor das Präsidium. Ich fing ihn auf dem Flur ab und versuchte ihm die näheren Umstände der Verhaftung zu erläutern, was jedoch wenig Sinn machte, denn in den Augen des Nervenarztes konnte ich bereits Forschungstrieb und kindliche Begeisterung erkennen. Er brannte darauf, zum Festgenommenen vorzudringen, und ich stand ihm dabei wohl nur im Wege.

»Vielen Dank dafür, dass Sie Ihre kostbare Zeit geopfert haben, um mich sogleich über Ihren Fahndungserfolg zu informieren, meine liebe Frau Kommissarin. Selbstverständlich werde ich mir den bedauernswerten Kollegen sofort ansehen. Darf ich Sie jedoch ersuchen, mich mit Mathes allein zu lassen?«, sprudelte es anstelle eines Grußes aus ihm heraus, und ich spürte sogleich, dass ich mir mit der Hinzuziehung von Molitor vielleicht keinen großen Gefallen getan hatte und nun vor der Bedrohung stand, das Heft aus der Hand geben zu müssen.

»Wir haben ein Vernehmungszimmer mit versteckter Videokamera für solche Fälle«, erklärte ich dem Psychiater, der durch ein leichtes Kopfnicken sein Einverständnis zur Aufzeichnung des Gesprächsversuches signalisierte.

Mir war klar, dass dies meine erste und wohl zugleich letzte Gelegenheit sein würde, die brennende Frage nach Ort und Zeitpunkt der Aneignung des Wernerarmes zu stellen, denn wenn Molitor und seine Standesgenossen unseren Doktor erst einmal in ihren Fängen haben würden, gäbe es für ihn wahrscheinlich keine Wiederkehr ins normale Leben mehr.

»Herr Doktor, ich habe Sie hergebeten, weil uns noch einige wichtige Informationen fehlen. Wir müssen unbedingt wissen, wann und wo Mathes die Arme gestohlen hat. Sollte er mit Ihnen sprechen, so fragen Sie ihn bitte nach der Herkunft des tätowierten Armes«, versuchte ich den Fachmann zu instruieren.

»Sehen wir uns den Kollegen doch erst einmal an, meine liebe Frau Fischer«, entgegnete er und reckte seinen Hals in Richtung unseres Büros, was mir verdeutlichte, dass es nun an der Zeit war, die beiden Mediziner aufeinander loszulassen.

»Zunächst einmal herzliche Glückwünsche, Herr Kollege. Ihre Freilandausstellung ist in der Tat außergewöhnlich. Die Einzigartigkeit und Kostbarkeit Ihrer Exponate darf ich wohl kunstpädagogisch wegweisend nennen. Es ist ein Jammer, dass Ihre Freunde von der Kriminalpolizei dies nicht zu würdigen wissen«, bestürmte er den noch immer wie angewurzelt an meinem Schreibtisch sitzenden Pathologen, der aber nur erstaunt zu Molitor aufblickte und dessen Händedruck zaghaft erwiderte. »Den kostbaren Ausstellungskatalog hat Frau Fischer mir bereits vor einiger Zeit vorgelegt«, fuhr Molitor unbeirrt fort und schien durch seinen Redeschwall Mathes offensichtlich überrumpeln zu wollen. »Mein lieber Herr Kollege, lassen Sie uns doch in einen anderen Raum gehen, wo wir uns ungestört über Ihre einzigartige Sammlung unterhalten können«, schwadronierte er munter weiter.

Zu meiner Verwunderung leistete Mathes der Aufforderung keinerlei Widerstand, erhob sich und folgte Molitor und mir in das Besprechungszimmer. Andi sah sich das ganze Geschehen kommentarlos an und schüttelte nur leicht irritiert den Kopf.

Ich hatte die Ärzte nun in sicherer Verwahrung, packte mir einen Stuhl und pflanzte mich vor die Türe des Vernehmungszimmers. Andi überwachte derweil den Monitor, und mir blieb nicht anderes übrig, als darauf zu warten, das Band auf der heimischen Mattscheibe anzuschauen. Zum Trost für meine Wächterrolle malte ich mir aber bereits aus, wie es am kommenden Wochenende sein würde, wenn ich Olaf, Petra und die Pfannkuches zu einem gemütlichen Fernsehabend einladen würde. Vor der großen Mathes-Filmnacht musste ich als letzte dienstliche Aufgabe nur noch die Diagnose von Doktor Molitor abwarten, von der es abhing, ob Mathes in den Knast oder die Klapse überstellt würde.

Während ich wartete, blätterte ich ein bisschen in den Tageszeitungen. Mein Blick blieb dabei auf den Seiten mit Todes- und Geburtsanzeigen in der *WAZ* hängen. Neben den üblichen Nachrichten war an diesem Tage auch eine Annonce zu finden, in der das Bestattungsinstitut Fischerkeller seinen Kunden mitteilte, dass es, nach über dreißig Jahren, nunmehr zum nächsten Ersten unter neuer Leitung stehen würde und darum bäte, dem Nachfolger ebensoviel Vertrauen entgegenzubringen wie der Familie Fischerkeller.

Nach etwa zwei Stunden öffnete sich die Türe des Vernehmungszimmers, und Molitor trat allein heraus. »Dem Kollegen Mathes fehlt jegliche Einsicht in die Verwerflichkeit seines Tuns. Dieser Fall ist außergewöhnlich, meine liebe Frau Fischer. Wir dürfen schon jetzt getrost von einem Meilenstein in der forensischen Psychiatrie sprechen. Ich hoffe, Sie haben das Gespräch lückenlos aufgezeichnet. Die erste Aussage des Kollegen ist ein kostbares Tondokument, welches ich gern für die studentische Ausbildung archivieren würde.«

»Und?«, ich platzte fast vor Neugierde. »Hat Mathes etwas zur Aneignung der Arme von sich gegeben?«, unterbrach ich den Redeschwall.

»Ach so, ja. Er erzählte etwas von der Pathologie im Josefhospital. Dort hätte er sich einige Stücke ausgesucht. Aber, meine liebe Frau Kommissarin, das spielt doch jetzt gar keine Rolle. Die Genesung und geistige Gesundung des Kollegen Mathes sollten unser oberstes Anliegen sein. Ich werde Doktor Mathes in die Rheinischen Kliniken Bedburg-Hau einweisen und ihn noch heute selbst dorthin bringen.«

Mit dieser Aussage war das Schicksal des armen Gerichtsmediziners also besiegelt.

»Hat Mathes denn etwas zu seiner Motivation ausgesagt? Ich meine, hat er irgendeinen Grund für sein Handeln genannt?«, fragte ich, stellte mich aber gleichzeitig schon auf eine schwammige Antwort ein, die ich auch sogleich erhielt.

»Die menschliche Seele ist vergleichbar mit einem kostbaren Kristall, meine liebe Frau Fischer. Nur eine einzige Umdrehung, und der Grandseigneur wird zum Strolch, der Asket zur Bestie und der Märtyrer zum Tyrannen. Die Mechanismen einer solchen Umdrehung können sowohl von äußeren als auch von inneren Kräften gelenkt werden«, antwortete Mathes, und ich sah ein, dass mir diese Erklärung reichen musste.

»Herr Kollege, nun wollen wir aber los. Lassen Sie uns hier keine wertvollen Stunden vergeuden«, drängte Molitor zum Aufbruch, und beide Mediziner machten sich auf dem Weg ins Landeskrankenhaus Bedburg.

Andi und ich begleiteten sie bis zum Portal des Präsidiums. Mathes hatte seit seiner Verhaftung kein einziges Wort mehr an uns gerichtet. Molitor ließ Mathes auf der Beifahrerseite seines weinroten Jaguars einsteigen und half ihm behutsam, den Sicherheitsgurt anzulegen. Andi und ich waren nur noch Statisten.

»Also, Frau Fischer und Herr Ganster, ich werde Sie dann über meine weiteren Schritte auf dem Laufenden halten. Zusammenarbeit ist eine Kostbarkeit, nicht wahr?«

Wir erwiderten nichts mehr.

»Ich möchte Jan van de Berg den Arm zurückbringen. Hast du Lust, morgen mit mir nach Amsterdam zu fahren?«, fragte ich Andi.

Er nickte stumm.

Beide Fahrzeuginsassen winkten zum Abschied. Dann säuselte die Limousine davon.

Epilog

Die sanften Wellen des Golfes von Siam umspülten meine Füße. Ich hatte es mir in einem Liegestuhl am weißen Strand bequem gemacht, gönnte mir eine Kokosnuss mit Schuss und wartete auf den Einbruch der Dunkelheit; was blieb einer Singlefrau am Heiligabend auch anderes übrig?

Beach Road, Soi Zwei, Zum Bierkutscher, hatte Werner in seiner letzten E-Mail geschrieben. Er hatte nun endlich seinen eigenen Laden in Pattaya. Und als bei der dritten Nuss mit Rum die Sonne blutrot vom Horizont verschwand, machte ich mich auf den Weg zum einarmigen Kutscher.

Die Vitrine stach mir gleich ins Auge. Mitten im altdeutschen Lokal lag der Kaisergarten-Arm auf königsblauem Samt gebettet. Werner schien kein bisschen überrascht, mich an seinem Tresen vorzufinden. Grußlos lächelten wir uns an.

»Ist das etwa deiner?«, fragte ich.

»Man muss loslassen können«, antwortete er und reichte mir eine Flasche Heineken herüber.

KBV-KRIMI

Bernd Schumacher

Februarblut

KBV-Krimi Nr. 173

Taschenbuch 240 Seiten

ISBN 978-3-940077-07-3

Rheinbach, im Februar 1953. Ausgerechnet zu Beginn der Karnevalswoche erschüttert ein brutaler Mord das friedliche Voreifelstädtchen. Opfer ist ein bekannter Rheinbacher Journalist.

Walter Seibold, Kommissar der Bonner Mordkommission, ist gar nicht begeistert, als er in die Provinzstadt abkommandiert wird, um die örtliche Polizei bei der Aufklärung des Mordes zu unterstützen. Zu fremd ist ihm, dem gebürtigen Sachsen, die Mentalität der Voreifeler. Nach seiner Ankunft in Rheinbach überstürzen sich die Ereignisse, denn es gibt beinahe täglich weitere Morde, die auf den ersten Blick nichts mit dem ersten Fall zu tun haben. Seibold tappt lange im Dunkeln. Erst spät kommt er auf die Spur eines dunklen Geheimnisses, dessen Ursprung in den Wirren der letzten Kriegstage zu suchen ist - zu spät?

Carola Clasen

Wildflug

KBV-Krimi Nr. 159

Taschenbuch 236 Seiten

ISBN 978-3-937001-88-3

Zu einem Fest in der Greifvogelstation Hellenthal reisen im Privat-Jet Karim bin Zayed Al Nahyan, einer der vielen Brüder des Emirs von Abu Dhabi, sein Lieblingsfalke Amir und Sharaf Jaziri, Fahrer, Übersetzer und Leibwächter in Personalunion an. Die Nordeifel ist in heller Aufruhr, die Presse überschlägt sich.
So erfährt auch Sonja Senger von dem Ereignis, aber sie hat andere Sorgen. Sie pflegt ihren ausgewachsenen Blues in ihrem Forsthaus in Wolfgarten am Ende der Stromleitung. Jerome hat sie verlassen. Und auch als Kommissarin ist sie eigentlich weg vom Fenster, denn sie hat ihren Dienst in Köln nicht angetreten.
Als sie einige Tage später bei einem Waldspaziergang einen verletzten Raubvogel findet, benachrichtigt sie die Greifvogelstation
Schnell steht fest, dass es sich um Amir handelt, der mit seinem Herrn längst wieder in Abu Dhabi sein sollte. Und eines ist klar: Karim bin Zayed Al Nahyan würde das Land nicht ohne seinen Liebligsfalken verlassen.
Niemals.

Jan Bergrath

Totgelacht

KBV Krimi Nr. 160

Taschenbuch 262 Seiten

ISBN 978-3-937001-93-7

Auf dem Gelände einer insolventen Baufirma im Kölner Westen wird die Leiche eines sehr gut gekleideten Mannes gefunden.
Die im Mund steckende Visitenkarte weist ihn als Dieter Haagen, Vorstand der WPM Cologne AG, aus. Das steht für Wirtschaft. Politik. Medien.
Haagen hat, wie an jedem ersten Donnerstag im Monat, zuvor das Bordell in der Nachbarschaft der Baufirma besucht. Eine Mordkommission unter der Leitung von Kriminalhauptkommissar Gerber nimmt die Ermittlung auf. Die Frau des Toten bleibt seltsam unberührt, seine Mitarbeiter attestieren ihm einen merkwürdigen Humor und erinnern sich daran, dass Haagen am Vorabend beim gemeinsamen Besuch des Köln Comedy Festivals überaus nervös wirkte. Gerber erkennt zahlreiche Motive, findet aber keinerlei Zusammenhang. Bis sich plötzlich ein Kollege vom Staatsschutz für den Fall interessiert. Nach und nach kommt Gerber alten Verbindungen auf die Spur, deren lange Schatten noch heute die Gesellschaft in Frage stellen.

KBV-KRIMI

Egon Olsen

Heideblues

KBV-Krimi Nr. 149
Taschenbuch, 196 Seiten
ISBN 3-937001-66-2

Der eitle Musikmanager Dr. Günther Didier hat jede Menge Feinde in der Haifischbranche. Dass ihm ausgerechnet in der Abgeschiedenheit seines Landsitzes jemand den Schädel einschlagen würde, hätte aber niemand gedacht.
Tatort ist das malerisch gelegene Gut Eichenhof in der winterlichen Lüneburger Heide, auf dem der Ermordete ein Trüppchen illustrer Gäste aus dem Showgeschäft um sich versammelt hatte. Unter ihnen ist der chronisch abgebrannte Songschreiber Paul Nickel. Auch für ihn erweist sich die Landluft als äußerst ungesund: Nicht nur, dass ihn ständig ein Trecker zu überfahren versucht, er gerät er auch noch unter Mordverdacht. Nickel muss die Sache notgedrungen selbst aufklären und entwickelt dabei eine unkonventionelle Methode …

Carola Clasen

Schwarze Schafe

KBV-Krimi Nr. 147
Taschenbuch, 228 Seiten
ISBN 3-937001-64-6

In der Tierwelt blöken, fressen und vermehren sie sich innerhalb der Herde wie alle ihre Artgenossen, und ihre Fellfarbe ist nur eine Laune der Natur.
Bei den Menschen allerdings verhält es sich etwas anders: Äußerlich meist völlig unauffällige Einzelgänger treiben ihr grausiges Unwesen oft jahrelang unentdeckt und werden nur selten und durch Zufall von den Hütern des Gesetzes aufgespürt und ausgebremst.
Mehr als zwei Drittel aller Morde, die diese schwarzen Schafe auf dem Gewissen haben, sind Beziehungstaten. Kein Wunder also, dass es da alle treffen kann, Brüder, Schwiegermütter, Ehemänner, Kollegen, Freunde, Liebhaber …
Zwanzig bitterböse Geschichten aus der Feder einer Dame, die literarisch versiert zu morden versteht.

F.G. Klimmek

Des Satans Schatten

KBV-Krimi Nr. 144
Taschenbuch, 288 Seiten
ISBN 3-937001-61-1

Lange hat es Frederik von dem Kerkhof nicht in seinem holländischen Exil gehalten.
Es gilt, in Crange eine Dankesschuld abzutragen, die ihn zwingt, einen Mord aufzuklären, der nach menschlichem Ermessen nicht von einem Sterblichen begangen worden sein kann.
Damit betritt unser Held erneut ein mittelalterliches Szenario aus Tod, Intrige und Verrat von ungeahnter Dimension; denn der Ermordete war damit befasst gewesen, dem spurlosen Verschwinden ganzer Familien nachzuspüren.

»Klimmek fabuliert munter und in einer süffigen, plastischen Sprache, die in ihrer Mischung spätmittelalterlicher Prallheit und neuzeitlicher Coolness immer wieder einen Hang zur Parodie durchblicken lässt.«
(GIG, Münster)

KBV-KRIMI

F. G. Klimmek

Schnee von gestern

KBV-Krimi Nr. 123
Taschenbuch, 384 Seiten
ISBN 3-937001-13-1

Kein Geld der Welt garantiert das ewige Leben. Deshalb müssen irgendwann sogar Millionäre sterben. Weil dies aber bei drei Kameraden auf besonders brutale Art geschieht, zittern die greisen Mitglieder des exklusiven holländischen Yachtclubs nicht nur aus Altersgründen. Abhilfe soll Karl-Heinz Schmidt schaffen, der Frührentner aus dem Ruhrpott, mit dem dicken Bauch und den dünnen Haaren. Selber eingebettet in Wohlstand und die dazugehörige Langeweile, geht Schmidt mit wenig Begeisterung an die Sache heran, denn er hält die Morde für die Taten individueller Geschäftskonkurrenten. Doch dann findet er heraus, dass alles bereits im Sommer '44 in einem deutschen Konzentrationslager begonnen hat und die Toten nur Teile einer Mordserie ungeahnten Ausmaßes sind.

F. G. Klimmek

Wie die Fliegen

KBV-Krimi Nr. 112
Taschenbuch, 336 Seiten
ISBN 3-937001-07-7

Karl-Heinz Schmidt ist fett und fünfzig. Er mag keine Schwulen, keine Kinder, keinen Knoblauch und keine Hitze. Er liebt Heineken und Jenever. Also ist Holland für ihn das gelobte Land, in dem er als Frührentner im Alkoholdunst vor sich hindämmern kann. Jedenfalls so lange, bis aus unerklärlichen Gründen ein heimtückischer Mordanschlag auf ihn verübt wird, dem er nur mit sehr viel Glück entgehen kann. Schmidt muss bei seinen Nachforschungen feststellen, dass die Leute, denen er dabei begegnet, plötzlich sterben wie die Fliegen. Er braucht ziemlich lange, bis sein Herumstochern ihn mehr zufällig zum Drahtzieher der Verbrechen führt und er erkennen muss, dass ein antiker Schimmelpilz ein mörderischerer Antrieb sein kann als eine schöne Frau.

Rich Schwab

Perlen vor die Schweine

KBV-Krimi Nr. 136
Taschenbuch, 249 Seiten
ISBN 3-934638-54-9

Schlagzeuger Büb Klütsch hat drei Probleme: Er ist notorisch pleite, hat immer Bierdurst und die Kölner Staatsanwaltschaft will den Tod seiner alten Freundin Kathrinchen unbedingt als Drogenunfall zu den Akten legen. An einen Unfall mag Büb aber gar nicht glauben und beschließt daher, selbst die Wahrheit aufzudecken. Keine ungefährliche Aufgabe angesichts der wenig zimperlichen Zuhälterkreise der Domstadt, in denen Kathrinchen verkehrte.

»Rauh und heiser, in ruppiger Gangart, wie ein Song von Van Morrison.«
(Elke Heidenreich über NIE WIEDER APFELKORN)

»Schärfer als die Songs von Tom Waits.«
(Hajo Steinert, Deutschlandfunk, über EINE ALTE DAME GING HERING)